大清詞人

納蘭容若之殞

西嶺雪 著

目次

第一章　人生若只如初見

納蘭容若死了。死於「寒疾」。時為康熙二十四年五月三十日。

相府內外，淚水成河，白絹如雪。進進出出的達官貴人在哀戚之餘，都不由地向跪在門外的那個渾身縞素的年輕女子投以驚異的一瞥。有人認出來，那是京城第一名妓沈菀。就在七天前，納蘭公子在明珠花園淥水亭舉辦的詩宴上，還曾召她獻舞。

那是一次盛會，席上除了主人納蘭容若外，還有顧貞觀、朱彝尊、梁佩蘭、吳天章、姜宸英……都是些著作等身的當世名流，也是納蘭的知己。這樣的一些人聚在一起，他們的詩賦言行是可以載入文史的。

那天的納蘭，氣度瀟灑，文采風流，不啻翩翩濁世佳公子，雖然笑容裏時時掠過一絲憂戚，但，絕不是病容。

他是當今天下最富盛名的第一詞人，皇上駕前最得寵的心腹侍衛，人稱「明相」的當朝首輔明珠的嫡傳長子，文武雙全，前途無量，如今擁美酒，對美人，以夜合花為題，吟詩會友，怡情歌舞，人生何等得意？

可是就在第二天，明府裏忽然傳出納蘭公子得「寒疾」的消息。七天後，宣告不治。享年三十一歲。

這是怎麼回事？

三十而立，正是男人一生中最好的時光，他十八歲中舉，二十一歲殿試二甲七名，中進士，擢爲三等侍衛，循升一等，扈駕十年，足跡遍佈大江南北，武功高強，箭無虛發，曾爲皇上赴中俄邊境查勘敵情，風餐露宿，數日行於冰上而不眠，縱然千軍萬馬也未必能令他俯首，他怎麼會死於一場小小的寒疾？

七天裏，皇上每日三次派太醫詢病，更在第七天親賜丹藥，派使臣飛馬送往明珠花園，可惜藥未至而公子已死——死得多麼倉促，就像那次聚會來得多麼及時一樣。

他好像來不及地要趕赴一場約會——是和他妻子的約會嗎？

那麼巧，就在八年前，容若的結髮妻子盧氏，也是死於五月三十，跟納蘭死在同一天。這當真只是巧合？

噩耗傳出，舉國皆驚，相府賓客盈門，認識不認識的人都爭相題詠，獻詞哀悼，經幡素幔將整個相府裝裏得如銀山雪海一般，水陸道場的誦經聲穿街過巷，連綿不斷。然而，沈菀卻被拒絕在這哀悼之外——她只是一個清音閣的妓女，哪有資格參加當朝一等侍衛的弔唁？讓妓女走進相府裏來，跟文武大臣們平起平坐，成何體統？

於是，她只能跪在府外頭，遠遠地跪著，望著明珠花園的重樓疊嶂，樹冠旗幡，悲哀地垂著淚，想著七天前與公子的最後一次會面——

康熙二十四年五月二十三日。

釵，梳，篦子，珠花，翠鈿，茉莉針兒，鳳凰銜紅果的金步搖……

妝匣敞開著，彷彿女人敞開的心事，幽麗而精緻，閃著光輝。

沈宛坐在鏡子前——七天前，「沈菀」還叫作「沈宛」——對著鏡子，一樣樣珍重地拈起，一排排插在鬢上，每個動作都比往常慢半拍，彷彿不是梳妝，而是在進行某種盛大的儀式，鼻尖甚至微微膩出一層細汗來。

倚紅從她身後伸過帕子來，幫她輕輕印去鼻上的細汗，笑道：「又不是第一次出門，做什麼這麼緊張？」

因爲時候尚早，倚紅只穿著家常衣裳，卻也打扮得花紅柳綠的，領口半開著，露出尖尖的鎖骨，銀紅衫子外邊扣著墨綠金絲馬甲，下邊油綠的潞綢寬腿灑花褲子，蹬著一雙喜鵲登梅的繡花鞋子，手搭著沈宛身後的椅背，說是幫沈宛妝扮，眼睛卻只瞟著鏡裏的自己，左右端詳，叮囑說：「我煩了老顧幾回，他才答應替你安排這次宴舞。如今禁娼越來越嚴，朝中有品之臣召妓佐酒是違法的，你可得好好把握機會，錯過這個村，可沒有這家店了。」

「我一定會。」沈宛重重點頭，忽然問，「今天是五月二十三吧？」

「是呀，你已經問了三遍了。」倚紅瞭解地笑，「今天是你爲納蘭公子表演歌舞的好日子。五月二十三，記清楚了沒有？」

「記清楚了。」沈宛的眼睛泛起亮光來，「我要好好記著今天的日子。爲今天，我已經等了七年了。」

雖然不是第一次盛妝，第一次宴演，然而，卻是人生中最重大的一次。今天，她將爲之獻舞的人，是納蘭容若，當今天下第一詞人，皇上的御前行走、一等帶刀侍衛。

康熙二十四年乙丑五月二十三日，她將用生命銘記這個日子。爲今天，她已經足足等了七年。

「七年。」倚紅沉吟，「七年前，你剛進清音閣來的時候，才十二歲吧？那時候，我才十七歲，正紅的時候，紅得發紫，幾乎每天都有重要宴演，京城的王孫公子來到清音閣，沒有不點我的卯的。」

每個人的曆書，都是照著自己的記憶來打製的。七年前的回憶，給予倚紅和沈宛的，是不同的顏色。

倚紅的七年前，脂正濃，粉正香，花好月圓，夜夜笙歌，是「鈿頭雲篦擊節碎，血色羅裙翻酒汙」，用珠翠和錦緞纏裹起來的日子；沈宛的卻是淒風苦雨，風刀霜劍，剛剛賣進清音閣，整日裏哭鬧不休，任憑老鴇打著罵著，只是要跑，生命裏滿是傷痕與淚水。

那一天，清音閣的生意很好，幾乎所有的房間都坐滿了，姑娘們表演的表演，待客的待客，未上頭的童妓也都被妝扮起來端茶遞水，來往不歇。看管的人難免鬆懈，便又給沈宛趁亂逃出，可惜還沒出大門，就被龜奴捉了回來，緊扣著兩隻手腕拖曳著經過長長的走廊。

尖利的哭聲瞬間穿透了鶯歌燕舞的清音閣，在迴廊間撞來撞去，割絲斷竹，簡直驚心動魄。上房的門「嘩」地拉開，雕花鏤格的門扇裏，站著長衫玉立的納蘭公子，凝眉問：「什麼事？」然而並不等龜奴說話，他已經明白了，做了個手勢令龜奴們噤聲，拉起沈宛的手說：「等下再說吧，先進來陪我看完這支舞。」

他穿著寶藍底暗花長衫，羊皮雲頭便靴，並不見得華麗，然而渾身上下卻有種說不出的高貴優雅，散發出一種憂鬱的氣息。她乖乖地止了哭聲，跟著他走進清音閣最好的房間「茂蘭軒」，靜悄悄地坐在他身旁，看他用那麼激賞的眼神欣賞舞蹈。

領舞的人，正是倚紅。倚紅那天穿著一件極寬大的通袖過肩素白杭綢袍子，上面疏疏落落地繡滿了紅梅花，顏色極簡單，卻偏有種張揚恣肆的美。她載歌載舞，唯我獨尊，絲毫不爲剛才的小小插曲而打擾，彷彿整個人都沉浸在自己的歌舞中，一轉身一揮袖都似有千鈞之力，偏又做得行雲流水。

透過納蘭公子的眼光，沈宛第一次發現，原來姐姐們跳得很好看，唱得很動聽，她們的服飾，姿態，一顰一笑，一舉手一投足，都透著優雅清越的美，怎麼能那麼美？

直到今天她還清楚地記得，那天她們唱的曲子叫《畫堂春》：

「一生一代一雙人，爭教兩處銷魂？
相思相望不相親，天為誰春？
漿向藍橋易乞，藥成碧海難奔。
若容相訪飲牛津，相對忘貧。」

後來她才知道，填詞的人，正是納蘭公子。好美的曲子，好美的詞，好美的舞蹈，好美的人，沈宛幾乎目瞪口呆，就在那一刻，她下定了一生的志願。

歌歇舞罷，納蘭公子轉向沈宛，低低嘆息：「好好的女孩兒，誰會喜歡做這個營生呢？」他憐憫的眼神頓時射穿了沈宛的整個身心，她被籠罩在那眼光中，如望神明，不能動彈。一種比痛苦更強烈比幸福更顫慄的情緒充滿了她，使她充溢而輕盈，一時說不出話來。

納蘭叫進老鴇來，吩咐：「我替這女孩兒贖了身吧，你把她送回她生身父母身邊去。」

老鴇臉上堆著笑，心裏卻不大樂意，嘟噥著：「她父母親死絕了，她叔叔才把她賣給我的，送回去，還不是賣？別家的媽媽未必有我對她好。」

納蘭公子凝眉想了想，又說：「那勞煩媽媽，替她找個好人家收養她，每月我再貼些補息就是了。」

然而，沈宛卻出人意料地忽然跪下來，不等老鴇回話，已經搶先說：「公子，我不走，我願意留在這兒。」

所有的人都愣住了，納蘭公子，老鴇，連同清音閣的姑娘們，還有那些高貴的賓客，他們都笑著說：「你不是打著吊著都要跑的嗎？怎麼公子肯贖你了，倒又要留下來？」

沈宛轉向老鴇：「媽媽，我只求你一件事：別逼我接客。我想學唱歌跳舞，我願意服侍倚紅姐姐，好好幹活，聽你的話，但我不要接客。」

客人們都笑了：「原來想做清倌人。小小年紀，倒也有志氣。」

納蘭公子初而驚愕，繼而恍然，微微點頭說：「唐時《華嚴經音義》裏說，『妓，美女也。因以美女為樂，謂之妓樂也。』又有『妓，女樂也』的解釋，這小女孩既美且慧，性通天籟，她對妓樂的理解是最有誠意的，也很有靈性，他日必能出污泥而不染，成為一代名妓。」

沈宛並不知道什麼是「性通天籟」，她只知道，她要學跳舞，要唱納蘭詞，要在納蘭公子面前表演，贏得他讚賞的眼神。

正值陽春三月，欄杆外春光灩灩，飛絮濛濛，燕子貼著水面飛起飛落，激得漣漪一圈圈地蕩開去，無止無休。那是沈宛第一次見到納蘭公子，第一次聽歌妓演唱納蘭詞，那麼美，那麼好。

十二歲的沈宛在那一刻決定了自己一生的路：學習歌舞，用生命來演繹納蘭詞，然後，終有一天，要在納蘭公子面前獻舞，贏取他的歡心，一次已經足夠。

這一天，終於到來，康熙二十四年乙丑五月二十三日，她已經等了整整七年。

倚紅替她簪上最後一朵珠花，左右打量一番，將手一拍：「好了。今天淥水亭，再沒有比你更美的了。」

沈宛投桃報李：「今天顧大人也一定在席，不要送點什麼表記嗎？讓他睹物思人，好記著過來。」

「哪有那麼麻煩？」倚紅將嘴一撇，做個鬼臉，「稀罕呢。」顧自「咯咯」地笑了。

沈宛知道，她嘴裏說著不稀罕，心裏卻是稀罕得緊。倚紅今年已經二十四歲了，在風月場裏有個不成文的規矩：如果妓女做到二十五歲還不能上岸從良，大概就剩下人老珠黃做老鴇這一條路了。倚紅年輕時過於大手大腳，又貪圖享受，衣裳頭面都要最好的，沒有攢下什麼錢，只怕做老鴇的資本都沒有，前景就尤其堪憂。顧貞觀，只怕已經是她最後的籌碼，最佳的歸宿。

倚紅自己也知道這一點，因此故意將沈宛一推，就勢將手裏的香水帕子扔在她懷裏，「既這麼著，你就替我把這個給他，小蹄子人小鬼大，說是清倌人不接客，這些花樣狐媚心思倒一樣不少，怨不得媽媽疼你，客人也都捧著你。」

沈宛左右翻著那條銷金帕子，只見蔥黃地子繡著一對鴛鴦戲水，角上又用大紅絲線勾著個「紅」字，俗豔裏透出熱鬧，暖融香軟地搭在手上，香噴噴真薰鼻子，不禁笑道：「好是好，就是太像春意兒了，又是鴛鴦又是紅字的，倒沒意思。」

倚紅不耐煩：「不是你說要送個什麼表記傳情嗎？這會兒又說太像春意兒，哪有這麼多曲裏拐彎兒的心思？你只管給他就是了，橫豎他看見這個『紅』字，知道是我倚紅的隨身物，記著我，好來找我，就成了。」

沈宛無奈，只得收了掖起。

倚紅忽然沒來由地嘆了一聲說：「女人費盡了心思，總是想要男人記住她；男人費盡了心思，可只是想著要得到。得到之後，就忘了。」

這話說得這樣明白透徹，看破人情的，沈宛倒不好勸。兩個人在鏡子裏對視著，一時都有些感慨。鏡子裏的倚紅依然年輕，可是已經不清秀了，比著沈宛嬌滴滴掐得出水來的俏，豐豔裏便有些蒙了塵。兩人在這一刻心意相通，不禁都想到「時光催人老」這一類的舊話來，然而鏡子裏忽地多出一張更滄桑的臉來，還是齊齊嚇了一跳。

是老鴇走來催妝：「轎子早備下了，你姐妹們也都去了好大一會兒了，你這也就起駕吧。」

沈宛忙站起來，老鴇便從架子上取下待客的紫地纏枝蓮滿繡衣裳來，同倚紅兩個一左一右托著袖子，服侍沈宛穿上，上下打量一番，又將包裹打開，親自檢驗了一回宴舞的衣裳花瓣，見色色停當了，這才叮嚀小丫頭好好扶著，自己跟在後頭親自送下樓去，站在大門口大紅銷金燈籠匾下，直看著上了轎，去得遠了才回來。

沈宛坐在轎上，無由地忽有種人家女兒出嫁的感覺。不禁舉起袖子來假裝紅蓋頭擋在臉前，閉上眼睛自己冥想嘻笑一回，心底裏便又響起那首詞來：

「一生一代一雙人，爭教兩處銷魂。」

納蘭公子爲之銷魂的人到底是誰呢？有什麼人可以令他「相思相望不相親」？這普天下的女子，莫有不爲納蘭神魂顛倒者，誰得到他的青睞，會不飛奔而至，同他攜手雲瀚呢？「漿向藍橋易乞，藥成碧海難奔」，那個與他隔著碧海青天、可望不可及的可人兒究竟是誰？「若容相訪飲牛津，相對忘貧。」「若容」兩個字顛倒過來，不就是「容若」嗎？他既然將自己的名字嵌在詞裏，想來那意中人的名字必然也會藏在詞中，是「藍橋」，還是「碧海」？

一時來到相府角門前停了轎，通報進去，自有下人迎出來，連說：「公子吩咐，不必下轎，逕自抬進去好了。」於是抬進去，又走了半里來地，方聽見說：「是這裏了。」

轎子落了地，娘姨趕上來打起轎簾，沈宛下來，才知已經來到花園門口，只見面闊三間，皆是灰筒瓦歇山頂，楣上寫著「惜花廳」，廊柱上漆著彩畫。進了門，腳下一條碎石子鋪漫的小路，兩邊俱有抄手遊廊，搭著葡萄架子，剛剛結出豆大的果子，一顆顆碧綠晶瑩的，映著太陽光，彷彿笑意盈盈。穿過葡萄架，便見一座由青石和太湖石疊成的假山，山下碧水環繞，曲徑迴廊，水中荷葉田田，藕花初綻，水邊山坡上兩株夜合樹花繁葉茂，掩著座六角攢尖頂的亭子，有爬山廊一直接過來。

亭中坐著幾個客人正在談笑，遠望去如在雲中一般，見她來了，都遙遙站起，拱手笑道：「沈姑娘總算蓮駕光臨，這裏久候了。」又有先來的清音閣姐妹，見她來了，也都迎出來接著。沈宛拾級上來，垂頭問了好，暗暗地將眼一溜，只見在座客人中也有認識的，也有不認得的，卻不見主人納蘭公子。正在納罕，卻聽身後有人笑道：「原來沈姑娘已經來了，有失遠迎。」

忙回身，卻是納蘭帶著琴童從那邊來了。經年不見，他比從前消瘦許多，並沒有穿官服，仍是一件家常品藍暗花緞子長袍，因為走得急，兩隻袖子鼓起來，像鷹的翅膀。

她一看見他，便覺得別的人和事就都不存在了，他一個人把天地園林都塞得滿滿的。然而他卻只是向她問候了這一句，眼神便輕鬆地飄過她的頭頂，向眾人笑道：「家父剛才遣人來跟我說幾句話，失禮各位了。」

眾人都笑道：「你我至交，何必言此？老相輔身子可好？」寒暄數句，各自入座，難免重新介紹一番。

在座的除了主人與清音閣的姑娘外，另如顧貞觀、朱彝尊、吳天章、姜宸英等也都是常見的，真正的客人只有一位，叫作梁佩蘭，是位年近花甲的文士，來自廣東番禺，四年前離京，剛剛回來，這次淥水亭之會，其中一個緣故就是爲他接風。

沈宛定下神來，一一拜見了，笑道：「梁先生雖是初見，卻是久仰，『嶺南三大家』之名，小女子早有耳聞，今日幸會，足慰平生。」

梁佩蘭聽見自己的名聲竟可達青樓之地，自是得意，不禁笑道：「在下也早聞沈姑娘芳名，說是色藝雙佳，今日一見，果然名不虛傳。」

雖然已經入伏，然而亭子臨水而建，四面通風，頗是清涼。沈宛寬了外面大衣裳，只穿著一件薄如蟬翼極寬大的香雲紗舞衣，露出裏面桃紅抹胸，蔥綠長裙，腰間繫著彩繡宮絛，更襯得冰肌玉骨，雲遮霧罩。三言兩語中，已經將幾位生熟客人俱周旋一遭，眼見各人對自己都羨慕有加，唯獨納蘭公子卻只淡淡的，臉上雖笑著，眼裏卻滿是哀傷沉鬱，毫無驚豔讚嘆之色，不禁心下又是關切，又是失望，又是賭氣，將一柄徐惠雪香扇慢慢搖著，暗思怎麼想個法子引起他注意才好，不然幾年來朝思暮想，幾日裏權情策劃，並今天一大早起來盛妝打扮，精心準備，豈不都要付諸流水了麼？

淥水亭外兩株朝開夜合開滿了一樹粉紅的花，狀如馬纓，雲蒸霞蔚，隨著清風一陣陣地香氣馥郁，幾瓣落花飄飄搖搖地落在水面上，引得游魚不住接喋。荷葉重重疊疊地鋪了半個池塘，略有幾支荷箭躥出，早引得蜻蜓嬉戲，蝴蝶穿梭，起起落落地渡岸而去。眾歌妓站在欄杆邊，指點著水中鴛鴦，打賭哪隻是雌，哪隻是雄，又拉顧貞觀來做裁判。

沈宛坐在長凳上，將手肘支著欄杆，也扭著身子向水上張望著，心思明明暗暗，起起伏伏，早轉了幾十個念頭。忽聽顧貞觀笑道：「沈姑娘喝了茶，潤過喉，可以唱了麼？」

沈宛正中下懷，放下汝窯斗彩蓋碗小茶盅，先緩緩施了一禮，說聲「見笑」，這才調弦撥柱，輕按檀板，款款唱了一曲納蘭容若的《浪淘沙》：

「悶自剔殘燈，暗雨空庭。
瀟瀟已是不堪聽。
那更西風偏著意，做盡秋聲。」

琴聲清揚，歌聲婉約，一曲彈罷，舉座稱讚。唯有顧貞觀訝道：「錯了，明明是『那更西風不解意，又做秋聲』，你怎麼唱成『那更西風偏著意，做盡秋聲』了？」

沈宛含笑不語，卻低著頭撥弄絲弦。

納蘭沉吟再三，豁然而起，向著沈宛拜了一拜，笑道：「姑娘真是在下的一字師，好一個『偏著意』，好一個『做盡秋聲』，更比容若原詞剴切痛快，真真錯得有理！」

顧貞觀大笑道：「不但是『錯得有理』，還是『見得有緣』呢！」一句話，說得沈宛和納蘭都不好意思起來。

沈宛低著頭，又彈了一段《長相思》過門，接著唱道：

「山一程，水一程。
身向榆關那畔行，夜深千帳燈。」

只這幾句，便又戛然而止。另換了一首《菩薩蠻》：

「問君何事輕離別，一年能幾團圓月？
楊柳乍如絲，故園春盡時。」

唱到這裏，便又停了，另轉《金縷曲》之調。朱彝尊不禁停杯問道：「怪哉，你怎麼每首詞都只唱半首，卻是什麼意思？」

沈宛停了弦，答道：「人人稱道納蘭詞獨步天下，小女子固然也首推為當世第一，但並非完璧無瑕。」

滿座聽了這話，俱是一驚，梁佩蘭與姜宸英不慣風月，更是面面相覷，顧貞觀也覺不妥，忙拿話遮掩，笑道：「小小女娃兒，哪裡知道詞的好壞？」

納蘭公子卻上了心，含笑問道：「依姑娘說來，容若之詞有哪些弊病呢？」

沈宛如此做作，正為要他一問，聞言放下琴來，先起身斂衽施了一禮，方才緩緩答道：「納蘭詞往往只有半闋，開篇雄渾而後力不繼。故而我唱詞時也只唱半首，以免狗尾續貂。」

這話說得嚴重，連納蘭容若也不禁變色，卻仍笑道：「願聞其詳。」

沈宛方才出神時早打好了一篇稿子，正是成竹在胸，侃侃而談：

「以《長相思》為例，開篇『山一程，水一程』破空而來，『夜深千帳燈』何等壯觀，然而後半闋『風一更，雪一更』便顯匠氣，『故園無此聲』更是蕭颯氣弱，牽強無力；《菩薩蠻》亦如此病，都是開篇灑脫，渾然天成，而收尾力怯，氣若游絲。故而我向來只唱半闋即止。時人多以納蘭詞比李後主，我卻以為：若論纏綿悱惻，自然相類，若論境界深遠，則遠不如後主之沉鬱慷慨，只為李煜傷的是家國之恨，納蘭公子心中所繫，卻不過兒女情長罷了；又有人拿納蘭詞比柳永，謂之『有井水處皆歌詠』，我卻以為納蘭詞貴雅過之而蘊藉不及，只為柳三變浪跡民間，詞中情真意切，而納蘭公子則寄身名利場，難洗鉛華；又有人以納蘭與小晏相提並論，謂之皆寫情聖手，我卻以為小晏如歌，而納蘭似泣，古人云：哀而不傷，納蘭詞卻未免失於傷痛……」

話未說完，顧貞觀再也忍不住，喝道：「滿口胡言，小丫頭不知天高地厚，懂得什麼是『哀而不傷』，又什麼是『蘊藉含蓄』？不過學了三兩句成語，便在這裏班門弄斧，信口雌黃。」

納蘭容若忙攔道：「沈姑娘說得極是。顧兄大可不必爲小弟掩耳盜鈴。這樣子欲蓋彌彰，倒更讓我無顏自處了。」又向沈宛凝視道：「可惜聚散匆匆，若是早一點認識姑娘，有機會從容請教，或者容若不至誤入歧途。」

沈宛聽這話說得沉重，語意十分不祥，倒愣住了，一時不能回答。顧貞觀接著道：「以後見面的機會多著呢，你願意請教也好，指教也好，倒不必急在今日。我早就說要介紹沈姑娘給你，你卻總是推三阻四，又成日裏神龍見首不見尾的，難得今兒總算見著了，倒又相見恨晚起來。看你從此還怪我老顧多事不了？」說著哈哈大笑。

眾人也都笑了一回，撤下菜肴，換了金穀酒，朱彝尊道：「有朋自遠方來，不亦樂乎？今兒有花有酒，不可無詞，大家當吟詠一番，各見所長，以記今日之會。」

納蘭容若笑道：「小弟請各位兄長前來，正有此意。然而沈姑娘方才說容若之詞往往只有半闕，無異當頭棒喝，今日倒要藏拙，不塡詞，卻來吟詩如何？」

顧貞觀向沈宛笑道：「都是你害的，嚇得容若老弟都不敢塡詞了。」

沈宛一心想著語不驚人死不休，原只爲吸引納蘭注意，卻不料只顧逞能，竟傷了公子的心，反不過意，忙起身施禮道：「公子這樣說話，小女子怎麼承受得起呢？」

容若含笑道：「承受不起，就勞姑娘蓮駕，好好跳一支舞吧。」遂指著淥水亭畔兩樹夜合花道，「我們今日把酒賞花，就以這『朝開夜合』爲題，各自吟詠，以志今朝之會。時限以沈姑娘的一支舞爲度，舞罷詩成，逾時者落第，何如？」

朱彝尊、顧貞觀都道：「這命題極雅致，又有趣，賞名花，娛歌舞，會詩朋，品美酒，人生至此，夫復何求？」

沈宛站起來，幾乎要發抖。她等了七年的這一天終於來了——在花開得最好的時候，穿上最美的衣裳，爲平生最看重的人獻舞。她眼裏含著淚，款款走到亭子當中來，靜靜立了片刻，彷彿傾聽雲端裏天帝的號音，而後深深注視了納蘭公子一眼，驀地袖子一揚，隨著袖中花瓣的揮灑，自身也像一朵花般風回雪舞地旋轉起來，起初似乎柔軟無力，縹緲得如薄雲清風一般，接著轉得越來越急，越來越急，就像落花不耐狂風疾，在勁風中打著轉兒，不能自已，風已經住了，花還依然飄舞，但是已經慢慢地慢慢地飛落下來，落在水面上，順著水一路地漂流，時而略作迴旋，時而順流直下，一招一式都不肯馬虎，每一道眼風，每一個手勢，每一下揚袖回身，無不美到了極處，也柔到了極處。

他微笑地看著她，眼中分明是驚豔。她做到了，真的做到了，讓他爲她讚嘆，激賞，憐惜——他讀懂了她的舞，也讀懂了她的心。她七年裏的努力練舞，辛苦等待，終於都落在了實處。

注一：

納蘭詞《浪淘沙》一闋有兩種版本，其友蔣景祁《瑤華集》中錄為「那更西風不解意，又做秋聲」，而《通志堂集》中則為「那更西風偏著意，做盡秋聲」。《通志堂集》較《瑤華集》晚出，應為納蘭性德修改潤色之後錄。本文借此一字之差生出故事，讀者勿以為西嶺雪竟敢斗膽擅改納蘭詞矣。

注二：

據載，今北京宋慶齡紀念館即為納蘭容若故居一部分，其間恩波亭即當年之淥水亭。二〇〇七年五月，西嶺雪特往恩波亭一遊，見得兩株古樹，並錄其樹下碑文於此：

「明開夜合花，本名衛茅。初夏開小白花，晝開夜閉，故名明開夜合花。康熙年間，此園是明珠府第，已有此樹。明珠之子納蘭性德曾作詩贊曰：階前雙夜合，枝葉敷華榮，疏密共晴雨，卷舒因晦明。」

按碑文，以納蘭容若當日所詠之夜合花為衛茅。然查之諸書，有夜合又名合歡之說。究竟當年淥水亭前之夜合花，是衛茅或者合歡呢？納蘭絕命詩中云：「對此能消忿，旋移近小楹。」而嵇康《養生論》有「合歡蠲忿，萱草忘憂」之典；納蘭之弟揆敘《禾中留別竹奼先生詩》中又有「門前淥水亭，亭外泊小船。平池碧藻合，高樹紅纓懸。」之句。合歡花又名馬纓花，而衛茅則為白花，可見「高樹紅纓」當指合歡，而非衛茅。

第二章　誰道飄零不可憐

明府花園的夜合花，轟轟烈烈地開了一個夏天，每一朵嬌花都似一簇馬纓在風中招搖著，彷彿呼喚它的主人上馬揚鞭，馳騁塞外。然而五月三十日的一夜風雨，卻使它突然地凋謝了，細碎的花瓣在靜夜裏撲簌簌飛落，像一幅工筆秋風落花圖，婉約而淒豔。

然而，即使是凋萎了的淒豔也好吧，仍是相府裏最後的一點紅色——此時的明珠相府，樹樹披幡，層層懸帳，燈籠上糊著白絹，靈堂裏掛滿了寫著「天妒英才」、「英年早逝」字樣的輓聯，園裏穿行的到處是披麻戴孝的僕婢，梵音不斷，一片哀聲。

納蘭容若死了。英俊儒雅、經綸滿腹、弓馬嫻熟、前程似錦的一等侍衛納蘭公子，在淥水亭詩會的第二天突然宣告患了急症，只捱了七天便不治而逝。這一天，是康熙二十四年五月三十，消息傳出，舉國震驚，因這年輕的公子實在是死得太突然，太可惜了。上自朝廷，下至郊野，認識不認識的人都爲之一掬痛惜之淚，當今聖上遣使赴祭，文人墨客競相題詠，連京城內諸風月之地也都停業三天，以示哀悼。

清音閣的姑娘們難得多出三天假來，都忙不迭地跑出去玩耍，或是尋親訪友，或是結伴逛街。倚紅百無聊賴，想著從前同公子的一點情分，兜著袖子哭了一回，餓了，窗外傳來梆子聲，使那餓越發顯得情切，那聲音就像是有重量有香氣似的，一下下都打在胃口上，遂拿出兩個錢打發小丫頭出去買餛飩來宵夜，自己趿著鞋踢遢踢遢地來到隔壁沈宛房中看她好點了沒有。

那天淥水亭獻舞回來，沈宛是多麼神采飛揚啊，一進門就大聲宣布：「我從今天起改名字了，叫沈菀。」

老鴇不明白：「你本來就叫沈宛嘛。改什麼了？」

沈菀笑著：「音是一樣，字可不一樣了，這個新的『菀』字多著一個草頭，是青菀的意思，又叫作紫菀，是一種藥。」

「一種藥？」

沈菀背著手，徘徊中庭，彷彿推敲，忽然一轉身，立定了，模仿男人的腔調說道：「青菀者，亦名紫菀、紫茜、還魂草、夜牽牛，開青紫色小花，其根溫苦，無毒，有藥性。用紫菀花五錢加水煎至七成，溫服，可治肺傷咳嗽，於病人最相宜的。」

倚紅一看就知道她扮的是納蘭公子，那微俯著頭含笑低語的樣子，又英朗又溫存，還真有幾分神似，不禁笑道：「原來是納蘭公子給取的，這麼快就『問名』了，幾時『納吉』呀？」說得滿樓的人都笑起來。

那天的沈菀，穿著一件紫色的滿繡衣裳，的確像一朵嬌俏的青菀花。既然她堅持改名，而兩個字又是同音，改與不改並沒什麼兩樣，老鴇便順水人情地依了她，把牌子上的名字加了個草字頭改成「沈菀」。

改了名字的沈菀就像改了個人一樣，成天笑嘻嘻的，無故而歌，無故而舞，再不肯好好走一步路。女人一旦愛了，就是這樣充盈，彷彿心裏有一隻蝴蝶在跳舞，在拚命地撲展著翅膀，一刻也安靜不下來。非要等到再次見到心愛的人，看到他一顰一笑，才能心定。

可是，她卻再也等不到、見不到了，只不過七天而已，天地就變了顏色。納蘭公子病逝的噩訊傳來，沈菀登時就瘋了，大哭著衝出去要往相府拜祭，相府的下人自然把著門不給進去，她便獨個兒在府外頭跪著哭了半日，還是清音閣的龜奴們給強拉回來的。第二日一早卻又跑出去，接連走了六七家藥鋪醫館，挨個問人什麼是「寒疾」，何以竟會一發不治，最後暈倒在一家醫館前，被人救醒了給送回來，卻也像是淥水亭畔的夜合花般，一夜憔悴。

午間老鴇上來坐著說了一籮筐的話，又幾次三番打發丫頭送點心茶水，沈菀只是不語不食，氣得老鴇不住嘆氣搖頭，指著罵了句「不要以爲公子給你改了個名，你就成了相爺家的人了，要尋死覓活，你還不夠資格」，扔下走了。

樓裏姐妹都只當笑話看，誰肯理會，倒是倚紅看在她從前服侍過自己的情分上，只覺放心不下。此時來到沈菀房中，看她臉上瘦得只剩一雙大眼睛還是漆黑閃亮，兩頰上竟是青白得近乎透明，不禁往胳膊上捏了一把，大驚小怪地叫道：「哎喲，怎麼瘦得越發厲害了，媽媽讓明天就重新開門接客的，你這樣子可怎麼見人哪。」

沈菀倚著被臥，無精打采地說：「倚紅姐姐來啦？我不想再跳舞了。」

倚紅詫異道：「什麼？你不想跳舞？你說了算呀？你是清音閣的清倌人，你不跳舞，難不成想接客？」

沈菀兩隻大眼睛望著床角帳頂的鎏金蟹爪菊花鉤，空空洞洞地說：「從前我那麼辛苦地練習歌舞，就是想著有一天要表演給納蘭公子看，現在他死了，我還跳舞做什麼呢？」

倚紅道：「可是不跳舞，又能做什麼呢？」

沈菀忽然欠起身來，大眼睛炯炯地望著倚紅說：「倚紅姐姐，你說公子是怎麼死的？」

倚紅左右看看，緊趕兩步踢掉了鞋子上床來，也拿過一個梭子枕靠在身後，湊近來悄悄地問道：「不是說得了寒疾，七天不汗，病死的嗎？」

沈菀緊緊咬著下嘴唇，彷彿咬著一個極大的秘密，咬得嘴唇沁出血來，到底忍不住，放聲哭出來道：「什麼病會死人那麼快？相府裏金銀成山，什麼樣的好太醫請不到？怎麼就治不好一個『寒疾』呢？我那天去淥水亭宴演，納蘭公子還好好兒的，怎麼說病就病，說死就死了？前一天還大宴賓朋，第二天就閉門謝客，這不是太奇怪了嗎？況且他自己就是深諳醫術的，那天說起我的名字，還跟我講青菀和夜合的藥性，怎麼倒能醫者不自醫了呢？」越說越痛，眼淚直流下來，漫過唇角，混著血跡，看上去幾乎是淒厲的。

倚紅一邊替她指臉，一邊壓低了聲音悄悄地道：「你別說，連顧先生心裏也直犯嘀咕呢，悄悄跟我說納蘭公子這病來得蹊蹺，那天在淥水亭所言所行，做的詩，還有寫的序，句句都透著不祥之意。」

這話正撞在沈菀心口上，由不得點點頭，哽咽著吟起淥水亭詩序中的一段：「僕本恨人，偶聽玉泉嗚咽，非無舊日之聲；時看妝閣淒涼，不似當年之色。浮生若夢，勝地無常。」

倚紅似懂非懂，點頭道：「顧先生也是這麼說，我雖然解不開這些，卻也明白『浮生若夢，勝地無常』八個字不是什麼好話。『無常』，可不就是人家說的索命鬼嗎？多不吉利。納蘭公子就好像明知道自己第二天要得場重病，死期將至，特特地把好朋友邀來團聚一回，告個別，再趕著去死一樣。」

沈菀哭道：「那天他見了我，說要是早一點認識，還有機會從容交往，我還只當他意思說相見恨晚。現在想來，句句都是文章。他分明知道自己時不久長，再沒有機會同我交往了。我走了那麼多家藥館，問了那麼多大夫，問他們什麼是『寒疾』，有什麼症狀，可是沒人能說得清楚。痢疾，打擺子，咳嗽，高燒，都叫『寒疾』，哪有這麼籠統定病的呢？我就不信那些太醫國手會弄不清楚病症，只是不明不白給個『寒疾』，根本就是哄鬼的幌子，遮天下人的耳目罷了。」

倚紅聽她說得大膽，嚇得忙擺手令她小聲，岔開話題道：「哎，那天納蘭公子不是約了那些先生做詩去的嗎，說是什麼詠夜合花，你一定記得他寫的詩，背一遍給我聽聽。」

沈菀跪起身來，打床頭取過一隻桃木雕鏤的玲瓏匣子來，慢慢打開，只見裏面襯著桃紅軟錦，擺著幾朵已經枯乾了的黯紅小花，彷彿是夏夜裏最後一點螢火，又像是一朵垂死的微笑。

倚紅歪著頭打量半晌，問：「這就是夜合花？」

沈菀點點頭：「是那天我在淥水亭畔摘的，藏在袖子裏帶回來。」拈起一朵，曼聲吟道：

「階前雙夜合，枝葉敷華榮；
疏密共晴雨，卷舒因晦明。
影隨筠箔亂，香雜水沉生；
對此能銷忿，旋移近小楹。」

短短四十個字，這幾天裏也不知在沈菀心中掂掇了多少來回，慢慢吟來，真真一字一淚。怎麼能想到，淥水亭之會，竟成了納蘭容若的絕唱呢？以詞聞名的納蘭公子，生平最後的作品竟是一首五言律詩，這是怎樣的冤孽？

倚紅聽了詩，正要說話，門外「嗶剝」一聲，卻是小丫頭買餛飩回來了。倚紅下床開了門，端進餛飩來，先讓沈菀，沈菀只是搖頭：「我吃不下，你自己回房慢慢吃吧。」倚紅也不理她，自顧自指揮丫頭在大床上放下一張梅花三足炕几來，又叫去拿薑醋麻油。

沈菀房中格局同倚紅一式而略小，一張楝子木的蘇造牡丹紋月洞式門罩架子床靠牆立著，旁邊擱著妝台、香几、巾架、燈檯、畫凳等，另有些翎毛、花瓶、古董裝飾，唯少著一張煙榻，卻在靠窗下多著一張書檯，檯上擱著筆、墨、紙、硯以及鎮紙、洗子諸物，壁上原本掛著一幅工筆仕女，前些日子剛換了水墨山水的《寒煙歸鴉圖》。

小丫頭布好碗碟，倚紅親自舀了一隻餛飩，用筷子蘸著點了幾滴薑醋，左手托著右手，一直送到沈菀唇邊來。沈菀見她拿出待客的一套手段來，卻不過意，只得張嘴噙了，三兩口咽下，仍道：「倚紅姐姐，你能不能幫我一個忙，約顧先生來一次？」

倚紅問：「做什麼？他這兩天要弔唁上香，只怕七七頭裏都沒得閒呢。昨天晌午倒來過一趟，偏偏你又不在，也沒待多久，說幾句話，喝了盞茶就走了。」

沈菀垂頭道：「我想去祭一祭納蘭公子。」

倚紅冷笑道：「我勸你趁早死了這個心。深門大院，來往的都是高官貴戚，我們算哪棵蔥哪頭蒜，怎麼走得進相府的大門呢？太平無事，逢著人家高興，或會請我們去跳場舞助個興，這紅白弔慶的大場面，可輪不到我們出席。難不成人家死了人，還招呼咱們去唱歌跳舞不成？」

沈菀道：「我不是這個意思，就扮個隨從，跟在顧先生身後去一趟不成嗎？」

倚紅笑道：「有這麼樣個唇紅齒白花容月貌的隨從，你想人家看不見，可不都成了瞎子？」又是此路不通。

沈菀只覺得走進了一個死胡同，不，簡直是走進一間密室，四面都遮嚴了，哪裡也去不得。腦子裏就像有風車在轉一樣，轉得飛快的，卻偏偏轉不出一點思路來。

自從七年前見了納蘭公子，她的生命便是爲了他而存在的，唱歌，練舞，吟詩，填詞，都是爲了他；將納蘭詞倒背如流，更是爲了他。然而，對他的詞越熟悉，就覺得離他的人越遠，越好奇——納蘭成德，字容若，身爲相國大人明珠的嫡傳長子，十七歲進學，十八歲中舉，二十一歲考中進士，通五音，精六藝，文武雙全，仕途平坦，出身高貴，前途無量，可以說是天下間最完美無缺的人物，最光明燦爛的人生，然而爲什麼，他的眼神總是那麼憂鬱，他的詩詞更是那樣哀痛呢？他還有什麼不足？

早在七年前，她自願留在清音閣，被派到倚紅房中做婢女的當晚，她就已經問過倚紅：「姐姐，那位納蘭公子，他看起來好憂傷，他有什麼煩心事嗎？」

倚紅說：「聽說他剛死了老婆。說來也奇怪，他那老婆，也算名門閨秀，聽說知書達禮，相貌又好，什麼都是有一無二的，可是進門三年，忽然難產死了。納蘭公子爲了這個大病一場，就連升作御前行走都不能讓他高興，真是個癡情的男人。」

這七年中，沈宛一邊學習歌舞，一邊苦讀詩書。從前父母健在時，原曾教過她讀書寫字，她生性聰明，凡詩書過目不忘，又能舉一反三，觸類旁通，很快學會了做詩填詞，然而但凡表演，她卻只肯彈唱納蘭詞，從不以自己的筆墨示人。老鴇和倚紅幾次勸她學當年「秦淮八豔」那般與客人詩詞唱和，贏取更多的纏頭與聲名，她只笑而不答，出場表演時，仍是只唱納蘭詞。在她心裏，這是與納蘭公子接近的唯一方式。

她很難得才能見到納蘭公子一面，多是在一些達官貴人的宴演中，她抱著姐姐們的衣裳包兒站在人群後，遠遠地看著他，卻沒有辦法吸引他的眼神，連一個四目交投的瞬間也不可得。

每一次風萍浪聚的相見，都被她當作寶貝那樣珍藏著，珍藏在心底的水晶瓶裏，夜深人靜時，取出來獨自回味。她用盡各種方式打聽著他的消息，關於他的一點一滴都視爲驚天大事：他續了弦，新娶的夫人姓官，真是吉利的好姓氏；他也的確一路升官，從三等侍衛升作二等，又提作一等，是皇上身前的大紅人，得了許多賞賜；他一忽兒在南苑，一忽兒去邊疆，一忽兒又往漠北極寒之地走了一遭，總之極少在京城的，在家的日子就更少；他交往的那些朋友，今天這個求他辦事兒，明天那個又不理睬他了，讓他很是焦心……然而這些，就是他傷心的全部理由嗎？他的文名與俠名一同傳遍大江南北，他的詞句卻越來越凝重，越來越哀淒，幾乎一字三嘆，篇篇血淚。究竟是爲了什麼呢？

《側帽》、《飲水》，她熟背他的每一首詞，從字裏行間尋找他的蛛絲馬跡，感受著他的存在，貼近著他的心，一點一步地走近他，盼著終有一天能在他面前獻舞，吸引他的注意，讓他的眼神爲她留連。她終於做到了。

那天，淥水亭之會上，她多麼快樂，諸多歌女舞姬眾星捧月般簇擁著她，她唱著，跳著，吸引了淥水亭所有的目光，連水湄的夜合花也不及她嬌豔。她談詩論詞，揮灑自如，明明心裏對公子敬若天神，卻故意忍心地肆意批評納蘭詞，而他是多麼謙遜，寬和，從善如流。他稱讚她是他的「一字師」，給予她的歌舞極高的評價，爲她改名作「沈菀」，分明視她爲紅顏知己，顧貞觀甚至暗示要替她和他做媒。

從淥水亭回來，她做了多少美夢，爲自己刻繪了怎樣絢麗的前景。她有了新的名字，便也以爲有了新的人生，以爲所有的努力都終於有了答案，所有的期待都得到了回報，她想著他和她必會有更多的聚會，更好的將來。她等待著，滿懷熱望地等待，等待他的再一次傳召——然而，她等來的，卻是他的死訊。

怎麼甘心！怎麼忍心！怎麼肯！

沈菀跳下床，從箱子裏找出那件香雲紗舞衣換上，又取了一把羽扇充作夜合花，開始在房中慢慢地旋轉，撩手，俯身，如嬌花映水，弱絮隨風，天太高，她飛不上去，水太急，她不甘墜落，念天地悠悠，獨愴然而泣下，渺塵世茫茫，誰堪爲知音？萬里層雲，千山暮雪，隻影向誰去？

「階前雙夜合，枝葉敷華榮；疏密共晴雨，卷舒因晦明。」那天在淥水亭宴演，她跳的正是這支舞，然而此刻的心情，與那天有多麼不同。淚水像花瓣一樣飛落，她轉得越來越急，越來越急，彷彿要把整個生命在旋轉中抖落，直至筋疲力盡。

終於筋疲力盡。

沈菀跌坐在地上，淚水和汗水一同流淌，月光透過開著的窗戶鋪了一地清輝，也像水在流淌，帳頂金鉤投影於地上，在幽微的月光中張牙舞爪，彷彿提示著什麼，水從四面八方漫進來，夾著血腥與花香，那是相府荷花池的水，凝重，清香，舉著點點落花，藏著陣陣殺機。「影隨筠箔亂，香雜水沉生」，那金箔沉香裏，是公子消不去的舊恨新愁，離情別怨。

不是說「合歡銷忿」嗎？為何沈菀胸中塊壘難消？不是說「紫菀還魂」嗎？為何公子英魂早逝？

月光漸漸朦朧，一陣風過，拂進幾絲雨滴來，那是天在哭。天哭得越來越大聲，越來越放肆，雷聲號天泣地，閃電捶胸頓足，狂風扭曲著身子不依不饒，終於連帶著清音閣的迴廊層樓，樑柱門檻，每一扇窗櫺，每一塊磚瓦，都開始跟著哭號，珠簾在哭，簷鈴在哭，雕花在哭，燈籠在哭，花在哭，風在哭，井也在哭。

然而，它們卻不許她哭——就像老鴇說的，尋死覓活，她還沒有資格！

公子死了，她恨不能跟了他去，卻無由跟了他去。然而，她又怎能面對從此與他再無瓜葛，讓他就此走出她的生命，讓自己不再為了他而活著！

如果生命的意義不能用於期望，那就只能用於尋找——她誓要尋找一個答案，關於他的一生，關於他的猝死，她要為他、也為自己，尋找一個圓滿的答案。她不相信納蘭公子真是因為寒疾而死，他有大好的前途，如花的美眷，怎能就這樣輕易撒手，斷然拋開？她不相信，絕不相信！

沈菀在這一刻下了決心，再一次於瞬間決定了一生的路：從今天起，她的生命有了新的任務，那就是，要找到納蘭之死的真相！爲公子雪冤復仇！她來不及在他生前與他常相聚首，卻可以在他死後與他息息相關，唯其如此，活著，才有意義。

雨聲如泣如訴，而納蘭短暫瑰麗如流星的一生，也隨著雨聲穿簾度戶，點滴在心頭……

是個極冷的冬天，呵氣成霜，滴水成冰，所以孩子生下來，小名便叫作「冬郎」。

那一年，葉赫那拉明珠剛滿二十歲，還只是個普通的侍衛，沒有多少俸祿，也沒什麼家產，可是因爲是第一個兒子的滿月酒，仍然傾其所有將宴席辦得隆重熱鬧。

大紅毯子上擺著鎖片、項圈、麒麟、鈴鐺、腳鍊諸物，所有的來賓都先得到兩個染得紅紅的雞蛋，到手時竟還是熱乎乎的，不知道大冷的天，覺羅氏用什麼方法保溫。

明珠的夫人愛新覺羅雲英性情冷淡，等閒不出面應酬，因此今天她肯親自抱著孩兒出來見客，眾人都覺得稀奇，忍不住要多看兩眼。也並非傾國傾城之貌，不過勝在肌膚勝雪，身材停勻，而且舉止得宜，走路時裙褶兒幾乎不動，周身上下有種說不出的高貴優雅。明珠雖以文人自居，但既爲侍從，同僚自是武夫居多，又是喜宴，因此划拳鬥酒，無所不至，也是禦寒的意思。

然而見了覺羅夫人，卻都由不得噤聲站起，囁嚅著送上笑容來。她卻任誰也不看，只憐愛地盯著懷中嬰兒，微微地向前送一送，算是盡了主人之誼。

人們嘿笑著說些「恭喜」、「賀喜」的話，看到那孩兒，都覺得有幾分詫異，因這孩子生得也太好了一些，珠圓玉潤，白皙嬌嫩得不像滿人，倒像是江南水鄉漢家女兒的模樣。一雙眼睛黑白分明，才落地幾天，倒已經會看人了，時而微笑，時而蹙眉，表情十足。

都說天下的嬰兒原是差不多的，然而這個孩子卻太過精靈，簡直不像人間應有之子。人們誠心誠意地說著「天賜麟兒」的善祝善禱，仔仔細細地看了孩子，又忍不住向他娘臉上多看幾眼——因他長得不像父親，自然就該像娘親多一些了，然而除了白皙這點之外，眉眼倒也不見得多麼像。覺羅夫人卻已不耐煩，早轉身走了。留下一眾武夫嗒然若失，倒小小靜了一下子，仿如爆竹騰空後的片刻沉寂，極喧嘩處每黯然。

後來人們都說，這孩子的腳頭實在好，真旺他父親。容若十歲那年，明珠被擢升為內務府總管，隔年授弘文院學士，康熙八年五月因參與了逮捕鰲拜的秘密行動，成為皇上心腹，當年底改遷都察院左都御史，權位日隆，然而與宰相索額圖的對立也就日益尖銳。然而這些事對納蘭容若有多少影響呢?卻不是外人可以探知的。

人們只知道容若在很小的時候就已經文名卓著，能詞善賦。或許是自小看慣了官場中勾心鬥角、你死我活的把戲，他對仕途並不熱衷，常常說他的理想是可以做個與詩書為伴的文官，整理經史，永傳後世。

十七歲那年，容若正式進入國子監，很快得到老師徐元文的賞識，並被推薦給內閣大學士、禮部侍郎徐乾學，並拜於門下。次年順天府鄉試，徐乾學正好是副主考官。容若小試牛刀，一考中舉——十八歲的舉人，他的好運氣讓所有寒窗苦讀的莘莘學子嫉妒得發狂。然而他卻並沒有再接再厲，連中三元，隔年殿試時，竟然因病誤期，未能參加廷對，白白地誤了功名，只有等到三年後再考。

但他好像並不爲此難過。就在這年秋天，納蘭成德迎娶了兩廣總督尙書盧興祖的女兒盧氏爲妻。兩人年紀相當，琴瑟相合，婚後恩愛異常，世人常說「願作鴛鴦不羨仙」，就專門是用來形容這種事的；

也是在這兩年間，他結識了嚴繩孫、姜宸英、朱彝尊這些當世名儒，與他們詩詞唱和，討論學問，並記其言行感悟，整理成《淥水亭雜識》，其中包含歷史、地理、天文、曆算、佛學、音樂、文學、考證等各種話題，不乏真知灼見；

還是在這兩年中，他在徐乾學的指導下，肆力經濟之學，熟讀《通鑑》，主持編纂了一部一七九二卷的儒學彙編《通志堂經解》，從此聲聞於世，名達朝廷，連康熙皇上也備加賞識。

可以說，這因病誤考的兩年，是納蘭一生中最快樂的兩年。嬌妻，摯友，經史子集，就是他生活的全部內容，他最理想的生活，最珍惜的一切。烏絲畫作回紋紙，賭書消得潑茶香，他的生命，了無遺憾。

然而樂極生悲，兩年後，他參加殿試，得二甲七名，賜進士出身，授三等侍衛；次年夏，盧夫人暴卒。

快樂，隨著盧氏之死與納蘭入値而結束，此後的日子一成不變，被公務和思念塞得滿滿的，不能喘息。

擁花醉酒、鸞鳳和鳴的日子，一去不返了。

沈菀深深嘆息。結識納蘭公子，正是在盧夫人亡故的第二年。她從來都沒有見過公子歡樂的模樣。他的笑容裏，永遠含著一抹隱不去的悲戚，就像月亮上的陰影。月缺而終可重圓，人死卻不能復生，想讓公子真正快樂起來，除非是盧夫人能夠活轉來吧？

盧夫人真幸福，她死在最年輕、最美麗、最歡愛的日子裏，從此生命永恆於二十歲，再也不會蒼老，永遠沒有色衰愛弛、恩盡情絕的一日。在她生前，曾得到納蘭公子最初和最好的愛情；在她死後，又得到他那麼深沉強烈的思念。他爲她寫了多少斷腸詞句，賺取了多少不相干人的眼淚和嘆息，如果他不死，大概還要繼續寫下去。那樣的愛情，是亂世裏的絕唱，難怪兩個人都一般薄命。

「待結個他生知己，還怕兩人都命薄，再緣慳、剩月殘風裏。清淚盡，紙灰起。」

沈菀彷佛聽到有人輕輕嘆息，轉過身來，便看見納蘭公子站在窗前，窗外的風鈴一下又一下細碎地響著，似有還無。她一點也不怕他，向他遙遙地伸出手，說：「我知道你是死了，你死了，倒肯來看我了麼？」

他微笑著點頭，笑容裏有一種哀傷，很熟悉很親切的樣子。

她仰望他，如望神明，心裏有說不出的淒苦，卻偏偏璨然地笑了。

然後，夢便醒了，一枕的淚痕。

月光穿窗而入，沈菀獨自擁著被子呆呆地回想，恨不得重新回到夢裏去。那夢雖然簡單，可是異樣真切，就好像發生在眼面前的事情一樣。她知道那是他，他終於看她來了。他聽見她要替他解開生死之謎，所以趕來謝她。

她探身將藏夜合花的桃木匣子拿過來抱在懷裏，彷佛抱著她的夢。然後便聽見隔壁的門一扇一扇地推開，姐姐們喊丫頭倒水拿衣裳，老鴇在樓下罵人，做飯的婆姨捱了冤枉嗚嗚地哭起來，搖驚閨的打窗下走過，有姑娘推開窗子喊住那人買珠花……在這些熟悉的聲音裏，新的一天開始了。

注一：

關於盧夫人的年齡，素有多種版本，本文取葉舒崇《皇清納臘室盧氏墓誌銘》為據：「夫人盧氏，奉天人……年十八，歸余同年生成德，姓納臘氏，字容若……康熙十六年五月三十日卒，春秋二十有一。生一子海亮……今以十七年七月二十八日葬於玉河拒皂莢屯之祖塋。」

然徐乾學為納蘭撰寫之墓誌銘與神道碑中，則都只提到容若有子名「福哥」，未提「海亮」之名。查史籍，也多見「福哥」或「福格」之名，遂從之。

第三章　酒醒已見殘紅舞

清音閣真正的生活是從黃昏開始的，天色微微暗下來時，清音閣的燈匾卻亮起來，像妓女的妖媚的眼。

頭一撥客人進來，是綢緞莊的陳老闆帶著三四個少年公子，一進門就指名兒點沈菀歌舞，老鴇原想著沈菀九成使性子不肯下樓，礙在陳老闆是熟客，一向與清音閣有生意往來，賣布料很肯打折，吃花酒卻從不賒賬，雖非大富大貴，卻是青樓裏最受歡迎的爽快客人。正想著怎麼樣軟硬兼施哄沈菀出來，卻見她已經打扮停當，施施然扶著樓梯拾級而下，倒覺得心裏不托底兒。及至察言觀色，竟也沒見她怎樣，仍是如常招呼答對，應酬得滴水不漏，只是百般引著客人談論納蘭公子。

老鴇借著遞煙遞酒，來來回回側著耳朵聽了幾句，也並沒什麼新聞，不過是相府喪儀如何排場，文武百官如何弔唁，太醫如何回稟，皇上如何恩眷，門前紙花牌樓起得多高多體面，泥金錫銀，門裏請的僧道響樂多精多賣力，隔一條街也聽得見，諸如此類。客人既談論得高興，沈菀又應酬得殷勤，老鴇便也放下心頭疑慮，搭訕著走開了。

納蘭容若之死正是京城裏的大事件，清音閣的客人非富則貴，哪有對當朝首輔明相長公子的事情不聞不問的，一經提起，便都滔滔不絕，當真是知無不言，言無不盡，便在眼面前兒看見的也沒這般真切。都說公子的病症最是奇怪，大伏天裏忽然高燒不止，用盡方法都不能出汗，聖上正要出宮巡塞，聽說公子急症，一天三次地派人慰問，又特地派太醫送解毒靈丹來，可惜藥未到而公子已死。

眾人說到這裏，紛紛頓足嘆息，有的說：「若是皇上早一日送藥來，或是送藥的使者快馬加鞭，說不定公子的病就有救了。」也有的說，「七日不汗，聞所未聞，聽說太醫們查遍醫書也沒找到這病的名頭，納蘭公子奇人奇事，連生的病也與旁人不同，怎麼能怪太醫束手無策呢？還是皇上聖明，且不問是什麼病，只叫太醫拿靈丹去救命，偏又送晚了半日，這可真是天不假年了。」

說來說去，彷彿只要皇上的藥早到半日，納蘭公子的病就會應藥而癒一般。

沈菀聽著，卻越發生疑：皇上要送給納蘭公子的，到底是什麼藥呢？既然連太醫都不能解明病症，皇上大老遠的身在塞外倒怎麼知道該賜何藥呢？這藥也有亂送的？何況，爲什麼早不送晚不送，偏偏在公子病歿的當天送到？那到底是解藥，還是毒藥？是真的沒有送到，還是早已送給公子服下了？

她本能而固執地覺得，納蘭的死沒有那麼簡單，這背後必然隱藏著一個天大的秘密。若不能揭開這謎底，她怎麼都不會放過自己。她知道那些名儒文士們這時候都在爭著爲納蘭公子題寫歌詠悼文，但是她覺得他們沒有一個真正瞭解他，知道他的心。他們中沒有一個人，會像她這樣熱切地愛著他，盼著他，生命的一點一滴都是爲了他。那些華麗的詞藻，陳腔濫調有什麼意義呢？只有她，只有她用生命寫出的哀歌，才配得上公子的爲人。

她努力地搜集著納蘭的故事，沿著他一生的足跡從頭來過，搜集他所有的腳印，吉光片羽，都彌足珍貴。陪他重活一次，這是紀念納蘭的唯一方法，也是讓她自己有勇氣繼續活下去的唯一力量。

一連數日，沈菀送往迎來，周旋應對，話題卻只是圍繞著納蘭公子，八九天功夫不到，所知所聞倒比從前幾年加起來還多。因從前只是零星探問，且顧著清倌人的矜持，不好太露痕跡；如今借著說實事，大可刨根問底，無所顧忌。

天子腳下的闊人，便不是皇親國戚，也都有些七拐八扭的關係，見沈菀姑娘有興致，便都爭著說些內幕消息，賣弄自己耳目靈通，直將納蘭家祖宗三代都翻騰出來，鋪陳得清楚詳細，就如同翻閱祖譜一般——

翻開納蘭家的族譜，幾乎就是一部滿清宮廷奪位史——他的曾祖金台石是葉赫部的第七世首領，統治海西女真諸部，並接受明朝委任，代捍大明邊境，時稱北關。那是葉赫那拉家族最強盛的時期，整個東北女真，只有長白山腳下努爾哈赤統領的建州女真部落可以與之對峙。

一山不容二虎。在草原上，兩個強大部落的關係向來只有兩種：要麼吞併，要麼聯手。而最佳的連橫手段，就是結爲姻親。於是，葉赫那拉部落的孟古姐姐被送去了愛新覺羅部，成爲努爾哈赤的福晉，這就是清太宗皇太極的生母，大清歷史上第一位尊爲皇后的孝慈高皇后。

有了這層姻親關係，海西女真與建州女真一度相安共處，甚至還很和睦。然而平靜是暫時的，貪欲卻是永恆。明萬曆四十四年，努爾哈赤於建州稱帝，決計統一女真，並於萬曆四十七年對葉赫部發起進攻，不久，葉赫城破，軍民皆降。但是努爾哈赤並不滿足，因爲他平生最大的對手金台石並沒有低頭。他知道金台石一身傲骨，大概沒有那麼容易服輸，遂命四子皇太極、也就是金台石的親外甥前去勸降，希望以親情打動於他。

皇太極帶著軍隊逼入宮中，卻看到金台石驕傲地坐在燭光中心，在他的周圍，聚滿了金珠玉器，以及數不清的酥油罐，地上汪著的，也都是油。千百支已經點燃的蠟燭從金台石的座下一直排列伸延到宮外去，搖搖曳曳，看得人心驚膽寒。皇太極生怕碰倒了蠟燭，忙令軍隊止步，只遠遠地站在宮門叫了一聲「舅舅」。

金台石哈哈大笑，指著滿屋的蠟燭與酥油道：「你怕了麼？你們建州女真號稱百萬大軍，什麼樣的生死陣仗沒見過，卻會怕這幾根小小的蠟燭嗎？你回去告訴努爾哈赤，叫他不要得意得太早。我們葉赫那拉家族不是那麼容易屈服的，哪怕剩下最後一個子孫，即使是個女兒，也要向愛新覺羅討還國土！」說著，他傾倒手中的燭臺，點燃了滿地的酥油……

熊熊的大火，映紅了葉赫部的末日，這個烜赫一時的英雄部落從此滅亡。金台石之子尼雅哈率餘部歸順後金，隸滿洲正黃旗，到了葉赫那拉成德，也就是納蘭容若，已經是亡國後的第三代了。

還有人記得金台石自焚前的誓言嗎？

——哪怕葉赫那拉部剩下最後一個子孫，即便是女子，也要向愛新覺羅討還國土！

也許沒有人記得了，但那詛咒是流傳在血液裏的，在不知不覺的時候已經滋生、流淌，注定了葉赫那拉的後代在愛新覺羅的王朝中不會安分守己，一代又一代地用自己的言行改寫歷史，興風作浪。

容若公子的死，只是那拉家的悲劇，還是覺羅氏的陰謀呢？

也許明珠並不願意兒子在誓言與現實間痛苦徘徊，小小年紀就背上歷史的重負，因此也就不願告訴他這段往事。然而他還是知道了，告訴他的，是他的母親，愛新覺羅雲英。

葉赫那拉與愛新覺羅這兩個家族的淵源實在太深了，既有滅國之恨，亦有血肉之親，真是理也理不清，剪也剪不斷。除了孟古姐姐嫁給太祖皇帝努爾哈赤為妃，成為大清國第一個受封的皇后外，清太宗皇太極、清世祖福臨、甚至當今聖上康熙，也都曾納葉赫那拉家的女兒為妃，而葉赫那拉明珠，也娶了愛新覺羅的女孩為妻，即努爾哈赤的親孫女、英親王阿濟格的第五女。

只不過，明珠娶雲英，並不是出於自願，而是帶有一點屈辱的意味。

那是在順治七年臘月，權傾天下的大清攝政王多爾袞赴山海關行獵，墜馬傷重而死。訃聞京城，傀儡皇帝順治詔令全國臣民皆須易服舉哀，又親自率諸王、貝勒、文武百官渾身縞服，迎靈柩於東直門五里亭外，哭奠盡儀，並追尊多爾袞爲懋德修道廣業定功安民立政誠敬義皇帝，廟號成宗。

諸多惺惺作態後，次年正月，順治帝親政，卻忽然反面無情，命諸王、固山額真、議政大臣等議多爾袞謀逆罪，並將其兄英親王阿濟格下獄幽禁，罪名是曾在多爾袞發葬之際企圖聚集兩白旗大臣奪政謀亂。令其家產籍沒，子孫悉貶爲奴。阿濟格在獄中聽聞，痛不欲生，撕碎了自己的衣裳，又拆掉監獄的柵欄，想要舉火自焚，卻被守衛攔了下來。順治聽說後，更加得了藉口，遂於十月十六日下旨令其自盡，其子賜死，其女雲英則賜嫁侍衛明珠爲妻，這便是納蘭容若的生母。

那一年，雲英剛滿十五歲，正是花一樣的年紀，卻忽然面臨了殺父之仇，滅門之痛。當她還不知道「謀逆」是何意時，她已經成了罪臣的女兒；在她還不知道「愛情」爲何物時，卻已經成了人家的妻子。

這段婚姻，是罪臣之女賜嫁降臣之後，實在沒有什麼光榮可言，倒帶著貶謫的意思。因此明珠與雲英兩個，雖然相敬如賓，卻從來說不上恩愛，尤其雲英自從父親兄長一夜喪命後，就彷彿失去了笑的能力，無論什麼樣的謔語趣劇，都不能使她的臉上露出一絲笑容。她的生活就像是一枝準備開花卻突然經霜的玫瑰般被凍結了花期，一頭是還沒等盛開就枯萎了的花苞，另一頭是佈滿尖刺的光禿禿的杆莖，剩下的生命，就只是荊棘與疼痛——握得越緊，傷得越重。

直到生下納蘭容若。

容若出生後，雲英好像重新活轉來了，她把全部精力與心血都放在兒子身上，親自教他讀書寫字。容若也真是聰慧，四歲學騎馬，七歲學射箭，十四歲已經文名遠揚，七步成詩。

然而有著這樣一對父母的孩子，卻很難快樂。他是個聰明的孩子，也是個孝順的孩子，對父母的一言一行都看得極重。母親稍有不適，他必衣不解帶地服侍，親嘗湯藥，手進飲食，比下人更加盡責；父親略有煩難，他必再三詢問，代爲謀議，雖不諳世事朝綱，卻可以盡舉經史典籍讓父親參詳。康熙初年所頒治國典律，大都出於明珠裁定，而年少的容若幫了不少忙，可謂入學之前已然參政。

那麼，對於葉赫部的冤仇，英王家的慘劇，他又能無動於衷嗎？他的父親、母親，都背負著這樣深重的血海沉冤，他又怎能毫無所感？

「須知今古事，棋枰勝負，翻覆如似。

嘆紛紛蠻觸，回首成非。

剩得幾行青史，斜陽下、斷碣殘碑。

年華共，混同江水，流去幾時回！」

那世事如棋局局新的感慨，那不堪回首月明中的情懷，那滾滾長江東逝水的滄桑，豈是一個尋常詞客騷人的嘆息？也許，正因爲這無奈，他才會爲自己改了名字，不姓什麼葉赫那拉，卻用了一個漢文化意味極強的「納蘭」爲姓，自稱納蘭容若吧？

沈菀覺得悲哀。對納蘭家的故事瞭解得越深，就越讓她覺得公子可憐。人人都視他爲人中龍鳳，以爲他錦衣玉食，無所不有，然而誰會知道他心裏的苦楚呢？他雖然總是在溫和地微笑著，可是他的眼睛裏，卻有著極深的哀愁，那麼蕭瑟，那麼無奈，彷彿千年深潭融不化的玄冰。那愁苦，是爲了少年嬌妻的早逝，還是爲了葉赫部與英王家的世仇？她曾當面批評他的詞不如李煜，因爲李後主傷的是國恨家仇，納蘭詞卻只耽於兒女私情。

她錯了，大錯特錯，不僅錯評了他的詞，也錯看了他的人！

她錯得這樣離譜，是因爲忽視了他那些慷慨激昂的塞外吟詠，還是太重視他在悼亡詞中流露出來的深深情意，被無名的嫉妒蒙蔽了眼睛？她太淺薄，太渺小了，她不配做他的知己！

可是普天之下，誰又是納蘭的知己呢？

那些王孫公子最爲津津樂道的，還是納蘭公子的侍衛生涯。他們用無比豔羨的口吻提起，自從康熙十五年納蘭容若取得二甲進士以來，便成了皇上的近身侍衛，在所有的御前行走中，最得皇上的歡心。這些年裏，他不知道陪皇上去過多少地方，南苑、湯泉、昌平、霸州、灤河、保定、松花江、五臺山、古北口、揚子江、燕子磯、曲阜、泰山……皇上走到哪裡，就要他跟到哪裡，這不僅是因爲他爲人謹慎，進退有度，又學識淵博，才思機敏，凡皇上問詢皆能隨口作答；更是因爲他論文采固然出口成章，應制之詩倚馬可待，普天下也沒第二個人比得上；即論武功，也是騎術非凡，箭無虛發，但聞弓弦響起，百步內必有鳥獸墜地，百發百中——他幾乎是一個完人。甚至有人評價說，就是宮裏資歷最深最小心翼翼的太監總管，也不如納蘭公子謹慎、細心、體察聖意。

這些年中，皇上賞賜給他的寶貝不知凡幾，金牌、彩緞、上尊、御饌、袍帽、鞍馬、弧矢、字帖、佩刀、香扇，無所不至，據說明珠花園裏專門有間屋子用來陳設御賜之物。人們甚至猜測，明珠大學士同索額圖鬥了半輩子，而最終能獲得勝利、一黨獨大，都是承了兒子的濟。

這猜測並非全無根據，因索額圖是在三年前被罷免所有職務，明珠從此得以獨理朝政，大權在握；而納蘭公子也正是在三年前被皇上委以重任，深入索倫地區執行秘密任務的。

——說起來，當時的天大機密，在今天雅克薩開戰之際，已經成了公開的政績。三年前，納蘭公子侍從皇上東巡歸來後，受命同都統郎坦、彭春、薩布素等一百八十人，沿黑龍江行圍，直達雅克薩，名爲狩獵，其實是偵察羅剎擾邊之事，八月出發，冬月返回，行程數千里，備受艱辛。有時候糧草斷絕，又有時在冰上行走多日，忍饑寒，禦敵虜，九死一生，終於偵得東北邊界水陸通道的詳情。

如今大清與羅剎已經正式開戰，就在上月初，清軍調集軍隊，由彭春率軍從陸路攻打被俄軍侵佔的雅克薩城，林興珠則率領藤牌軍在江中迎戰俄國援兵，這水陸並進的戰略戰術，正是依了三年前納蘭公子偵邊報告而制定的。皇上此時正巡幸塞外，撫今思昔，怎不感傷，難怪聽說公子患病會那麼焦急垂詢呢。

沈菀聽著這些故事，心底裏泛起的卻是一闋又一闋的納蘭詞，從前讀的時候並不覺得，如今想來，才發現那些足跡早已深駐詞中，《菩薩蠻・宿灤河》、《百字令・宿漢兒村》、《卜運算元・塞夢》、《浣溪沙・古北口》……所題所詠者都是公子在扈從伴駕的途中所見所感吧。記得他有一年陪皇上南巡回來，還托人給清音閣送來了一大包杭白菊，他做人就是這樣的溫和周到，從沒有貴賤高下之分的。

「平堤夜試桃花馬，明日君王幸玉泉。」從前只覺得詞句優美，意境清切，而今重讀，卻忽然明白了公子那伴君如伴虎、朝不保夕的苦楚——皇上忽發奇想要騎馬去玉泉，作爲御前行走的納蘭公子就得連夜試馬，確保第二天出遊順利，而他需要準備防範的，又豈止試馬一件事？

「夜闌怕犯金吾禁，幾度同君對榻眠。」這在別人可能是一種天大的恩寵，然而於公子，卻必定是苦差。皇上聖眷隆重，信任有加，走到哪裡都要公子隨行，連睡覺都要公子在一旁守夜，公子又怎能睡得安穩呢？八年扈從，他從無半點過錯，這是常人可以做到的嗎？

想到這裏，忽然有個極重要的問題跳了出來，就像一根針那樣刺痛了沈菀，讓她幾乎是叫起來，失聲問：「皇上既然這樣離不開納蘭公子，而這次塞外之行又與公子有莫大干係，爲什麼倒不帶公子同行呢？」

問得這樣明白具體，座中諸人也都被提醒了，一個便說：「自然是納蘭公子得了病，不便同行。」另一個卻說：「我聽人說，早在公子得病前，皇上出行扈從的名單就定了的，其中並沒有公子。只怕其中另有隱情也未可知。」越議越奇，話題漸涉朝政，那老成謹慎些的便道：「朝廷中事，哪裡是你我輩能說長道短的？皇上這樣做，自然有皇上的道理。咱們身在風月之地，原爲賞花尋開心，倒是莫談國事的好。」眾人都道：「極是，極是。」遂撇下話題，只亂著要沈菀跳舞。

沈菀只得答應著，避到六扇落地泥金山水屏風後更換舞衣，然而心裏的疑雲卻是越來越重：究竟是在皇上出宮之前，公子就已經得了病，還是因爲皇上對公子生了疑忌之心，不讓他扈從了呢？如果是前者，難道以公子的涵養修爲會有意地稱病誑駕嗎？如果是後者，那麼皇上的疏遠對公子又是怎麼樣的打擊與暗示呢？公子這樣心思縝密、慮事周到的一個人，倘若知道皇上對自己生了猜忌，又怎能不驚動、不難過？

世人對葉赫那拉與愛新覺羅的故事並不諱言，當成歷史傳奇那樣津津樂道，皇上會毫不介意，無所顧忌嗎？皇上即便信任明珠，難道也會信任他的妻子雲英嗎？或者他不在意雲英是個女流之輩，但對於雲英一手教導長大的容若公子呢？先皇處死了雲英的全家，容若公子在母親的言傳身教下，又豈會對這段血海深仇置若罔聞？順治帝將雲英賜與侍衛明珠為妻時，一定沒想到在自己死後，康熙帝會對明珠如此重用。而康熙帝在讓納蘭容若近身侍從之際，從沒想過這個人的外祖父與舅舅乃是死在自己父皇之手嗎？納蘭公子博學多才，卻連任八年侍衛而不得另派，會不會與他錯綜複雜的身世有關？康熙將公子一直留在身邊，不許他治理一方，施展平生所學，究竟是因為太信任還是不信任？而這樣的生涯中，公子曾在詞中表白過的「將銀河親挽普天一洗」的抱負，又如何展現？

納蘭邀集生平好友吟詩淥水亭而後忽然病發，分明另有蹊蹺，倘若公子明知要死卻不敢求生，那個施以毒手的人會是誰？而當今世上，明相一手遮天，又有什麼人可以無視他的權威而左右納蘭公子的生死？倘若公子是被迫而死，那個兇手是誰？

沈菀悚然驚動，那麼多的疑問，那麼多的悲劇，卻如撥雲見日，竟都漸漸指向一個人——當今世上最高君王，康熙大帝！

如果有一個人決定了要納蘭公子去死，而公子明明察覺了卻不能抗命，這個人只能是皇上。沈菀憑直覺認定，康熙就是害死納蘭公子的真兇。她不能放過他，她必須為公子報仇。可是，她該怎麼做？她又能做什麼？一個是賤如微芥的風塵女子，一個是九五至尊的當朝天子，即使她懷疑他，即使她認定是他害死了納蘭公子，她又能怎麼樣？

皇上究竟爲什麼一定要置公子於死地呢？又是用什麼方法害死公子的呢？只能是下毒吧？好端端的一個人，在這麼短的時間裏暴斃，卻又假以患病爲由，大概下毒是最簡便穩妥的了。可是怎樣才能證明這一點？

除非開棺，親眼看到納蘭公子的屍首。得寒疾而死和中毒死的症狀不可能是一樣的，這在許多話本戲曲裏都有唱到，大概不難區分。但是，怎麼樣才能見到屍首呢？相府是進不去的了，難道要等到下葬後再掘墓開墳？

沈菀糾纏在自己一手打製的死結中掙脫不開，越往深裏想就縛得越緊，幾乎窒息。然而逼迫中，又有一絲隱隱的光亮在遠處閃爍，讓她覺得就要接近那故事的真相。納蘭短短的一生，處處都充滿著傳奇，充滿著疑竇，絕不只是一句「天妒英才」就可以解釋得了的。

她一定要替他解開謎底，她說什麼都要再見他一面，生不能見人，死也要見屍！

這晚，沈菀正在初次見到公子的「茂蘭軒」表演古琴，小丫頭悄悄地跑來告訴說，顧先生往倚紅姑娘房裏去了。沈菀聽見，顧不得正在應酬的滿堂貴客，擲了琴就走，拽著衣服一路小跑著穿過院子，徑往樓上倚紅房裏來，門也不敲，推開便道：「顧先生來了，這一向可好？」

倚紅見她這樣，早猜到心思，倒也不同她計較，只笑道：「小蹄子，搶客人搶到姐姐房裏來了，我倒要找媽媽評評這個理，從古至今，可有這樣橫行霸道的人嗎？知道的，說你仗著是我妹妹，沒上沒下；不知道的，還當你是顧先生家裏的，跑到這裏來找男人呢。」

一席話，說得顧貞觀眉花眼笑，一手一個扯著二人坐下道：「我老顧哪有這樣豔福，勞兩位花魁爲我爭風吃醋。說吧，找我什麼事？」

沈菀坐下來，未及開口，已經紅了眼圈兒道：「公子的頭七，先生可去了麼？」

顧貞觀收了笑容，點頭嘆道：「我自然去的。那天淥水亭詩會的朋友，個個都去了。倚紅同我說你也想去的，你能有這份心，也算難得，可惜相國府裏規矩太大，宮裏又不時有人過來，戒備森嚴，老顧是愛莫能助啊。」說著，從桌上拿起一幅卷軸來遞給沈菀道，「這是公子自繪的小像，我特地請畫師爲你拓的，好好收著吧。不過是個心意，閑的時候，你自己在房裏焚炷香，燒刀紙，念誦一番，也是一樣的。」

沈菀看他不等自己開口，早已把話攔在裏頭，知道求也無用，只得道：「並不敢勞煩先生逾禮帶我拜會相府，只不過是打聽幾句靈堂擺設，葬禮排場，就當自己去過了是一樣的。」說著，聲音哽咽起來，遂掩飾地低頭展開卷軸，正是納蘭畫像，雖只寥寥幾筆，卻是衣履儼然，態度可親。沈菀心頭一熱，納頭拜倒：「謝謝顧先生的厚禮。」

顧貞觀忙扶住了，勸道：「你也不要太傷心了。公子雖英年早逝，然而一生轟轟烈烈，豈不抵得過庸人百年？至於公子的身後事，你只管放心，明相長公子的大事，怎麼會不辦得隆重體面？況且雅克薩大捷，正是普天同慶的大喜事。皇上在塞外聽說了，不及慶賀，倒先特地派個御使到相府來，在公子靈前焚香祭告，以慰公子在天之靈，也堪稱是身後哀榮了。」說到這裏，又不禁嘆道，「公子也真是無福，倘若不是這個病，等軍隊凱旋歸來，朝廷論功行賞，少不得要算上公子的一份功勞。公子一直希望能夠派個真正的差使，有所作爲，不用再做這勞什子御前行走，眼看著這願望就要達成了，卻偏偏又……」說著不住長吁短嘆。

倚紅道：「這倒奇了，難道做一等侍衛還不知足？皇上有個什麼眉眼高低，他第一個就先知道，升官發財還不都是囊中物？倒非要山長水遠地做個地方官兒才叫好？不過話說回來，『三年清知府，十萬雪花銀』，都說地方官有實惠，莫非納蘭公子也打著這個主意？」

顧貞觀板起臉來斥道：「別胡說，公子可不是那樣的人。他平生仗義疏財，最恨的就是賣官鬻爵的不義之輩，又怎麼會爲了貪圖實惠去做官兒？」

倚紅笑道：「他不喜歡，他爹可喜歡得很呢。我聽說，天下的官兒都讓明相給賣完了，可是有的？」

顧貞觀沉了臉道：「越說越不成話。這些朝廷大事，也是你說得的？」

倚紅道：「得了吧，你又不是什麼朝廷命官，裝什麼道貌岸然。我知道你們從來也沒把什麼明大人、索大人的放在眼裏，你們幾個狂狷平日裏湊在一起非議朝政的話還少嗎？說什麼索額圖要算天下第一贓官，明相就得排第二，又是什麼天下烏鴉一般黑，明珠趕走了索額圖，倒比索額圖更狠更貪，我聽都聽得耳朵起繭了。這會兒跟我裝小心。你說的那些話呀，我傳出去一句，都夠你掉三個頭的了。」

顧貞觀不氣反笑道：「好一個伶牙俐齒的言官，我若是狂狷，你又是什麼，俠女麼？居然敢非議相國大人。你可記著，這些話也只在我面前說說得了，在別的客人前，還是言語小心些好。」

倚紅將扇子在他肩上拍了一下道：「你也小心點兒，那些話也只在我面前說說得了，別高了興不妨頭，到哪兒都只管議論起來。從前要有個什麼是非差錯，還有納蘭公子幫你們遮掩疏通，以後要再犯了事，看誰來保你。小心發配你到寧古塔去，可沒人管你。」

一句話，又勾起顧貞觀的心事來。原來，那寧古塔乃是犯人流放之地，去到那裏的人，一百個裏頭九十九個都回不來。然而顧貞觀有位朋友叫吳兆騫的，於順治十五年以丁酉科場案被連累入刑，次年謫戍寧古塔，困病交加。納蘭容若與顧貞觀結交後，聽說了此事，便一心要營救吳兆騫，百般設計，四方奔走，到底於康熙二十年迎其還京，又撥了房子給他住，及前年吳兆騫病逝，也是容若出資殮葬，遂成當世文壇的一段佳話，而顧貞觀、朱彝尊這些對旗人貴族一直懷有戒心的漢人才子，也是從這件事開始，才和納蘭公子真正結爲忘年之交的。

說來也奇，納蘭喜歡結交的，都是些比他年紀大得多的人，比方顧貞觀就比他大了整整十八歲，姜宸英、朱彝尊、梁佩蘭、吳兆騫、還有嚴繩蓀等則都大著他二十幾歲，陽羨派詞人之首陳其年，更是比他大著足足三十歲。這也難怪，以他的學識見地，同齡之人的確難以望其項背，自古英雄皆寂寞，納蘭一生，想必也是孤單的吧，難怪他的詞作中，悼亡之吟不少，知己之恨尤深。

臨街的窗開著，不時有青綠色的小飛蛾撲進來，圍著油燈打轉兒，撲打撲打地拍著紗罩，倚紅看得心裏起膩，拿扇子去轟那飛蛾，轟了半晌轟不去，只得放下扇子去關紗窗，往外張了一張，自言自語地道：「天氣這麼熱，只怕不便停靈太久，倒不知道什麼時候下葬。」

沈菀被一言提醒了，忙問道：「求先生告訴我，公子的陰宅選在哪裡，過後也好到墳前磕個頭，上炷香。」

顧貞觀道：「自然是京西皂莢屯葉赫那拉家的祖塋，不過，照規矩總要停靈一段日子才會破土下葬。至於停厝之處，我猜八成是雙林禪院，那原是他家的家廟，從前盧夫人仙逝時，也是在那裏停放了一年多才下葬。」

盧夫人即是納蘭容若的前妻，結縭三年即青春夭逝，這原是沈菀早已知道的，然而此時聽見，卻不由心裏一動，忙道：「可是城門外二里溝的雙林禪院？難怪公子有多首悼亡詞都提到那裏，我原來還想著，怎麼他沒事老去寺裏做什麼？又怎麼一住在寺裏，就會傷心起來？原來卻是為了想念他夫人。」

顧貞觀道：「你的心真細，我倒沒這麼想過。」

沈菀道：「有兩首《望江南》，副題都作『宿雙林禪院有感』，一首說『心灰盡，有髮未全僧。風雨消磨生死別，似曾相識只孤檠。情在不能醒。』另一首說『天上人間俱悵望，經聲佛火兩淒迷。未夢已先疑。』你怎麼忘了？」

顧貞觀聽了，點頭道：「經你這麼一提醒，我倒想起來了，他的詞裏關於寺中悼亡的不少，我記得的還有一支《尋芳草・蕭寺記夢》。」因低低吟道：

「客夜怎生過？夢相伴、倚窗吟和。

薄嗔佯笑道：若不是恁淒涼，肯來麼？

來去苦匆匆，準擬待、曉鐘敲破。

乍偎人，一閃燈花墮，卻對著、琉璃火。」

一邊說，一邊從架子上扯過一條汗巾子來，在臉上囫圇抹著，也不知是擦淚還是擦汗。倚紅聽兩人唧唧歪歪地吟詩，滿心裏不耐煩，只是插不進嘴去，好容易等到兩人停下來，又見顧貞觀不住擦臉，彷彿很熱的樣子，只怕他這就要走，明知道這種日子他不會留下來過夜，然而多留一刻也是好的，遂沒話找話地道：

「真是的，我認得你這麼多年，便聽你說了納蘭公子這麼多年，說到底，那位盧夫人到底是怎麼死的？」

顧貞觀道：「那時我剛認得納蘭公子半年多，還不像現在這麼來往頻密，記得是十六年丁巳仲夏，公子隨皇上去霸州行圍剛回來，盧夫人突然暴斃，沒過多久，明大人晉為大學士，明府裏張燈結綵，只顧著慶賀升官之喜，哪裡還有人去追究一個婦人之死？也只是納蘭公子那般長情的人，常常往雙林寺守靈哭夜罷了。日間當著人，卻仍是言笑自若，不肯形諸顏色的。因此我雖然偶爾往相府走動，卻沒認真打聽過，只依稀記得說是難產。」

倚紅撇嘴道：「老婆就要生孩子了，又是進門頭一胎，他不在家守著，倒有心思去打獵，也太不近人情，不知體貼，還說是情種呢。」

顧貞觀嗔道：「可又是胡說？公子身為侍衛，伴駕扈從是頭等大事，皇上讓他隨行，難道他好說不去的？況且誰又能算出盧夫人會早產，且又是難產呢？」

沈菀忽然抬頭道：「先生可記得盧夫人的祭日是什麼時候？」

顧貞觀抬頭想了一想，猛一拍大腿道：「你不提我倒忘了，說來真是巧得不能再巧，竟和納蘭公子是同一天，也是五月三十。」

沈菀、倚紅聽了這句，都不由驚問：「真有這麼巧？」

顧貞觀道：「說來奇了，真就有這麼巧，十六年丁巳五月三十，絕不會錯。七月裏，明大人擢為武英殿大學士，那日姜宸英約我往明府道喜，我本不肯，無奈姜宸英一再央告，只得陪他走一趟，去時看到許多家人還戴著孝，我們還掐指算了一算，才想起盧夫人七七還沒過。聽管家說，是明大人嫌紅白相沖不吉利，所以只在園中停過三七，就移靈了，所以我還記得日子。」

沈菀聽著，忽然無來由地覺得背脊一陣發涼，那盧夫人生爲官家之女，嫁作侯門之婦，錦衣玉食，鶼鰈情深，可謂萬般皆如意，生命中了無遺憾，何以竟至薄命如斯？而納蘭公子竟在八年後同月同日追隨而去，難道真是巧合？他一而再再而三地往雙林禪院守靈尋夢，到底在等待什麼，又在尋找什麼？會不會，當年的公子，就像今天的自己一樣，爲了至愛的死而心存不甘，苦苦地尋找著一個答案？

「天上人間俱悵望，經聲佛火兩淒迷。未夢已先疑。」他疑的，究竟是什麼呢？

彷彿有一扇看不見的門驀然洞開，有陰風陣陣從那門隙間襲入，沈菀似明非明，若有所悟，卻看見剛才倚紅拿扇子撲撻的那隻小青蛾，自己撞在燈罩上跌落了下來。

注一：

《清史編年》第一卷順治八年辛卯十月十六日庚申載：「英親王阿濟格上月三十日於監所對監守者云：『聞將吾一子給巽王，一子給承澤王為奴，諸婦女悉配夫，吾將拆毀廂房，積衣舉火。』後即有拆房聲。監者以告。下諸王議政大臣議，議論死。順治帝令其自盡，其子勞親王亦賜死。」另，《清世祖實錄》、《明清史料》、《清史列傳》亦有相關記載。

注二：

納蘭容若偵考索倫一事，其身後墓表悼文多有提及，此處舉姜宸英《納蘭君墓表》為例，表中云：「二十一年八月，使覘唆龍羌，其地去京師重五、六十驛，間行或累日無水草，持乾糧食之。取道松花江，人馬行冰上竟日，危得渡，又抵其界應得其要領還報。」「及死數日，唆龍外羌款書至。上時出關，即遣他使就几筵哭而告之，以前奉使功也。」

注三：

關於納蘭容若《望江南・宿雙林禪院有感》兩詞，張秉戍《納蘭詞箋注》說明中記「康熙二十二年之二月、九月，納蘭曾兩次同皇帝、皇太后幸五臺山」，以為兩詞「大約作於九月的行途中」，並在注釋中指出雙林禪院為「今山西省平遙縣西南七公里處雙林寺內之禪院」。

而趙秀亭《納蘭叢話》中則有「性德有雙調《望江南》二首，俱作於雙林禪院」之語，「蓋盧氏卒康熙十六年五月，葬於十七年七月，其間一年有餘，靈柩必暫厝於雙林禪院也。性德不時入寺守靈，遂而有懷思諸作。」以為「《望江南》第一闋有『暗飄金井葉』句，當為康熙十六年秋作；第二闋有『憶年時』句，則必作於康熙十七年。」「據《日下舊聞》、《天府廣記》等載，雙林禪院在阜成門外二里溝，初建於萬曆四年。」

兩書於《望江南》詞作的年代、雙林禪院的地址均有極大歧義，作者權衡之下，為小說主人公往返方便，遂取趙秀亭之說，以近郊處為宜。

第四章　經聲佛火兩淒迷

沈菀決定逃跑——不離開清音閣，如何追查公子的死因真相？

倚紅聽了沈菀的計畫，驚得一把抓住道：「你作死！從前清音閣不是沒有倌人試著逃跑的，最後還不都給捉回來？受的那罪！」她抓得太用力，連喉嚨都扁起來，彷彿沈菀這便要跑一樣。

自古以來，老鴇調教不聽話的妓女都有很多招術，清音閣裏最有名的絕招叫作「紅線盜盒」，名頭很好聽，刑法卻殘酷：將妓女除了衣裳，用兩根紅線拴在乳頭根處，來回拉扯，使之微微出血後輕輕彈動，乳頭又紅又腫，如櫻桃一般，每一次彈動，都好像要從根部裂開剝落，那種疼鑽心入肺，把全身的注意力都吸引到細細一根線上來，人的神經也跟著那根線不住彈動，與其說是身體的痛楚，不如說是精神的折磨，因爲老鴇並不用力，只是時不時輕彈一下紅線，而那種悠長纖細的疼則要維持好久，妓女疼得又想扭曲身子，又怕乳房顫動使紅線拉扯彈動得更厲害，要拚了命讓自己站直立正，自己跟自己做對，自己向自己求饒——不服軟也服軟了。

這樣做的好處是不會使妓女破相，一點點皮肉傷只能讓櫻桃般的乳頭更紅豔誘人，絲毫不影響接客。而且老鴇在施過刑後，會讓男人去舔那傷處，這又是一重心理與肉體的掙扎——妓女痛恨男人的輕薄狎弄，然而輕舔乳頭的做法又使得傷處很舒服，於是從厭惡到渴望，從抗拒到享受，心理上再一次服軟了。

經過這樣兩番折磨的妓女，即使還沒有破身，在精神上也已經徹底放棄了，再也清高矜貴不起來，由著老鴇捏扁搓圓。與「紅線盜盒」相比，那些將妓女吊起來打，或是綁了褲腿放隻貓進去亂抓的作法就顯得粗糙而不聰明了，因為不論是鞭打還是貓抓，都會留下傷痕，而妓女的身子是要拿來賺錢的，這樣的做法豈不等於跟自己的錢包作對？至於找男人來輪姦妓女，則純屬賠本買賣，就更不可取了。

倚紅曾親眼目睹過一個姐妹被施以「紅線盜盒」，那求生不得欲死不能的哭聲至今還響在耳邊，當沈菀一說出「逃跑」兩個字時，她的眼前立刻就反射動作般地出現了那妓女赤裸的身影，忍不住顫慄起來。

沈菀安慰地拍了拍倚紅抓在自己胳膊上的那隻手，簡潔地道：「我非走不可，我得去雙林禪院一趟，親眼看見公子的遺體才心安。」她說得這樣心平氣和，就像說她想看一眼在裁縫張的鋪子裏訂的舞衣做好了沒有，或者隔壁院的玫瑰花是不是開了一樣。

「你還要看屍體？」倚紅更加吃了一驚，壓低聲音道：「那可是相國大人的家廟，哪是能說進就進的？你就算找個由頭去廟裏上香，也只好在大殿裏磕個頭求支籤罷了，難道還有香客跑到靈堂裏去看棺材的？我聽說雙林禪院大得很，院子前後進，房屋幾十間，你知道公子的靈柩停在哪一間？就算僥倖被你找到了，你有本事在光天化日下開棺麼？你又不是忤作，又不是判官，又不是公子的什麼人，他們會容你打開棺材來驗屍？」

沈菀搖頭道：「我想不了那麼多。你沒聽顧先生說嗎，當年盧夫人過世，在寺裏停放了一年多，公子也常常去守靈的；如今他去了，想來他家裏的人自然大門不出二門不邁，不方便去廟裏的，不過使下人隔三差五地上香罷了。我要再不去，公子身後豈不淒涼？」

要去雙林禪院給公子守靈，這話沈菀一早就說過，自從顧貞觀說納蘭公子的棺槨會停在雙林禪院，沈菀就動了心思，一直同倚紅說，到時候要去禪院爲公子守靈。不過倚紅從來不當真——清音閣的紅倌人跑到荒郊野外的寺院裏，和尚肯開了靈堂的門讓她進去才見鬼呢，更何況還要住下來。不過，那時候靈位還在相府裏，事情隔得遠，就只是一句話；如今公子的棺槨果然移出來了，這話就直逼到眼前來，成了一件事。

倚紅拍著胸口，一萬個不贊成：「公子替他夫人守靈，那是夫妻之情，有名有份。我們可算什麼呢？古往今來，你可聽說過有妓女爲客人守靈的？更何況他連替你梳攏都沒有，連個相好的恩客都算不上，你替他守靈，算是怎麼回事兒呀？」

這些話是最刺沈菀心的，不由得臉上變色，冷著聲音說：「妓女怎麼了？妓女也分很多種。公子說過，『妓，女樂也。』妓女不過是喜歡音樂的女子，歌舞娛人而已。先帝下旨停了教坊，可是地方上還不是變相經營，屢禁不止？可見妓女本來是好事，都是被一些人自輕自賤，反而弄左了。古往今來，風塵中的奇女子多著呢，像是夜奔的紅拂，罵賊的李師師，畫扇的李香君，投湖的柳如是，再如能詩的馬湘蘭、趙彩姬、朱無瑕、鄭英如，還有桃葉女沙宛在，連男人也都敬服的，咱們自己倒看不上自己了？」

倚紅笑道：「我不過說了兩句話，你就搬出這些古人來講大道理。既然你想做魚玄機、陳妙常，我也不攔你。不過我白想想，一個狐仙花妖似的美人兒，隻身住進城外寺院裏，爲的是尋棺、開棺，守屍、驗屍，聽著就嚇人。除非你拜了茅山道士，能穿牆翻院，不然，憑你這嬌滴滴的模樣兒，如何辦得到？我問你，從前你想哭靈也不容易，現在倒說要守靈。你想守就守了嗎？你怎麼走得進靈堂呢？」

沈菀道：「這個我自有辦法。你只要明天陪我出一趟門，遮掩我逃出去就好。」

原來清音閣的倌人出門，必有娘姨龜奴跟著，一來防著她們逃走，二來也是怕人欺侮輕薄的意思。沈菀前幾天鬧得太厲害，看得便又格外緊些。要出去，只得拉倚紅做接應，前一晚便同老鴇說要去裁縫鋪量身，趁上午沒客時出去一趟。

老鴇不願意，說：「裁縫張不是一向上門來量身的麼，何必巴巴地跑一趟，送上門去給人家摸頭摸腳。」

倚紅笑道：「原是上次來過的，已經量準了，誰想前兒送來，腰間寬了兩寸，裙擺又長了一寸，只得拿回去改。算著該明日送來，怕他仍舊不妥當，過幾天宴舞還要穿呢，索性上門去取，若還有什麼不妥當，就地兒改了，就手兒便拿回來。」

老鴇笑道：「你們不過是想出門去逛，拿取衣裳做幌子，以為我什麼不知道？逛一會就逛一會兒吧，記得回來吃晚飯，別誤了點燈。也別在外頭吃酒，叫人家說咱們清音閣的倌人沒身分，家裏放著好茶好酒不喝，只管到外面去浪。」囉嗦了一回，又吩咐娘姨龜奴好好跟著，記著提點姑娘別興頭過了頭，忘記回來。

次日一早打扮了，兩人結伴兒出來，為不惹龜奴疑心，並不催著轎子快行，反時不時地停下來叫買兩串糖葫蘆或是一柄香扇兒，做出悠閒樣子來，足足走了小半個時辰，一前一後兩頂轎子才在裁縫張的鋪子前同時落了地。

娘姨上前打起轎簾，沈菀和倚紅一式一樣的兩條大紅裙子，裙襬下打著寸把長的流蘇，半遮半露出穿著繡花鞋的小腳。路邊行人不請自到地圍上來，露出稀奇的笑容指指點點——因平時並不容易見到高等妓院裏的當紅倌人，更見不到她們的小腳。民間關於妓女的小腳自有許多荒誕香豔的傳說，說是公子哥兒們，尤其是滿人的紈褲子弟最喜歡到青樓裏飲鞋杯，因為不能娶漢人女子為妻，格外覺得好奇，任是什麼瑪瑙、翡翠、鑲珠嵌寶的金銀杯子，只喜歡擱在弓鞋裏傳飲，謂之「擊鼓傳杯」。因此妓女們總是想盡辦法，把自己的鞋殼薰得香噴噴的，比尋常小姐的羅帕香袋更精緻講究。

沈菀和綺紅都是不怕人看的，根本她們活著的營生就是被人欣賞，這些眼神議論俱是經慣了的，大大方方走進鋪子來，自有龜奴狐假虎威：「叫你們掌櫃的出來。」

裁縫張早已打著千兒迎了上來，滿臉堆笑，一疊聲吆喝夥計倒新沏的茉莉花茶來，又親自將兩把椅子擦了又擦，請姑娘坐下，故意湊近來賣弄什麼絕密消息似地放低了聲音說：「陳老闆的綢緞莊又進了許多洋布，許多大戶人家的太太小姐都搶著訂貨，兩位姑娘沒有聽說麼？」

倚紅見怪不怪地說：「我知道。布料剛進來，陳老闆就送了一匹給我，我看著也不怎麼好，西洋印花不過是摸上去平整些，到底比不上咱們的繡活兒水靈，且披在身上一點兒重量沒有。拿它做薄衣裳吧，又沒絲綢軟和透氣；拿它做厚衣裳吧，又沒緞子厚重貴氣；左右不知道做什麼好，所以我擱在箱子裏，一直沒拿出來派用場。」

裁縫張笑道：「姑娘見多識廣，什麼寶貝到了姑娘眼裏也不值什麼，哪像那些小戶人家不開眼的，拿個棒錘就當針使呢。」說著自己嘲笑了一回，又叫夥計取前兒給沈姑娘做的衣裳來。

沈菀便說要到後廂去試穿，自己拎了包裹進去。娘姨要跟著，倚紅攔住了，說想吃順風茶樓的酸梅湯，叫娘姨去買。那茶樓與裁縫鋪隔著足有兩條街，娘姨自然不願意，裁縫張道：「不值什麼，我叫夥計買去就是。」

倚紅道：「你的夥計不知道，還是她們最清楚我口味。」多賞了娘姨幾個錢，催著她去了，自己掇了個湘妃竹的涼凳兒，就坐在內室門簾兒前面，只管跟裁縫張問東問西，論一回羅布莊的料子，又說一通繡坊的針線，雲裏霧裏，直說到娘姨買了酸梅湯回來，沈菀的衣裳卻還沒有換好。

娘姨道：「沈姑娘不要也喝一碗？」

倚紅只怕沈菀走不遠，故意道：「這丫頭就是這樣，換個衣裳比洗澡還慢。這樣熱的天，也不怕生痱子。」又東拉西扯說了好一會的話，估摸著沈菀總該叫到車了，這才裝模作樣地向簾裏喊了幾聲，見沒人應，故作不耐煩，命娘姨進去叫人。

娘姨推門進去，只見一面落地鏡子前堆著些衣料刀尺，及幾個衣架子，哪裡有半個人影？又見窗子大開，不禁驚惶起來，叫道：「沈姑娘不見了。」

倚紅笑道：「這話說得不清不楚，她又不是個玩意兒，什麼叫不見了？」挑簾子進來，故作一驚，「剛才明明在裏面換衣裳的，還跟我說過話兒的，怎麼說沒就沒了？莫不是有人打劫？定是有人知道我們來，預先藏在這裏，把菀兒打昏了搶走的。」

裁縫張也慌了，叫道：「我是老老實實做生意的人，姑娘們是我的老主顧，就是衣食父母，劫了你們卻於我有何好處？況且我原不知道姑娘要來，斷沒有預先藏個人在這裏等著打劫的道理。」

倚紅道：「那就是剛才下轎的時候，有人看見我們進來，就從後窗裏進來把菀兒劫走了。我聽說劫匪中向來有一種迷藥，隔著窗子吹進一點來就能把人迷昏，一定是這樣。」

娘姨便哭起來，嚷著要報官，龜奴也說要跳窗去追，倚紅生怕被他追上，攔著哭道：「你知道他們往哪邊去了就亂追？況且憑你一個人，就追上了又能怎樣？我這會兒怕得很，還不快送我回去，見了媽媽再商議著怎麼是好？」又指著裁縫張道，「你可不許亂走，這件事到底是怎樣，得官府裏說了才做準。菀兒到底是在你的地方被人擄走的，說出去你也不乾淨。」口口聲聲，只咬定沈菀是被人擄走的，哭鬧一回，方打轎子回去。

當下京城裏傳得沸沸揚揚，說是清音閣的一個紅倌人青天白日的被人打裁縫鋪子裏使迷藥劫走了，自然也有人疑心是姑娘約了相好的，自己跳窗私奔了的，眾說紛紜，亂了好一陣子。

原來沈菀一心往禪院守靈，然而得了上次在相府門前受挫的教訓，知道不可硬闖。遂絞盡腦汁，想了一個方法，買通了常往清音閣送花來的孤老婆子勞媽媽，讓她給自己充當一個月的娘，又命她出去偷偷買一具棺材，再雇一輛車子在城外等候。

勞媽媽不解，擰頭甩角地問：「好端端的買棺材做什麼？多不吉利！」

沈菀道：「你別問這些，只管照我吩咐去做。這裏是一半定錢，事成之後我再給你另一半。記著，棺材裏多塞些磚石瓦塊，就像裏面有個人的樣子就差不多了。」

勞媽媽笑道：「這人也分大小男女，高低胖瘦，重量都不一樣。你想讓裏面裝個什麼人？」

沈菀道：「我爹。」

勞媽媽一驚道：「你爹不是早死了？」

沈菀沒好氣道：「我娘還早死了呢。現在不是假裝嗎？你就裝是我的娘，棺材裏躺的就是我爹。你拾掇好了，讓車子在城門外等我，任誰問都不能說實話。若是你做得好，說不定用不上一個月，最多半個月就把事兒辦成了，我許你的錢一文不少就是。」

勞媽媽滿腹狐疑。然而俗話說的，「有錢能使鬼推磨」，沈菀打賞的銀兩頗爲豐厚，且這差使雖然古怪，倒也並不難辦，遂應聲出來，雇車、裝車、買棺材，不消半日，俱已辦妥，遂將自家院門兒鎖了，略收拾幾件素淨衣裳，坐車出城來，且在二里溝等著。

一時沈菀來了，渾身縞素，不施脂粉，打扮得雪人兒一般。勞媽媽笑道：「乍一看差點沒認出姑娘來，美人兒就是美人兒，平日穿紅掛綠的固是好看，如今穿成這麼著，越發跟月裏嫦娥一樣，怪道人家說『女要俏，一身孝』，戲裏扮的白娘子也沒這麼好看。」

沈菀也不答話，跳上車來，徑命車夫駕往雙林禪院。

勞媽媽眼見路越走越偏，天越走越黑，有些害怕起來，小聲問：「姑娘，你這到底是要往哪兒去呀？你說讓我裝作你的娘，是要去見什麼人哪？」問了幾遍，沈菀只是不說話，撩起簾子眼睛炯炯地望著車外叢林，好似也有些害怕。

勞媽媽只得又問車夫：「咱們這是往哪兒去呀？」

車夫道：「不是說雙林禪院嗎？這就快到了。」

勞媽媽不通道：「雙林禪院好大的名頭，想來香火也是盛的，怎麼路這麼偏？路上一個人也沒有。」

車夫道：「這禪院年頭雖老，無奈地方太偏，二里溝地界兒荒涼，狐狸又多，人們都說這裏的狐狸都成了精了，到了晚上就變成美人兒出來迷惑人。所以人們都不大願意往這邊來，城裏好多寺廟，許願還神儘夠的，誰願意大老遠地往城外跑？白天也還好，路邊能見著不少茶水攤子，天一擦黑，就都散了。」

說著話，眼見遠處圓滾滾一個大大太陽轟隆隆滾下山去，天說黑便黑了。勞媽媽越想越怕，望著山林四野，只覺隨時都會有個狐仙樹妖走出來，攝她的魂魄，吃她的血肉。兩隻手沒抓沒落的，只想把住個什麼來助一助膽，隨手一搭，卻猛省得是棺材，雖然明知裏面不過是些親手放進去的磚頭瓦塊，卻還是驚得一身冷汗。

幸好寺院已經到了。沈菀付了車錢，令車夫把棺材卸在門前，便將車打發走了，叮囑勞媽媽道：「等下有人開門，我說什麼，你跟著說就是了，千萬別露出破綻。」勞媽媽老於世故，到這會兒已有三分猜到，便緊著點頭，不再多問。

沈菀遂上前叩門，一時有個小沙彌來開了門，沈菀早垂下淚來，便說是爲亡父遷墳還鄉，不想途中母親生病，因帶著棺材不便投宿客棧，只得求方丈權情，收留數日。小沙彌做不得主，只得帶她母女來見方丈，沈菀便將前話又說一遍，又拿出許多錢來，說是給菩薩添香。勞媽媽到這時才明白她葫蘆裏算盤，心中暗暗叫苦，然而事到如今，也只得順著她的話說，哭哭啼啼地求方丈慈悲爲懷，又做出百般苦楚的樣子來。

老和尚聽她二人說得懇切，況且院中西牆根兒底下原有數間客房閒置，偏殿裏又有專門闢出的靈堂停放棺材，甚是方便，便答應下來，令小沙彌帶她二人到西廂住下，棺材便送進靈堂暫作停放，又因收了她許多銀子，特地讓小沙彌送些香燭裱紙來供她二人祭奠。

沈菀謝了接過，等小沙彌走開，早找到納蘭公子靈槨，撫棺痛哭起來。

勞媽媽坐在一旁相陪，勸道：「你的事，我在清音閣出出進進，也多少聽說了些，倒沒想到你會這樣癡心。我說好端端的買什麼棺材，又要我裝作你的娘，原來是找我唱這齣《西廂記》來。依我說，見也見了，哭也哭了，磕個頭，上炷香，住一晚，也就該回去了。這裏陰氣重，雖有神佛護著，終究不是長待的地方。」

沈菀哪裡肯走，哭道：「我好不容易來到這裏，總要好好地給公子守幾日靈才去。你若累了，就先回房歇著吧，這些天吃住在寺裏，並不需要你做什麼，只小心別讓人看出破綻來就好。」

禪院位於城外二里溝近郊，方圓幾里就這麼一點人煙，日間香客來來往往的還不覺得怎樣，到了夜間暮鐘敲過，四下裏靜寂得沒有一點人聲。那些和尚訓練有素，都不肯高語疾行的，況且又都住在東院僧舍，跟殿堂隔著幾道牆，更像是幾百里沒有一個人。勞媽媽原不敢獨自去睡，但見沈菀完全沒有要走的意思，廟堂裏的屋頂照例是很高的，仰著頭就像看不到頂，越發顯得深曠幽邃，雖說前頭有菩薩，四邊有蠟燭，可是對著兩具棺材還是很怕人，到底坐不住，只得答應了自去。

沈菀獨自跪著，驀然安靜下來，想到整個偏殿裏只有她同納蘭公子兩個人，他們兩個終於獨處一室了，倒有些不確定。

她和納蘭公子只隔著一層板，他在棺裏，她在棺外，他們是這樣接近，從未有過的接近，這原是她夢裏才敢想的事情，如今忽然做了真，卻已是幽明異路。她將納蘭的畫像在靈龕上懸掛起來，看著那親切的笑容，不由又哭起來，喃喃道：

「我從十二歲那年見了你，就打定主意要一輩子跟著你。你這一死，我的一輩子也就完了，我一定要弄清楚，究竟是誰害了你，是誰害我活著一點指望也沒有。從前你活著的時候，我天天盼著等著，只想要多見你一面；現在你死了，我好容易這樣近地靠著你，卻又隔著這兩道棺木，我就不信我和你的命都這樣薄，緣分這樣淺，連見你最後一面也不行。」

她訴說著，用臉摩挲著那金絲楠木的棺蓋，哭得嘔肝瀝膽，天昏地暗。新漆的油漆味兒直沖鼻子，木板雖然是拋光了的，蹭在臉上還是有些絲絲拉拉地疼。然而她並不覺得，在燭光裏迷茫地微笑著，只當是蹭著公子的胳膊，粗糙的紋路是公子衣袖上的繡線。

窗外起了風，殿前的幾杆竹子被風嘩啦啦吹得一徑地斜過來，葉子一下一下掃著偏殿的窗糯，聽來就像是有人騎馬趕夜路，沙沙地越來越近，越來越近，一直騎到殿前下了馬，推開門來……

燭芯忽地一跳，爆了個燈花，沈菀抬起頭問：「公子，你到底來了。」

納蘭容若站在藻井下，微笑不語。他的馬停在院外，大月亮地裏，鬃毛飛揚像是淥水亭邊的夜合花。

沈菀不好意思，低頭嘲笑道：「我說錯了，應該是我來了。我特地來這裏看你。」

納蘭依然不語，彷彿在辨認牌位上自己的名字。納蘭成德，字容若，生於順治十一年十二月十二日，死於康熙二十四年五月三十日，授一等侍衛，短短幾行字，就把他的一生說完了。然而他的一生，豈是這樣簡單？

沈菀也不害怕，也不責備，只是低了頭自說自話：「我怎麼都不相信你是病死的，那天在淥水亭見到你，明明好好兒的，怎麼就會得上什麼勞什子寒疾呢？我說什麼都要再見你一面，你答應我，幫幫我好不好？」

說著，又把自己哭醒過來，卻是朦朧一夢，淚水斑斑點點地印在棺蓋上，像落了一場極微的雨。對面龕上，納蘭公子在畫像裏對她微笑著，熟悉而親切，帶著淡淡的憂傷，一如夢裏的情形。

沈菀一邊哭泣一邊扶著棺蓋站起來，用力推了幾推，只覺沉重異常，哪裡撼得動分毫。空蕩蕩靈堂，青煙縹緲，燭光搖曳，忽然有支蠟燭無緣無故又爆了個燈花，卻是已經燃到盡頭，熄了。沈菀倒覺得喜歡起來。「一閃燈花墮，卻對著、琉璃火。」這是納蘭公子的詞句，曾幾何時，他也在這裏一燈獨對，思念亡人。那麼自己今天的所見所思，可不正是同他當年一樣麼？她和納蘭公子，到底是一樣的人哪。說不定，他的這首詞，就是預先爲她寫的呢。

她爬起來，在香案上找到紙筆，研了墨，苦思冥想，看一看公子的棺槨，又看看佛龕的菩薩，到底下定心思，按《菩薩蠻》之調，填了一首詞出來：

雁書蝶夢皆成杳，月戶雲窗人悄悄。記得畫樓東，歸驄繫月中。
醒來燈未滅，心事和誰說？只有舊羅裳，偷沾淚兩行。

這首詞算不得高明，卻是她的真情真事。公子之前也曾在詞序中寫過，在夢中見到死去的盧夫人，淡妝素服，執手哽咽，說了許多話。盧夫人不擅詩詞，卻在臨別時握著他的手說：銜恨願爲天上月，年年猶得向郎圓。

後來，公子寫了一首《沁園春》，其中說：「便人間天上，塵緣未斷；春花秋葉，觸緒還傷。」

這幾句詞，寫的是公子之於盧夫人，可也是沈菀對公子啊。她和公子的一段塵緣，又怎是天上人間可以割斷的？而她爲了公子傷心懷念，吸進呼出的每一口空氣都滿是相思，又何需春花秋葉來觸緒還傷？青青翠竹，皆是法身；鬱鬱黃花，無非般若。既然公子能在夢中見到盧夫人填詞，那麼她又爲什麼不能在醒後得到公子的提示，福至心靈，出口成章呢？

沈菀絕不懷疑，自己是真的見到了公子，而這首《菩薩蠻》，是公子教她寫的。

次日早上，有相府的人來上香，看見靈堂忽然多出一具棺材來，難免動問。老方丈說明始末，又著實誇讚了一番姑娘孝心。

雙林禪院說是明府的家廟，其實倒並不是明相捐資建造的，原建於明萬曆四年，明珠任內務府總管時常來上香，或在此讀書，授弘文院學士後，更出資爲寺中佛座重塑金身，且包下一年四節的所有香油供奉，因此雙林禪院便如同那拉家的別院般，成了明相的避暑養靜之地。

康熙十六年五月，納蘭公子的原配夫人盧氏猝逝，隔年七月下葬，其間一年有餘，靈柩便厝於此；如今納蘭公子夭逝，三七之後便也移棺在這裏。一則因爲天氣炎熱，園中不便久停；二則也是公子自己的意思，留下遺言說是要與盧夫人同一天入寺，就在廟裏做七也是一樣的。

捐廟就是爲了行善積德，況且停靈所偌大地方，便多放一具棺材也沒什麼，因此相府的人倒也並不介意。

如此沈菀算是過了明路，每日一早梳洗過了，就往靈堂來哭祭，有時候哭靈晚了，索性便睡在棺材旁。她原先想得太簡單，以爲只要能混進靈堂，就有機會開棺驗屍。然而來了才發現，富人連棺材也與窮人不同，是要分內外兩層的，內棺外槨，以金絲楠木打製，通體並不用一根釘子，只用木榫楔實，甚是嚴穩。她手無縛雞之力，平日裏除了理弦寫字，十指不沾陽春水，提幾斤重物也覺吃力，想要開棺更是難比登天，唯一的辦法就是假手於人——然而誰又會這樣大膽，答應助她開棺呢？

一連在廟裏住了數日，沈菀也沒想出下一步該怎麼做。但是能爲公子守靈，已經讓她覺得快樂。從懂事以來，她不記得自己有什麼時候活得這樣滿足平靜過，簡直稱心如意。相府裏的人不給她進去又怎樣？她現在還不是來給公子守靈了。她的孝是爲他穿的，她的淚是給他流的，她的一舉一動一時一刻都是爲了他，她還是第一次這樣堂皇大膽地跟他一起單獨相處呢。

到了晚間，關了偏殿的門，整個靈堂就是她和他的世界。她守著他，讓他睡得安詳，她也便睡得安詳。他們是這樣親，這樣近，早早晚晚，她就只守著他一個人，不問世事。她巴不得日子永遠這樣過下去，永遠都走不到盡頭，直到天荒地老，到她和他兩個都化了灰，棺木也化了灰，她與他便終於相見，你中有我，我中有你。

寺中和尚都說這女子真是孝順，倒是她娘看起來不怎麼傷心。那些年輕的僧人見她貌美，都覺羨慕，有事無事往靈堂來一回，或藉口灑掃，或是添香點燭，見了也不稱「施主」，只說「沈姑娘好」，又勤快得出奇，連咳嗽都比往常大聲；年老的僧人便去向方丈饒舌，說沈姑娘雖然持重，到底來歷不明，這樣子不明不白地在寺裏只管住下去，畢竟不妥，且傳出去也不雅。

方丈聽了有理，這日晨課後便來靈堂找著沈菀，婉言致意，先問候了沈老夫人病情，又問姑娘打算幾時起程。沈菀聽了，便如冷水澆頂一般，知道再不做打算，這廟裏是住不下去了。聞弦歌而知雅意，只得先謝了方丈收留款待之情，又說最多再過三兩天，母親大癒了，便即起行。送了方丈出去，自己解開頭髮在院中梳洗。

這是沈菀的一個習慣，每當有想不開的心事，便打一盆水慢慢地洗頭，彷彿是用冷水使腦子清醒，又像是通過梳理萬千煩惱絲來尋個頭緒。

她住的西廂院裏有一口井，年代已深，大約是有這廟的時候就有這井了，井臺損壞得很厲害，蒼苔點點，可是井底仍能打得上水來。沈菀就站在那井臺邊洗頭，旁邊一株高大的芙蓉樹，緋紅如扇的芙蓉花飛下來，落在井臺邊，彷彿在看她洗頭。院門開處，有個和尚呆呆地站著，也在看她洗頭。

然而這些，沈菀都沒有注意到，她心裏只有納蘭公子一個人，只有開棺驗屍一件事。已經洗過一水，可是頭腦中千絲萬縷，還是一團麻樣地理不清。她只得潑了水，將濕頭髮隨意挽個髮髻，用梳子綰住，放桶下去打水做二次沖洗，不想她頭髮本來就厚，濕了水更重，略一偏頭，梳子脫落下來，一把沒抓住，滴溜溜直墜入井中。

沈菀扒著井沿，探了頭往裏張望。那井怕不有百來歲，極深且黑，井壁爬滿了濕滑黏膩的青苔，雖是大熱的六月，卻有一股陰冷之氣撲面襲來，中體冰寒。

「讓我來吧。」忽然有個男人的聲音在身邊響起。

沈菀一驚，險些失足滑倒，胳膊卻被一隻有力的手牢牢地抓住了。她回頭，看到一個年輕僧人火辣辣的眼睛。那種眼神實在不該屬於和尚，因爲透露出太多的欲望與熱情；然而那種眼神也只能屬於和尚，因爲只有壓抑太久的人，才有這樣的眼睛。

那眼睛直勾勾地盯著沈菀，每個字都像是從牙齒縫間迸出來的：「我替你打水。」

他拎起桶來，吊下去，只一蕩，便盛滿了水，三兩下挽起來，桶上漂著一隻半月型的牙梳，正是方才沈菀失手落下的。沈菀想要去拿，卻又不便伸手，只好等那和尚放下桶來。不想和尚替她把水倒進盆裏，自然而然地拿起梳子，在僧衣上愛惜地擦了又擦，然後揣進懷裏，忽然一笑，走了。

沈菀愣愣地，追也不是，站也不是。

和尚拿走了一把梳子。而且是女人的梳子。這算怎麼回事？

注一：

相傳江南才女沈宛有《選夢詞》，如今只遺五首。《菩薩瞞・憶舊》（雁書蝶夢皆成杳）即為其中之一。

第五章　不堪更惹其他恨

火。

自從葉赫國七世王金台石於滅國之際自焚不降，大火就與納蘭家結下了不解之緣。皇太極帶領清軍攻進金台石的王宮時，他同父異母的十二弟阿濟格分明不在場，可是多年之後，阿濟格卻偏偏也要採用同樣的方式來結束自己的性命。

只是，金台石在臨死之際，也依然保全了一個帝王的威嚴，端坐在自己的寶座上，聚珠翠以自焚；而阿濟格卻沒有福分死在他位於皇城之內的華美王府裏，而是困於牢籠，只能拆除監獄的欄杆來點火，卻被守衛及時發現阻止，之後又被順治賜死，未免死也死得不痛快。

烈火中，金台石在哭泣，阿濟格在哭泣，容若公子呢？

公子是不會哭的，他的眼淚從來都灑向無人處，對著人時，他只會微笑，像春夜裏的一縷清風。

生爲葉赫那拉明珠與愛新覺羅雲英的兒子，就注定了他的生命不可以自由任性，而必須爲了家族、爲了政權而活著，同時，也爲了母親的幽怨、父親的貪婪而活著。

雲英一生下來就是英親王府的掌上明珠，金枝玉葉的五格格，十五歲之前從沒受過半點委屈。並且，由於她的親叔叔多爾袞爲攝政王，手握朝柄，父親阿濟格也兄以弟貴，以「叔王」自居，地位遠尊於其他諸王，連府邸都選在皇城之內，攝政王府北側。她這個王府的格格，與宮裏的格格同居皇城，而僅隔著一座宮牆，得到的榮寵驕慣，是比之皇格格也有過之而無不及的。是父親的忽然入獄、家財一夜籍沒才讓她識得人間疾苦的，削爵、幽禁、抄家、賜死、子孫降爲庶人並削宗籍、其女嫁侍衛爲妻，聖旨一道連著一道，如同晴天霹靂連踵而至，一連串的巨大落差在瞬間粗暴地奪走了她的笑容，斬斷了她的青春，使她從少女的身分一步跨爲怨婦，中間連過渡都沒有；明珠卻不一樣，明珠枉稱爲明珠，卻是降臣後裔，命運多舛。他六歲喪母，十二歲喪父，在哥哥的撫養下長大成人，少年時即志向遠大，勤奮好學，精通滿漢文字，十七歲入仕，爲人警敏善斷，卻遲遲不得重用，只做了一個小小的侍衛，直到康熙親政後才得以提拔，擒鰲拜、收臺灣、東定俄羅斯、西平準噶爾，這些個社稷大業，他都曾參與策定，可謂居功至偉。

然而他的仕途並非是一帆風順的，從出頭之日就一直被索額圖踩在腳底下，康熙十二年冬天，吳三桂在雲南起兵造反，群臣驚動，索額圖以明珠曾一力主張平藩爲由，硬說是他逼的吳三桂造反，竟上本參奏，議將明珠賜死。幸虧皇上不肯偏聽，才未將明珠治罪。但是經此一役，兩人間劍拔弩張、你死我活的鬥爭已經徹底放到了檯面上，就連最敷衍的點頭寒暄也都免了，明白地站到了對立面上。

他們的爭鬥從京城鬥到了地方，從前朝鬥到了後宮，各自結黨聚派不算，在立太子的問題上就更加各盡其能：皇上八歲繼位，十二歲即由太皇太后作主，娶了輔政大臣索尼的孫女兒赫舍里爲后，婚後四年，生下皇子承祜，卻不幸夭折；

而在此之前，明珠的侄女葉赫那拉碧藥亦曾奉詔入宮，並於康熙十一年生下了皇五子胤禔。由於康熙的前四個兒子都已夭折，胤禔便成了實際上的皇長子，有了爭奪太子位的可能。

十三年五月，赫舍里皇后生下二皇子胤礽後，難產而死。一邊是庶妃所生的皇長子胤禔，一邊是皇后所生的二皇子胤礽，「立嫡」還是「立長」的問題成了朝臣爭權的焦點。一邊是索額圖的外甥女，一邊卻是明珠的侄女，立誰爲太子，就等於在「索黨」和「明黨」的權力天秤上加了更重的砝碼。

很顯然，皇上選擇了索額圖。十四年臘月，康熙大詔天下，冊立胤礽爲皇太子。

這一年，康熙自己也才二十二歲。這麼早立儲，與其說是懷念年輕的皇后，不如說是表明心志，做出個姿態給眾大臣看——因爲這時候的明珠已經羽翼漸豐，正式與索額圖分庭抗禮了。他不願意看到明珠成長得太快，總得施一點壓力，讓他別太得意了才好。

就這樣，胤礽成了皇太子，明珠失去了奪權的大好契機，而容若失去了原先的名字——他本名納蘭成德，因爲皇太子小名「保成」，爲避其諱，被迫改名性德。

而他一生迫於皇權威勢而回避、而失去的，又豈止是一個名字呢？

康熙十一年，十八歲的納蘭性德參加順天府鄉試，一考中舉。次年本該參加殿試一舉得名的，然而卻因病誤考，是真的病了，還是另有隱情？

這一誤期，就誤了三年。康熙十五年，納蘭廷對二甲進士，卻遲遲得不到委派，是因爲他的升遷，意味著明黨又多了一個幫手，而索額圖這邊就又多了一個對手；還是明珠以退爲進，主動讓兒子做侍衛，好讓他替自己當眼線？而皇上將計就計地一直把容若留在身邊，則多半是爲了將納蘭做人質，用以脅制明珠不致太過忘形吧？

納蘭容若，就這樣成了政治的磨心，成了明珠與索額圖之戰的祭品。金台石的詛咒，阿濟格的冤情，容若一出生，就背上了太沉重的負擔，他越是出色，人生就越危險。然而「難得糊塗」四個字又不是他所能僞裝得來的，他太聰明、太完美，注定了要出類拔萃，惹人注目，不可能庸庸碌碌地過一輩子。

「入值」與「扈從」，就像蠶食桑葉一樣，一點一點地耗盡著他的精力、熱情，使他越來越憂鬱，越來越消沉。然而，詞詠之中，卻仍然流露出掩不住的鬥志慷慨，壯懷激烈：「須知今古事，棋枰勝負，翻覆如似。嘆紛紛蠻觸，回首成非。剩得幾行青史，斜陽下、斷碣殘碑。年華共，混同江水，流去幾時回！」

傷心人別有懷抱，他時刻縈心的，不只是兒女情長，更還有國仇家恨。這些，康熙豈會不在意？

半夜裏，眾人睡得正熟，忽然靈堂方向隱隱傳來女人哭著喊「救命」的聲音，方丈侍佛之人，心靜耳聰，立即坐起說：「出事了。」話音未落，便聽那老婦人挨屋拍門大叫：「著火了，救我女兒，快救救我女兒啊。」

眾僧人俱驚醒了，忙拎了水桶趕往靈堂，果見其中透出火光來，有個女子哀哀痛哭，眾人大驚，忙撞開門來，撲火的撲火，救人的救人，好在火勢不猛，很快撲滅了，沈菀不過受了些驚嚇，並沒燒傷，而屋中除了兩具棺槨外並無別物，損失有限。更可喜的是，沈姑娘逃命時猶不忘搶救父親牌位，慌亂中分辨不清，將納蘭公子的牌位也一併揣在懷裏帶了出來，遂得以絲毫無損。

方丈撫胸道：「萬幸萬幸，若是把公子牌位燒毀，卻教老僧如何向明相交代？」便又查看棺槨，金絲楠木甚是堅實，雖經火焚，並不曾炸裂，只是灰紋斑駁，面目全非，眼看是用不成了。不禁頓足道：「這可如何是好？」

沈菀驚魂甫定，忙走來含淚勸慰：「大師，這都是小女子的過錯，原是來此給父親守靈的，不知怎麼竟睡著了，許是夢裏碰倒了蠟燭香油，引起這場大火，連納蘭公子的棺槨也燒壞了。爲今之計，唯有做速找一具與這一模一樣的棺槨，爲公子移棺，再多多地持經祭拜，以求公子在天之靈寬恕。」說著取出一疊銀票來，足有數百兩之多。

方丈道：「不妥，不妥，出家人豈可誑語。」

沈菀勸道：「這並不是有意誑語，乃事出有因，倘若此事被相國知道，也不過這麼著，一樣要另置棺槨收殮，倒白白地叫大師受人責備，且使首輔大人心中不安，終究又於亡者何益？況且這事原不怪大師，都是小女子莽撞所致，大師若定要報官，不如這就將小女子捆綁了送去相府領罪便是。」

勞媽媽聽了，只怕方丈真要將她「母女」二人捆往相府裏去，頓時嚇得捶胸大哭起來，望著方丈不住打躬求告。眾僧人也都幫著勸說，都道：「事已至此，傳出去有百弊而無一利，倒是代人遮瞞的好。如一則於沈姑娘可息事免禍，二則於寺院可保全名聲，便在相國大人來說，也還是不知道的倒比知道的心安。大人新經喪子之痛，已是不幸，再聽說愛子棺槨被焚，豈有不傷心動怒之理？若是因急致病，反是我們的不是了。」

又有年老僧人出主意道：「納蘭公子的棺槨原是內外兩具，這外棺雖有燒損，畢竟未毀，想來內棺必不致有事，這便是不幸中之大幸，總算未對公子遺體不敬。如今我們趕著找一副金絲楠木的板來，照著原先的尺寸重造一具，也是亡羊補牢的意思。金絲楠木雖然難得，到底還是有銀子便可換得來的，前年戶部大人的先考亡故，就是以楠木造棺，也曾在咱們這裏停厝，聽說他們備的楠木還不只這一副呢。如今我們不如求人通融，先買了那副板來救急，以後再慢慢尋更好的還他就是了。」

方丈沉吟道：「還是不妥──就算棺材可以重造，解木移棺也得需些時日，如今相府裏不時有人來往，難道能遮瞞得住嗎？」

老僧人聽他口氣活動，笑道：「這就更不是什麼難事，反正咱們這靈堂燒損，也要重新修葺，索性就將四面都用黃幔圍起。如今正是中元節，就借這個由頭大做法事，凡是相府來人，只讓在牌位前上香祭拜，不教進幔子看見棺槨就是了。」

到此地步，方丈也無別法可想，又見沈菀出手闊綽，淚眼不乾，只當她怕得狠了，一心保命，倒也於心不忍，遂道：「既如此，還須大家商量妥當，想一個萬全之計，且要口徑一致，若事後透露出一星半點，這欺瞞之罪只怕再加一等。」

眾人都道：「只要能躲過這一劫，就是眾人的造化了，生死大事，誰肯多那個嘴去？便神佛也不應的。」又議了一回，便散了。

這裏勞媽媽拉了沈菀回去廂房，一進屋便攤了手，直抻到沈菀眼皮底下去：「拿來！」沈菀也知道今天禍闖得大，這一關八成過不去，卻還是明知故問：「什麼？」

「拿另外的那一半錢來，我明天就走。」勞媽媽說得理直氣壯，卻還是本能地壓低了聲音，益發顯得陰森。剛才在靈堂裏大哭一場，鼻涕眼淚都還糊在臉上，黏著幾絲亂髮，映著青燈，使她憑添了幾分猙獰，有點像衙門裏逼供似的，咬牙切齒地道，「你的膽子比天還大，連放火也做得出來，我倒小瞧了你！我明天就走，一天也不要再陪你發瘋了。原先你只說讓我當你一個月的娘，陪你出去走走，哪知道你竟是走到寺院來？住在寺院裏也算了，若只是安安穩穩地住幾天，我只當誦經禮佛，也不是什麼壞事，又哪想到你竟會放火？現在還要攛掇著方丈開棺。這要是給相國大人知道了，我有幾個腦袋賠送？賺你幾個錢，原爲的是活得好一點，不是爲了死得早一點。你快把剩下的一半錢給我，我明天就走；不然，現在就找方丈說個明白。」

沈菀沉下臉來：「到了這個地步，你不當我的媽也當了，不陪我說謊也說了，你告我縱火燒棺，你就是同謀，一樣跑不了干係，說出去有什麼好處？你說我拿錢騙了你來給我當媽，這樣的話，說給誰誰信？你告我不成，我還反要告你拐帶呢，到時候，清音閣的老鴇幫你還是幫我？」看著勞媽媽怕了，便又放軟聲音，央道，「我答應你，最快明天，最遲後天，就跟方丈說送你回鄉，讓你先走。你好歹陪我做完最後一場戲，千萬別在這個節骨眼上讓人起疑的才好。我許你的錢，非但一分不少，還多送你一份盤纏，如何？」

勞媽媽愣愣地看著沈菀，由不得一陣心寒。她早知道沈菀有心機有手段，但一向都見她客客氣氣，溫言慢語的，只當畢竟是個女孩兒家，縱有城府又能奸到哪裡去？及今夜見她竟然有膽縱火燒棺，這會兒又沉了臉說出這番陰冷恐嚇的話來，才不得不怯了。知道她心思細密，做事果決，說得出做得到，倒未必是恫嚇，便不敢再倔強。況且又聽她說明後天便讓自己先走，只得允了。

過了兩日，勞媽媽果然收拾了來向方丈辭行，說是有親戚南下，正可搭伴還鄉，留下女兒在此料理棺材重新解鋸油漆諸事，還請方丈幫忙照料。方丈雖然爲難，也只得答應，一則棺木焚毀，自當留人住在寺中等候料理；二則也是因爲沈菀態度誠懇，出手大方——金絲楠木的板子求了來，立便照著公子的棺槨重新解鋸造製，七月流火，最經不起耽擱，不得不額外加了一筆很豐厚的打賞，自然也是沈菀的手筆。

「錢能通神」這句話或許不當用於佛門，然而沈菀注意到，那些僧人很多都穿著敝舊的僧袍，雙林禪寺是明相的家廟，近來又新經喪事，少不了佈施之資，這些僧人竟還這樣襤褸，理由只有兩個：一是寺中有事需用大量銀錢，入不敷出；二是方丈貪酷，將供奉中飽私囊。而不論是哪一種，用錢開路總是不會錯的。

但是這樣子一味撒漫，沈菀拿進寺裏的一點點積蓄很快就用盡了。她在清音閣是清倌人，雖受歡迎，纏頭畢竟有限，這次私逃出來，是抱著有去無回之心，不惜一切代價只求開棺。如今被迫出此下策，燒棺造棺，已將積蓄用去大半，剩下的又被勞媽媽榨乾洗盡，除了繼續住在寺裏，這時候其實也無處可去。

接連做了幾日法事，終於捱到這日棺材造成，方丈帶著幾位大弟子，同沈菀一起來到靈堂開棺移屍。棺木十分沉重，不過榫子已經燒得鬆動歪扭，眾人用力一撳，也就斷了，四下裏一較勁，棺蓋應聲而開，被推到一邊去。棺裏尙有許多花瓶、古董等器物，也都各有損傷。

方丈由不得唱一聲佛，嘆道：「竟連殉葬之物也燒壞了，這卻如何是好？」

沈菀安慰道：「幸好外邊只是些普通器物，不爲貴重，只怕裏邊的殉品才寶貴呢。不知傷到了沒有？還是打開看看才放心。」

方丈道：「內棺看起來並未有損，就這樣移過去裝殮了也罷，棺材封得好好兒的，又開它做什麼？」

然而眾僧人也都好奇首相公子的殉葬品究竟爲何，事情走到這份兒上，開不開棺也只差一步了，便都慫恿說：「不打開看看，終是不放心。器物也還罷了，最重要是公子的遺體不知是否有損，還是親眼看看的妥當。」

方丈點了點頭，又向沈菀道：「沈姑娘可要回避？」

沈菀哪肯回避，忙道：「此事因我而起，不親眼看一看事情到底怎麼樣，終究是不安心的。」

方丈略略思索，帶頭念起經來。眾僧人也都盤腿打坐，閉目唱誦。沈菀聽著那經聲，只覺心底十分難過，幾乎忍不住要嚎啕大哭。她陪伴了公子的棺槨這麼多天，早已經不知道什麼叫害怕，可是想到就要親眼看到公子的屍身，卻還是不能不覺得緊張顫慄，一顆心就要從腔子裏跳出來的一般。

公子的棺槨被焚燒，公子的遺體被驚動。她做這些事，其實是對公子的大不敬。然而她一心想要追究他猝死的真相，想要替他報仇。不開棺，如何驗屍？

但是，真的有疑點嗎？真的有罪惡嗎？如果開了棺，確定公子的死確屬寒疾，那她的一切作爲又有何意義？她如何對得起公子？從今以往，豈能心安？

她從清音閣逃走，想來這時候老鴇不知怎麼天羅地網地找她呢，只是再想不到她會躲到寺廟裏來。但總不能一輩子留在寺裏吧？當她離開雙林禪院，又該向哪裡去？還有什麼地方是可以讓她躲藏、逃避的？難不成接著回清音閣做妓女？公子已經死了，她的歌舞再也沒有人看。從前待在清音閣是爲了打聽公子的消息，可是親眼看到公子的遺體後，她還有什麼可問、可做的？

經聲四圍，沈菀的心比任何時候都更加茫然，驚惶，無助。她恍恍惚惚地看著那些僧人，彷彿想從他們的誦經聲裏尋找答案。然後，她忽然接觸到一雙火辣辣的眼睛，那眼睛灼熱地盯著她，直勾勾的，彷彿要一直看到她心裏去。她認得他的名字叫苦竹，就是他上次拿走了她的梳子。這一向，她走到哪裡，都覺得身後有雙眼睛盯著自己，烤得背後火辣辣的。不能再留在寺院裏了，即使爲了這個叫苦竹的僧人，她也得早走爲妙。

經聲停下來，先站起四個僧人來，分別站在棺材四角，手裏各自執著一支楔子，彼此點一點頭，然後一下一下，將楔子砸進棺材的縫隙裏。沈菀聽著，只覺得那楔子分明是楔在自己心上，一下又一下，悶悶地疼，她知道她就要看到納蘭公子了，她忽然有些怕見他。

她最後一次見他，是在淥水亭，他長袍寬袖，御風而來，何等瀟灑俊逸，他對著她抱拳而揖，稱她「一字師」，又何等謙遜儒雅。她情願永遠記住他最後的樣子，那完美的濁世翩翩佳公子。她為什麼一定要見到他的遺容，破壞心中最完美的印象呢？

但是已經來不及了，棺材的蓋子微微鬆動，於是又上去了四個僧人，分別掌住棺材的四角，只聽方丈輕輕說一聲「起」，八個人一齊用力，上抬下撐，棺蓋應聲而起，被輕輕地放到一邊，八個人不約而同，齊刷刷輕輕發出「呀」的一聲，本能地讓後一步，低下頭來。

屋子裏忽然死一般寂靜。公子安睡在黃色的錦緞裏，態度安詳，而面色黧黑，雙唇爆裂，十個指尖更是蘸了墨汁一般——再沒有常識的人也一眼可以看出，他是中毒而死。

眾僧人的臉色在瞬間變得慘白，明明是滿屋子的人，可是竟連一聲呼吸也不聞，就好像所有的人都被驚恐和敬畏掐住了喉嚨一樣。方丈更是滿臉悔恨，緊閉著眼睛，似乎恨不得把自己的眼珠子挖出來說沒看見。皇上的御前行走、首相的嫡傳長子、名動天下的第一詞人、一等侍衛納蘭成德原來是死於中毒而並非寒疾，這要傳出去，可就是捅了天大的窟窿了。

而沈菀的眼淚，在瞬間如決堤的潮水一般，奔湧而出……

下毒在宮廷裏從來都不是什麼稀罕事兒。朝臣們為了打擊政敵，妃嬪們為了邀寵攬權，王子們為了爭權奪位，都免不了殺人滅口，投毒於無形。後宮，永遠是一個朝廷最大最黑暗的秘密，充滿著極盛的奢華和極痛的殘酷，充滿了爭寵的詭計與奪位的陰謀，其香豔與暴烈都到了極致，並結合起來，構成一個極盛的時代。

後宮裏越是福分厚的人就越命薄，那些早喪的皇子們就可以爲此做出最好注解。康熙的第一個皇后赫舍里生的第一個皇子承祜，還有其他妃子生的二皇子、三皇子、四皇子，都是不明不白地夭折的；

還有赫舍里皇后自己，在生下二皇子胤礽後，也是難產而死——那已經不是頭胎，二皇子又生得健健康康，皇后怎麼會難產呢？

還有康熙的第二個皇后鈕祜祿氏，大臣遏必隆的女兒，康熙十六年冊封，十七年便去世，只做了六個月的皇后。這不是很奇怪嗎？

然而沒有人追問，大家彷彿面對春去秋來一樣地接受了宮中那些金枝玉葉的橫死夭逝，只當是一種必然發生的偶然事件。如今中宮虛位，是皇貴妃佟佳氏暫時總攝六宮事務，很多人都爲她捏著一把汗。不過，她雖然總領六宮，卻並沒有冊爲皇后，而且只在康熙二十二年生過一個女兒，一直沒有兒子，所以大概還可以多活幾年吧？

康熙那麼急著立胤礽爲太子，大概也有這方面的考慮吧——若不是連死了四個皇子，胤禔也不會成爲皇長子，那樣的話，又哪來的這場「立嫡」、「立長」之爭呢？索性早早地定了，名正言順，讓東宮裏加強守衛，戒備森嚴，倒或許是對太子、同時也是對其他皇子最好的保護。

康熙對兩位皇后的死未必沒有懷疑，可是後宮太大了，妃子太多了，關係也太複雜了，連他有時都記不清自己到底有多少嬪妃，又有多少兒女。所以懷疑也只好存在心裏，表面上一絲不露，不然叫人說是皇宮裏天天死人，有什麼意思？

這件事又不能大張旗鼓地派人去查，因爲就連大內密探和御前行走，在後宮裏行動也不是那麼方便。這番心事，他只有暗地裏跟明珠透露了一點點，他是內務府總管，或者會有些線索。然而最終也沒查出什麼來，倒是安靜了許多日子，康熙也就將兩位皇后之死拋在腦後了。

身爲帝王，要牽掛的事情實在太多了，多一個妃子少一個妃子，生一個兒子死一個兒子，跟國家社稷比起來，畢竟是小事。然而在尋常人家卻是大事，即使像明府這樣的豪門大戶，也仍是人命關天。

明府裏也充滿著意外與橫禍——容若的原配妻子盧氏也是二十一歲時早亡的，跟赫舍里皇后死時同一個年齡，跟皇后一樣在身後留下了一個兒子福哥，甚至連死因都同皇后一樣，據說是難產。

康熙皇帝可以不在乎皇后之死，納蘭公子可以不在乎原配之夭嗎？

他來廟裏，就只是守靈，還是查案？

沈菀終於開棺確定了納蘭公子是中毒死的，就和她猜測的一模一樣，反倒不知道下一步該如何是好了。

按理說，弄清了死的原因，接下來就該查找兇手。可是公子被毒死，明珠大人會不知道嗎？連相國大人都不追究，可見那兇手有多位高權重，這個人，不是康熙又會是誰？

她幾乎已經可以確定康熙就是殺害公子的兇手，但是康熙爲什麼要毒死公子呢？明珠又怎會對此事袖手旁觀？公子在五月二十三舉行了最後的詩會，七天後宣告暴斃，這七天裏，明府的人都在做些什麼？他究竟是哪一天得病，或者說是中毒的？中的是什麼毒，急性還是慢性？毒發前，他說過些什麼？

要想弄清楚這些，就非得往明珠花園走一趟——只是去一趟還不行，還得像在雙林禪院一樣，想辦法長久地住下來，慢慢地套問真相。唯有那樣，才可以明查暗訪，問個水落石出。而且，那是公子生活居住的地方，只有在相府裏，才可以更多更近地瞭解公子。

沈菀爲著這個想法而振奮著，卻忘了相府高門深院，並不是她想進就可以進的。反正那也不是馬上就要去做的事情，因爲現在這樣，自己待在靈堂中，守著公子的棺槨，已經是離他最近的地方。在公子下葬之前，她哪裡也不會去，就要這樣守著他，跟他生死相親，幽明同行。

自從那日當眾開棺，方丈與沈菀一起目睹了納蘭公子的死狀，也就共同懷抱了一個天大的秘密。爲了這個不期而來的秘密，方丈對沈菀的態度忽然變得微妙起來，既忌憚，又親密，彷彿結成了某種奇異的同盟，有種心照不宣的親暱，倒不好攆她走了。而且凡是沈菀所請，無不遷就。

公子的棺材重新裝殮過，就該爲她「父親」移棺了。方丈主動提出要寺裏的僧人幫忙，然而沈菀說什麼也不肯，說是不願意讓父親屍身露白，堅持要親自裝裹。方丈起先覺得不妥，說是「你一個年輕姑娘家，怎麼好動手移屍，況且屍體沉重，你哪裡搬得來？」無奈沈菀執意堅持，說是爲人子女者，守靈守得父親的棺木焚毀，已是至大不孝，還要別人幫忙移屍，就更加造孽，必得親力親爲才見孝心。眾人拗不過她，又正爲了公子移棺的事心煩意亂，便只幫她把棺材抬進靈堂就去了。

天黑得晚，好容易捱到月亮上來，蛩鳴卻又一陣緊似一陣，越發顯得天長了。沈菀獨自守在靈堂裏，隔著一道殿門，外邊的夏天就像跟裏面無關似的，倒也並不覺得熱。也許是因爲心靜，蛩聲越吵就越顯得四下寂靜。

燕壘空梁畫壁寒，諸天花雨散幽關，篆香清梵有無間。

蛺蝶乍從簾影度，櫻桃半是鳥銜殘。此時相對一忘言。

她倚坐著納蘭的棺塚，就好像伴著他的人。這首《浣溪沙》的副題是「大覺寺」，不知道那個大覺寺在哪裡？但詩中的情形，分明寫的就是此時，此地，此情，此境。納蘭公子真是她的知己，早已在詞裏把她的心思寫盡了。不論她在想什麼，都可以直接與他的詞對話。念著他的詞，心也就靜了，滿足了。

沈菀就這樣輕輕地摩挲著，念誦著，直到確信眾人都睡了，這才站起身活動一下手腳，準備開棺。原先的棺材燒壞了榫，況且本是裝相，本來也楔得不實，使勁一撬也就撬開了。她用力推開棺蓋，露出裏面的磚頭瓦塊，開始一塊塊地搬出來，再一塊塊地移進新造的棺材裏，直搬到天濛濛亮才忙完。輪到蓋棺時，卻發了愁——憑她一個人的力氣，是無論如何也不可能把這麼大的新棺蓋抬起來的。

正在躊躇，忽然房門一響，無風自開。沈菀嚇了一跳，忙回頭時，卻是那個叫苦竹的和尙走了進來，仍是雙眼直睜睜地盯著她，陰森森地說：「棺蓋沉重，沈姑娘搬不動，我來幫你吧。」

沈菀大吃一驚，忙擋在棺材前道：「這是我自己的事，不勞費心。」

苦竹道：「你自己也就是搬幾塊磚頭還夠力氣，說到蓋棺，沒人幫忙，只怕不行。」

沈菀聽了這一句，如雷擊頂，知道自己剛才搬磚頭的事盡被他看了去，那麼謊言入寺、縱火燒棺的事自然也都瞞不住，頓時只覺得渾身的血都往頭頂轟隆隆地衝去，一剎時卻又呼啦啦重新跌落下來。爲今之計，若想保守秘密，除非殺人滅口，然而自己又怎麼是這個彪形大漢的對手？或是用錢收買，只恨積蓄已空，自己現在比和尙還窮。一時間腦子裏早轉過了數十個念頭，卻沒一個用得上。又見苦竹眼神古怪，盯著自己只管上下打量，在外邊風地裏站了這樣久，反倒滿頭是汗，身上的熱氣一蓬蓬地逼過來，發出強烈的體味，近乎於獸的氣味。

沈菀在風月場裏長大，什麼不知？只爲這些日子裏一直住在寺裏，又伴著納蘭公子的棺柩，心無旁騖，才一時不及其他。如今見了那和尚幾欲噴出火來的眼神，再想起那日在井臺邊的事，忽然明白過來，想來這和尚偷窺自己不是一天兩天了，頓時只覺渾身冰冷，顫聲道：「你想怎麼樣？」

苦竹仍是死死盯著沈菀，呆呆地笑道：「你來了有多麼久，我便想了有多麼久，一直想著可以爲姑娘做點什麼，直到今天才有這個機會，沈姑娘，你就讓我幫你吧。」

他每說一句，沈菀便往後退一步，一直退到背後抵著棺材，再也退無可退，只得站住了。退無可退，便只得迎上去，索性過了眼前這關再說。沈菀忽然嫣然一笑，柔聲道：「有你幫忙，就最好不過。這棺材蓋死沉，我一個人也確是搬不動。」

苦竹見她方才那樣冷若秋霜，這會兒忽地一笑，便如春花初綻一般，心頭大喜，福至心靈，竟忽然擠出一句風月話來：「沈姑娘，一個人做不了的事還多著呢。」說到最後一個字時，已經直走到沈菀跟前來，口氣吹著她耳根髮梢，癢癢地像有一條蛇在爬。

沈菀一顆心彷彿隨著當日那柄象牙梳子一起跌到了井底，漆黑，冰冷，陰森森沒有一絲活氣。她將手轉到身後，輕輕撫一撫納蘭的棺材，將心一橫，昂然說：「急什麼，先做了正事，出去再說。」

第六章　感卿珍重報流鶯

臘月裏，沈菀的肚子一天天顯山露水，在寺裏是再也住不下去了。她倒也不等方丈催，這日一早逕自收拾包裹辭了出來，雇了輛車，直奔明珠府來，只說求見相爺、夫人，有極重要的事稟報。

恰好這日明珠不用上朝，偷得浮生半日閒，正在花園中帶著孫子福哥兒踏雪賞梅，聽管家說府外有位年輕女子求見，倒覺好奇，先問了句「太太知道麼？」待聽說覺羅夫人剛吃了藥睡下，沒敢驚動，遂略想一想，難得地說一聲「請入偏廳來見」，將孫子交給奶媽，自己踏瓊踐玉，穿過花園往偏廳裏來。

原來明珠相府分為東、中、西三路，中路大門進來，依次有府門、儀門、正殿及東、西配殿，俱是黃琉璃瓦綠剪邊，歇山頂調大脊，一路匾額俱御賜欽賞，專用以供奉皇上賞賜，並節慶時招呼達官貴戚使用，平時只著人打掃，卻不常啓用；東路主要是祠堂、佛堂、以及四進下人房，著令馬夫、護院等在此居住，牆外是馬廄；西路才是府中諸人日常起坐之地，正廳面闊五間，硬山頂前出廊，兩旁各有耳房三間，配房五間，為明珠與覺羅夫人居住之上房；後宅正門懸額「鍾靈所」，亦爲康熙御筆親題，正房面闊七間，前後出廊，後簷帶抱廈五間，便是納蘭容若的院落，如今住著官夫人與顏氏等人；最後一進並不住人，是座二層樓，爲女眷登高遠眺之處，有時後園裏放戲，女眷不願意來回走的，也可在此遙看。

如今明珠口中所謂偏廳，題額「退思廳」，位於西路垂花門裏，距正房處不遠，乃是三間灰筒瓦綠剪邊歇山重簷的二層樓，與後院裏仙樓遙遙相對，前後門對開，當中一扇「竹林七賢」的人物雕鏤黃花梨木落地屏風隔斷。明珠從後門進來，先向屏風眼裏張了一張，只見一個女子披著件兜頭蓋臉的黑色鶴羽大氅，裏得嚴嚴實實地站在當地。遂咳嗽一聲，緩步進來。

沈菀一驚回頭，見了明相，忙推去頭上風兜，跪倒下來，哭道：「小女子叩見明相，請相爺收留。」

明珠見她一身縞素，滿臉淚痕，哭得梨花帶雨一般，心下十分驚異，忙問道：「你且起來說話，慢慢告訴我，你是什麼人？這是給誰戴孝？又做什麼要求我收留？」

沈菀成竹在胸，當下含羞哭訴道：「小女子沈菀，原是清音閣的歌舞伶人，因仰慕納蘭公子的嘉儀，得垂寵眷，以致懷珠。只因無名無份，不敢擅造潭府，只得寄宿在雙林禪院過活，一來爲公子守靈全節，二則爲保護腹中孩兒，奈何如今身子笨重，在寺院久住不便，只得抱辱前來，求相爺開恩收留，只要容我生下公子的孩兒，便叫我做牛做馬也願意。」

明珠聞言大驚道：「我兒向來不是眠花宿柳之輩，你卻不可信口雌黃。」

沈菀道：「小女子固然知道公子清正自持，便小女子雖在青樓，亦並非朝雲暮雨之輩，實與公子爲有折柳之緣，遂訂夢梅之契。時爲去年五月二十三日，公子召小女子赴淥水亭獻舞，一夕歡會，緣訂三生，老爺若是不信，只管問顧大人、朱大人便知。」

明珠聽她提到顧貞觀、朱彝尊等人，知道這些風流才子專喜留連風月之地，又最愛與人做媒，倒有三分相信起來；又見這女子相貌嬌美，言談不俗，的確是個可人兒，若是兒子看中了她，也在情理之中，便又有五分相信；當下細細地問了她年紀籍貫，何時來京，在清音閣掛牌多久，家中還有何人，此前可曾來過相府，何時去的雙林禪院等事，見她對答如流，若合符契，便又有了七八分信任。遂命下人先帶她到偏廈休息，又請了太醫來與她把脈，自己卻往上房裏來面謀於覺羅夫人。知道夫人正歇午覺，便不進來，只命丫鬟去請。

原來覺羅氏素有失眠症，十分看重午間這半個時辰的小憩。家下人等閒不肯打擾，知道她一醒來就要發脾氣的，也不罵人，也不說話，只是喜歡摔東西，不論貴賤，什麼就手扔什麼，脾氣出奇地壞。今天摸到手的是睡前摟在懷裏的絮了晾乾茉莉花茶葉的軟枕，雖然打不疼人，也把丫頭黃蓮嚇了一跳，委委屈屈地稟報：「老爺請太太說話。」黃芩便趕緊去隔壁請奶媽子水娘來服侍。

覺羅氏蹙了眉，嘟嘟噥噥地道：「什麼大不了的事，用得著這樣猴急？」一邊坐起來要鏡子來照，略理了理鬢角，見並未散亂，又命丫鬟打水來洗臉。

明珠坐在外間，見黃蓮出來打水，便知他夫人醒了，遂自己撩簾子進來，陪笑道：「原不想驚動你，只是外面來了個女子，說是跟咱們多郎有了孩子，請我收留。」將事情從頭細細說了一遍。

覺羅氏聽了，也覺詫異，卻只對著鏡子左照右照，半晌不說話。那水娘是服侍慣了的，便看著夫人臉色，笑道：「論理沒我說話的份兒。只是我奶了少爺這麼大，最熟他的脾氣性情，從來沒聽說結識過什麼青樓女子，別是她同什麼人懷下孩子，無力撫養，明仗著死無對證，誣陷給少爺的吧？」

明珠也知道這水娘好比夫人的傳聲筒，只要他夫人不出聲，那水娘說話，也就等於她的意思。笑道：「所以我不好做主，要大家商量著拿個主意。況且這是女人家的事，不如我叫她來，夫人當面問準了再議。」

覺羅氏正要說話，婆子走來說太醫已經診過了脈，問老爺有何話說。

明珠忙起身出去，一盞茶時候仍舊回來，告訴他夫人說：「太醫說脈息平穩，總有半年左右。依她說，是五月裏淥水亭詩宴後坐的胎，算起來如今該有七個月了，太醫也說不準，說是開始三個月還容易診得出來，過了五個月，孩子大了，差一兩個月很難診得清楚。如今依你看是怎樣？或是叫她走，或是留她住下，也要給句準話才好。」

覺羅氏一生爲人最怕做主的，聽了這話不禁遲疑起來，便又看著水娘。然而這樣大事，水娘也不敢說話。覺羅氏又想一回，嘆了口氣道：「或者就先讓她住下也沒什麼。即便扯謊，想騙咱們收留她，也不過略費些衣食銀兩罷了，好歹再過兩三個月，孩子生下來，一切自有分曉。」

明珠聽了太醫的話，心中這時候已有八九分相信，想到兒子年輕早逝，果然一夜風流留下這麼個遺腹子，也是天可憐見的一段孽緣，冥冥中未必不有什麼運數使然，又聽他夫人這樣說，便道：「我也是這個意思，料她一個女人家，又重著身子，就有什麼謀圖，也翻不過天來。」又問要不要叫進來給夫人磕頭。

覺羅氏立時回絕道：「不要。我若受了她的頭，倒像承認了她一樣。只當她是個客，隨便安排在哪裡先住下，橫豎等孩子生出來再說吧。」

明珠無可不可，遂抽身出來，吩咐管家將花園裏淥水亭畔一溜三間穿山耳房，名作「通志堂」的收拾出來給沈菀暫住，同家人只說是顧貞觀做媒，為公子納的外室，又撥了兩個丫鬟並一個婆子服侍，令闔家上下都只稱她「沈姑娘」，對外則說是遠房親戚，因逢戰亂，父母丈夫死絕了，故而前來投靠。一邊又派人請了顧貞觀來，緩緩說明緣故，並重托他為沈菀贖身事。

究竟顧貞觀對這件事也做不得準。然而那日淥水亭之會，沈菀確是比他們更晚離開，或者同納蘭公子惺惺相惜，暗渡陳倉也未可知，況且沈菀如今弄成這樣，除了相府也再無容身之處，難道由她飄零在外不成？也只得含糊應了，又往清音閣去開交。

老鴇為了沈菀逃走的事幾不曾急瘋了，暗地裏撒下網來到處打聽，卻再想不到她竟然躲進廟裏去。忽然顧貞觀上門來說要幫她贖身，便疑作是他的手腳，抓著顧貞觀大鬧起來，只說要人，不肯要錢。顧貞觀被逼無奈，只得說沈菀已經破瓜，且身懷六甲，回到清音閣也是無用的了。況且，這是相府裏要的人，誰敢不與？

老鴇聽見，愈發大哭。連倚紅也都疑惑起來，悄悄拉了顧貞觀到一邊問是不是他經的手，急得顧貞觀賭咒發誓，說：「你明知道那個沈姑娘對容若老弟有多癡情，我不看僧面也要看佛面，怎麼會在老弟屍骨未寒之時，就染指他的女人呢？」

他這樣說著的時候，並未意識到自己已經隨口將沈菀說成是容若的女人。來之前，他對沈菀腹中的孩兒未必沒有懷疑，然而經過老鴇和倚紅這一鬧，反倒堅定起來，當真以爲沈菀與容若有了私情，連孩子都養出來，倒覺得這身後遺珠事關重大，非要替亡友辦得妥當不可。

世上的事情通常都是這樣，不論起初大家怎麼樣疑惑也好，然而一旦以假作真地接受了下來，就會覺得這件事越來越真，簡直千真萬確，從前的懷疑反都是可笑的了。

覺羅夫人也是這樣。她是頭一個懷疑沈菀的，私心裏覺得兒子不可能喜歡一個青樓女子，可是既安頓她住下來，家裏平白多了一件差事歸她管，倒覺得振作起來。兒子雖然死了，卻留下一個遺腹子給她做孫子，這無啻於容若轉世，尤其是這姑娘早不來晚不來，剛好趕在兒子的生祭剛剛過完就上門來，可不是天意麼？

因此先只說打發兩個粗使丫頭給沈菀使喚，及安排定了，到底不放心，又撥了一個自己的二等丫頭黃豆子送去園中與沈菀作伴，臨晚，又命奶媽水大娘往通志堂走一趟，看看沈菀在做什麼。

水娘問：「那我去了，又沒差事，又沒句話兒，可怎麼說呢？」

覺羅氏不耐煩：「就說恐丫頭照應不到，故來看看這邊缺什麼使的用的，況且冬郎原是你帶大的，最有經驗，通志堂又是冬郎讀書的所在，哪一物放在哪一處，你都是熟悉的，就當提點她幾句才是；再不然，就說來給新姨娘請安——可說的多著呢，你在府裏這些年，怎麼連句話兒都不會說了呢？」

她這樣責備嗔怪的時候，可也沒有注意到，自己已經順口將沈菀喚作了「新姨娘」。

「通志堂」最初叫作「花間草堂」，後來納蘭容若修書時改名，並隨著《通志堂經解》一同流傳於世。

納蘭性德於康熙十年進學，十一年八月應順天鄉試，中舉人。老師徐乾元恰爲這年鄉試副考官，對於弟子如此出類拔萃，自是得意非凡，一早對同儕許下大話：明年春天，來我家裏吃櫻桃吧。

這是自唐朝時流傳下來的規矩：每逢新科進士放榜，因爲正值櫻桃成熟，所以慶功宴上必然有一大盤飽滿鮮豔的櫻桃應景助興，因此「及第宴」又稱爲「櫻桃宴」。徐乾元說這話，自是指以納蘭的才華，金榜題名如同探囊取物，這一席櫻桃宴是擺定了。

然而次年三月，納蘭性德卻以「寒疾」爲由，根本沒有參加殿試，唾手功名竟然擦肩而過。徐乾元嗒然若失，雖說三年後還可以再考，但遲來的快樂，畢竟沒有那麼快樂。但是爲了安慰弟子，他還是特意遣人用水晶缸盛著，送去了滿滿一缸紅櫻桃。

家人回來說，明珠大人見了櫻桃十分高興，立刻命侍女擘桃去核，並澆以乳酪，然後分盛在水晶碗中，分贈各房夫人公子，還厚賞了徐府家人。徐乾元點頭嘆道：「『香浮乳酪玻璃碗，年年醉裏嘗新慣。』明珠大人果然風雅。」又問納蘭公子可好。家人搖頭說，因爲公子抱病隔離，所以未能得見，但令人送出一張紙來，說著從袖中取出呈上。

徐乾元接過來，只見薛濤箋上寫著簪花格《臨江仙・謝餉櫻桃》：

「綠葉成蔭春盡也，守宮偏護星星。留將顏色慰多情。

分明千點淚，貯作玉壺冰。

獨臥文園方病渴，強拈紅豆酬卿。感卿珍重報流鶯。

惜花須自愛，休只爲花疼。」

徐乾元初讀之下，只覺愴惻清越，然而再三讀之，卻覺驚詫莫名，越玩味就越覺得深不可言。這詞是送給他的，感謝他的「餉櫻之情」，然而詞中典故歷歷，又分明與他無關。

「綠葉成蔭春盡也」，顯然套的是杜牧「綠葉成蔭子滿枝」的句子，說的是心中佳人經年不見，已經嫁人生子；而「玉壺冰」的故事就更離譜，是說絕世佳人薛靈芸因被迫嫁與魏文帝曹丕為妃，一路哭泣，眼淚滴在玉唾壺裏，竟至紅淚冷凝，點滴成冰。

「獨臥文園方病渴」之句，是以陸放翁自比，連上「強拈紅豆酬卿」，分明是喻意陸游與髮妻唐婉被拆散鴛鴦的相思之情。

表面上，所有的句子都在形容櫻桃的鮮豔嬌美，感謝老師的殷殷垂詢，然而如此鋪陳蘊藉，一味纏綿感傷，真的只是在說櫻桃嗎？

徐乾元原本就對這個聰穎過人的弟子臨試得疾覺得奇怪，如今越發肯定：怎麼就會那麼巧，早不病晚不病，偏偏趕上三年大考的時候患了急病；而且得什麼病不好，又偏偏是個怕傳染須隔離的勞什子「寒疾」，弄得人想去探視都不行。如今從這首詞中看來，這個弟子的心中，必然藏著一件大悲哀，大痛事，遠不是「寒疾」那麼簡單。但這件「痛事」究竟是什麼呢？他從來沒有問過，只是想著該用什麼方法來安慰這個學生。

直到兩個月後納蘭容若「病癒」，特地登門拜謝老師病中慰問之情，徐乾元也仍然未置一詞，只是與納蘭談詩，說史，並且第一次打開了家中的「傳是樓」請他參觀。

這「傳是樓」乃是徐家藏書處，也是天下學子夢寐以求之地。藏書無數，皆為善籍孤本，平常人別說上樓參觀，便是走近樓下望一眼也不可得。此前納蘭來徐府時，每每從樓下經過，都忍不住投以久久的注視，卻始終不敢提出拜讀之請。如今徐乾元竟然主動打開館藏，請他上樓，真是令納蘭又驚又喜，忘了自己「大病初癒」，提起袍角便「蹭蹭蹭」直邁上樓來。

走到最後幾級臺階，忽又頓挫下來，整一整衣冠，端正顏色，這才小心翼翼地踏進樓來。那浩瀚的藏書，古籍特有的氣味，真讓納蘭身心俱醉，彷佛置身天堂一般。這所有的書都是他的至愛啊，看到這樣的書，便是在夢裏也要笑醒的。

納蘭徜徉在書海中，半晌才如夢初醒，向老師借閱了數冊嚮往已久卻遍尋不獲的典籍回家苦讀。幾天後，又回來換取另外一摞。接下來一連數月，納蘭如饑似渴，一直沉浸在閱讀的巨大喜悅中，每隔幾天就來老師家還書借書。

直至有一天，納蘭向老師囁嚅地提出：天下讀書人仰求經典而不可得閱者多矣，可否想過將這些藏書刻印傳世，造福莘莘學子？

這些書籍原是徐乾元家傳至寶，每一冊的搜求購藏都藏著一個動人的故事。納蘭容若斗膽提議，原以為老師會發怒的，甚至會拒絕自己以後再來求借。卻不料徐乾元不怒反喜，呵呵笑道：

「我早有此心，就連朱竹垞（彝尊）、秦對岩（松齡）也都曾有過此議，只是工程浩大，我又雜務纏身，生性慵懶，所以就擱下了。你若有心有力，此樓便對你永遠打開，若用時，只管來取便是。」

納蘭喜出望外，當即回家向父親稟明心願。明珠其時已擢升武英殿大學士，雖知此事費金不菲，卻是一件傳世邀名的大事。遂略作沉吟，便即應允。於是，納蘭出資出力，自早至晚，從此只在通志堂裏用功，親自校訂編修，廣置筆墨，召募刻工，監製雕印。而朱彝尊聽聞，也特地打開自家「曝書亭」所藏，供納蘭參閱雕印，並親自撰寫多篇序言。群策群力，費時三年，到底彙成《通志堂經解》全編。

此後徐乾元、朱彝尊等鴻儒每每議起此事，都反而慶幸公子的那場寒疾得的恰是時候，如不然，早早得了功名，做了侍衛，又哪來的這三年餘閒，做成此等造福後世的壯舉呢？

然而，當他們這樣議論著的時候，卻怎麼也不會想到，十二年後，公子又得了一次「寒疾」，這一次，「寒疾」要了他的命。

十二年，又是十二，多像是一道輪迴。

沈菀站在通志堂前，那心情正跟當年納蘭容若第一次踏進「傳是樓」一樣，因爲過分驚喜，反而遲遲不敢舉步，彷彿怕舉足輕重會驚醒了仙人的美夢一般。

方才她跟了丫鬟婆子來至後花園，第一眼望見淥水亭時，簡直有種再世爲人的感覺。還是這個淥水亭啊，半年前，她正是在這裏爲公子獻舞，如今重來，竟然物是人非，兩番天地了。

「一往情深深幾許？深山夕照深秋雨。」而侯門之深，卻是比深山夕照與深秋風雨更要難以企及的。

這半年來，不，應該說是從她十二歲第一次見到納蘭公子直到今天，無時無刻，她不在嚮往著踏進明珠花園，在公子住過的地方走一走，看一看。尤其是公子猝逝的消息傳出後，她曾經跪在府門前苦求不已，只求能在靈前一慟。如今到底來了，卻似真還幻，彷彿隔著今世望前生——也許她是替公子在看，也許她已經死了，身體躺在雙林禪院的靈堂裏陪著公子，靈魂卻回來這園中，追著他生前的腳印亦步亦趨。

通志堂就在荷花池畔，太湖石堆的假山下，與淥水亭緊鄰，中有爬山廊相通，從前顧貞觀、吳兆騫等人來園中與納蘭吟詩做對時，便常常在此雅聚，如今也還散放著許多詩稿書卷不及收起。裁作不同尺寸的澄心堂紙和薛濤箋隨意地堆疊著，松花江石的暖硯觸手生溫，就彷彿主人剛剛還在，走出未遠。

沈菀見了，又是喜歡又是心酸，眼淚早撲簌簌滾落下來，忙命婆子不必收拾，顧不得解衣休息，打量住處，只如獲至寶般將那些詩畫字帖一張張翻看。因見其中有幅女子肖像，臨風飄舉，巧笑嫣然，便像要從畫中走出來一般，旁邊題著李商隱的兩句詩：「嫦娥應悔偷靈藥，碧海青天夜夜心。」不禁拿起細看。

起初只當是盧夫人，待細細揣摩，卻又不是，因畫中人看起來只有十來歲模樣，是未出閣女孩兒家的打扮。年齡雖幼，卻是星眸皓齒，眉目疏朗，那種英氣和媚氣，幾乎是破紙而來的。

水娘來時，正見著沈菀對著這幅畫出神，彼此見了禮，便搭訕道：「這是咱們表小姐，如今進了宮，封作惠妃娘娘了。」

沈菀心中一動，忙問：「表小姐從前同公子很要好嗎？」

水娘笑道：「小孩子家，一塊兒長大，又沒別的什麼伴兒，自然是要好的。雖然表小姐比冬哥兒大兩歲，然而冬哥兒最知盡讓的，就偶爾拌嘴鬥氣，也都是冬哥兒先服軟兒。」

沈菀又問：「表小姐常來相府嗎？」

水娘道：「豈止常來，表小姐入宮前一直就是住在這裏的，自己的家倒成年累月也難得回一次，只是逢年過節才回去住幾日。平時都是在這府裏的，由咱們老爺一手帶大的。都說老爺對表小姐，比對自己親生兒子都好。那麼疼少爺，也不過是請先生來教導，表小姐的功課倒是老爺親自過問的。」

沈菀益發上心：「那又是為什麼？」

水娘道：「誰知道呢？說是女孩兒請先生不方便，要親自教。其實女孩兒家，略認得幾個字就是了，哪有多麼多功課？一直教到十六歲，臨近大選才送她回自己家裏。」

沈菀心裏又是一動，隱隱覺得好像掌握了一件極重要的秘密，卻又一時理不清，故意又問：「表小姐比公子大兩歲，又是老爺親自教導的，這麼說，學問豈不是比公子還好？」

水娘笑道：「那倒未必，咱們冬哥兒文武全才，古今無雙，哪是表小姐一個姑娘家比得了的？若是比彈琴繡花，表小姐自然是好的，正經學問，可還差著老大一截兒呢。不過有一條，據老爺說，表小姐的醫術比冬哥兒是高明的，不枉了名字裏有個『藥』字。」

沈菀愈發驚異，再細看那詩句，果然見上句「嫦娥應悔偷靈藥」的最後一個「藥」字，與下句「碧海青天夜夜心」的第一個「碧」字上各缺著一筆，心上忽地一跳，已經猜到了大半，忙笑道：「我想起來了，表小姐的芳諱可是叫作碧藥的？」

水娘將手一拍，笑道：「可不就是碧藥，真是個怪名字。原來你也知道，是少爺同你說的？」

沈菀滿心裏只覺有種說不出來的淒涼惶惑，卻強抑緊張，故意淡淡地道：「公子閒談時提過一兩回，並未詳說，所以我一下子沒想起來。原來碧藥姑娘就是表小姐，已經做娘娘了。可還記得是什麼時候進的宮？」

水娘見她連碧藥小姐這般隱秘的細事也知道，只當她與公子親密，無話不談，心下更無猜疑，遂道：「是康熙八年，這日子絕不會錯，那是皇上親政後第一次大選，咱們表小姐送去，一下子就給選上了。第二年就生了位皇子，可惜沒養住；幸好娘娘爭氣，隔年又生了一胎，還是位哥兒，老爺還爲此在府裏大擺宴席呢。十六年皇上冊立新皇后的時候，咱們娘娘也冊了惠嬪，四年前又晉了惠妃。」

那是康熙八年，康熙親政後的第一次大選。

此前，在康熙繼位後四年，剛滿十二歲時便遵從莊妃太皇太后懿旨，娶了輔政大臣索尼的孫女赫舍里珍兒為后，這完全是一項政治婚姻，但是皇室聯姻從來都是為政治服務的，並無例外。次年康熙扳倒鰲拜，得以親政，一則年紀尚幼，二則忙於政務，直至這年秋天，才又輪到三年一次的大選，也是他親政後的第一次大選。

愛新覺羅與葉赫那拉，世代姻親，每到選秀之期，十三至十六歲的旗籍女孩就要造冊備選，納蘭碧藥，便這樣被送進了深宮，從此「寂寞鎖朱門，夢承恩」。

是的，她不叫葉赫那拉，而叫納蘭。

也叫納蘭。納蘭碧藥。

這世上，有無數的人姓葉赫那拉，卻只有兩個人姓納蘭：一個是納蘭成德，一個就是她，納蘭碧藥。

這是她和容若獨有的姓氏。只有他們倆，再沒第三個。

那一年，他十歲，她十二歲，都還是才總角的小孩子，因是堂姐弟，無須回避，遂得以青梅竹馬，嘻笑無拘。

明珠剛剛提了內務府總管，建了這所明府花園。他和她坐在水塘邊，一邊剝蓮子，一邊似是而非地討論著一些國家大事。此前莊廷鑨明史案發，牽連致死七十餘人。小小的納蘭容若深為震撼，對堂姐說：「他們都是有學識有才華的文人，不過是出了一本書，怎麼就成了死罪，還死了那麼多人呢？」

碧藥小小年紀，已經深得明珠真傳，聞言說：「這就是政治啊。權柄之下，一言九鼎，人命賤如螻蟻。」

容若悠悠地嘆了一口氣，再次說：「可是他們的學問真好。漢人的詩詞歌賦，真是好啊。每個字都那麼漂亮。我不喜歡葉赫那拉這個姓，我決定給自己另取一個姓，叫納蘭，多好聽。」

碧藥認真地想了想，點頭說：「好，我跟你一樣，也姓納蘭。」

能夠得到堂姐的贊同，容若心中充滿了知己之感，大聲說：「好，我們兩個同心同姓，都姓納蘭。我叫納蘭容若，你叫納蘭碧藥，就只我們兩個，一生一代一雙人，再沒第三個。」

碧藥原比容若大兩歲，聽了這話，芳心動搖，用力將手中的蓮子拋向湖心說：「對，納蘭容若，納蘭碧藥，就像兩朵並蒂蓮。」

他們為了紀念這有意義的「改姓之日」，還特地在水邊種下了兩株夜合花，手牽手地立誓：「朝開夜合，百年好合，蓮心蓮子，成雙成對。」

那分明就是百年之約，白首之誓啊。

後來每每想起，真是不吉利。哪裡有在夜合花下許願的呢？太天真了，都不懂得「夜合花」和「百合花」是渾不相干的兩件事，「朝開夜合」，形容的恰恰是短暫無常，又怎能成為「百年好合」的比興呢？「蓮心蓮子」，原是世上最苦澀的，難怪會帶來一世的相思。

「一生一代一雙人，爭教兩處銷魂？」康熙八年的大選，將十六歲的納蘭碧藥送入禁廷，從此一入宮門深似海，違背了「蓮心蓮子，成雙成對」的誓言，開始了「碧海青天夜夜心」的日子。

而納蘭容若，則過早地學會了相思。那一年，他只有十四歲。

十四歲的納蘭容若，寫下了無數催人淚下的傷心詞句，從此文名遠揚。人們只道他是天才，卻忽略了，所以早慧，只爲情殤。

沈菀怎麼也沒有想到，剛走進明府花園第一天，就已經有了這樣重大的發現。果然是強極則辱，情深不壽麼？

她不禁輕輕吟誦起一首納蘭詩：

「水榭同揣喚莫愁，一天涼雨晚來收。

戲將蓮子拋池裏，種出花枝是並頭。」

納蘭公子以詞聞名，然而詩作亦不少。因未傳唱，故世人多半不知。此前沈菀熟背納蘭詞，早已懷疑過公子在盧夫人之前另有一位情人，不知爲了什麼緣故同他咫尺天涯，不能團圓。卻並未往深處揣味，如今想來，這詩中「戲將蓮子拋池裏」的「莫愁」姑娘，自然就是納蘭碧藥了。

不僅僅是這首詩，他在詞裏的傾訴，更加頻密，有如：

「辛苦最憐天上月，一昔如環，昔昔都成玦。

若使月輪終皎潔，不辭冰雪為卿熱。」
那個「卿」，也是碧藥；
「掩銀屏，垂翠袖。何處吹簫，脈脈情微逗。腸斷月明紅豆蔻，月似當時，人似當時否？」
那個「人」，還是碧藥；
「夢難憑，訊難真，只是賺伊終日兩眉顰。」
那個「伊」，更是碧藥；
「烏絲畫作回紋紙，香煤暗蝕藏頭字。」
那兩個「字」，一個讀作「碧」，一個讀作「藥」。
沈菀的心裏全明白了，彷彿有一股細細的冰水流進心中，又清透又冷冽。其實，早在她第一次遇見納蘭公子，第一次聽到納蘭詞時，就已經同時聽到了碧藥的名字：
「槳向藍橋易乞，藥成碧海難奔。
若容相訪飲牛津，相對忘貧。」
這句詞中，「若容」兩個字顛倒過來就是「容若」，而「藥成碧海」顛倒過來，便是「碧藥」。他是有意把兩個人的名字都嵌在詞中的啊。
難怪他會說「槳向藍橋易乞，藥成碧海難奔」；難怪他會說「惆悵彩雲飛，碧落知何許」；

難怪他會說「寂寞鎖朱門，夢承恩」——他愛的女子，承的是君恩。又怎能不「相看仍似客，但道休相憶」呢？

人們從來都不懷疑，納蘭容若一生中最愛的女人，是盧夫人。卻原來，納蘭碧藥才是他的初戀，他的情殤，走進他心裏的第一個女子，他情竇初開時就發誓要娶的人，即使她進了宮，他真能忘得了她、視她爲陌生人嗎？「相看仍似客，但道休相憶」不過說說罷了，若果然能做得到，又怎會一次次地朱門瑤階，佇立遙望？「不見合歡花，空倚相思樹。」愛上一個人，原是一輩子的事啊。

但是慢著，碧藥既已入宮，封妃晉嬪，如何兩人還能見面？他說「相看仍似客」，是在何處相看？他說「一昔如環」，這「一昔」又是何昔？他說「曲闌深處重相見，勻淚偎人顫。」是哪裡的曲闌？他說「迴廊一寸相思地，落月成孤倚」，又是哪裡的迴廊？他說「深禁好春誰惜，薄暮瑤階佇立」，何爲深禁？又何爲瑤階？他說「綠陰簾外梧桐影，玉虎牽金井」，又是玉虎，又是金井，難道他們的相約之處，竟是御苑禁廷？

沈菀越想越心驚，倘若納蘭公子竟然與惠妃娘娘有情，且兩人曾在禁宮偷偷見面，甚或「勻淚偎人顫」，那豈不是欺君之罪？他們的關係與交往，康熙可曾知道？如果康熙知道了，又豈會不怒？碧藥十六歲進宮，次年即生了皇子，雖然早夭，但是只隔一年，就又生下皇五子，可見皇上對她的寵愛之深。那麼，會不會，康熙動意毒殺納蘭公子，就是爲了這位碧藥娘娘呢？

因情生孽，就是納蘭之死的真正原因吧？

注一：

葉赫那拉，亦作葉赫納喇，世所聞名的慈禧，也是這一族的後裔。查《中國歷代后妃大觀》中，清朝歷代皇帝嬪妃中皆有「納喇氏」，本文中之納蘭碧藥，原型來自康熙帝惠妃娘娘：

「納喇氏，郎中索爾和的女兒，生年不詳，清聖祖玄燁的妃子。納喇氏初入宮，立為庶妃。一六七〇年（清康熙九年）生皇子承慶，早殤，時納喇氏年約十八歲。一六七二年，生皇五子胤禔，因康熙帝的前四子已死，胤禔稱為皇長子。但由於納喇氏為庶妃，不得立為太子。胤禔一心想奪嫡，被康熙帝識破，囚禁於宮中，至一七三四年（清雍正十二年）死，時年六十三歲。一六七七年（清康熙十六年），冊立納喇氏為惠嬪。一六八二年初（清康熙二年年底），進為惠妃。一七三二年（清雍正十年）死，時年約八十歲。」

《永憲錄》中載，惠妃葉赫納喇氏是明珠的妹妹，納蘭性德的姑母。但今人已考證出，這是錯誤的。據前文，惠妃乃索爾和之女，而索爾和又為德爾格勒之子。與明珠之父尼雅哈為兄弟，同為金台石之子。故而，惠妃與納蘭容若應為從姐弟。

注二：

《聖祖實錄》載：康熙三年甲辰（西元一六六四）三月，明珠升內務府總管。

注三：

關於《通志堂經解》，由於乾隆皇帝對這部書署名「納蘭成德校訂」存有異議，故成三百年懸案。

乾隆五十年五月二十九日頒佈上諭曰：「朕閱成德所作序文，係康熙十二年，計其時成德年方幼穉，何以即能淹通經術？向時即聞徐乾學有代成德刊刻《通志堂經解》之事，茲令軍機大臣詳查成德出身本末，乃知成德於康熙十一年壬子科中式舉人，十二年癸丑科中式進士，年甫十六歲。徐乾學係壬子科順天鄉試副考官，成德由其取中。夫明珠在康熙年間，柄用有年，勢焰熏灼，招致一時名流，如徐乾學等互相交結，植黨營私。是以伊子成德年未弱冠，即夤緣得取科名，自由關節，乃刊刻《通志堂經解》，以見其學問淵博。古稱皓首窮經，雖在通儒，非義理精熟畢生講貫者，尚不能覃心闡揚，發明先儒之精蘊。而成德以幼年薄植，即能廣收博采，集經學之大成，有是理乎？」

首先，這裏面，乾隆對納蘭成德的年齡理解是有錯誤的，因為康熙十二年時，容若已經十九歲，而非十六歲，可見大臣做事之馬虎。乾隆連納蘭的年齡也查考不清，就斷言此書為徐乾元捉刀，未免自大。

納蘭成德對於《通志堂經解》的作用，此前已有多位學者考據查證，認為納蘭至少是該書的宣導者、資助者、參與者，書中注明「納蘭成德校訂」，毫不為過。

第七章　一生一代一雙人

世人評價納蘭詞，說他「悼亡之吟不少，知己之恨猶深。」悼亡，自然指的是亡妻。他在詞裏大聲宣告的愛情，幾乎都是寫給盧夫人的——在她死後，用「悼亡」的名義，一遍遍地訴說著她生前的故事。

「誰念西風獨自涼？蕭蕭黃葉閉疏窗。沉思往事立斜陽。
被酒莫驚春睡重，賭書消得潑茶香。當時只道是尋常。」

這首《浣溪沙》，後來成了悼亡詞的絕唱。它太經典，太纏綿，太癡情，以至於世人因此將納蘭詞中所有的相思懷戀，都給了盧夫人。

然而他們卻忽略了，在盧氏活著的時候，他也寫過許多情詞，也是一樣地幽憤，無奈，咫尺天涯般地絕望。

「昏鴉盡，小立恨因誰？
急雪乍翻香閣絮，輕風吹到膽瓶梅。
心字已成灰。」

那時他還年紀輕輕，榮華正好，倜儻風流，如何就「心字已成灰」了？當然不是爲了盧夫人，因那時她還沒有嫁入明府中來。如此，那麼多的纏綿愁緒，離恨別思，都是爲了誰？

「記得別伊時，桃花柳萬絲。」
「人在玉樓中，樓高四面風。」
「相思何處說，空有當時月。月也異當時，團圓照鬢絲。」
「小屏山色遠，妝薄鉛花淺。獨自立瑤街，透寒金縷鞋。」

他用了晚唐小周后「金縷鞋」的典故，因爲那個相思相望不相親的女子，藏在深宮。碧藥入宮那年十六歲，很快便得到皇上寵幸。有兩件事可以證明她得寵之深：一是當年九月，明珠改任都察院左都御史；二是次年春天，碧藥生下了承慶王子。明府裏擺了家宴慶賀。沒有人留意，冬哥兒在淥水亭畔流盡了眼淚。他想像不出碧藥做了妃子的模樣兒，還有與皇上相對時的情形。皇上與他年齡相仿，只大幾個月，當她面對皇上的時候，會想起自己嗎？還會記得從前「蓮心蓮子」的盟誓嗎？

過了沒幾個月，宮中忽然傳來王子夭折的消息。明府裏一片凝重，連空氣都彷彿凍結了，這回不僅是冬哥兒爲表小姐傷心，就連明珠也沉默了很長時間，又特地請旨，令覺羅夫人入宮探視。

清廷規矩，嬪妃入宮後，便連親父兄亦不得見，只有病重或妊娠時，才許母親探視，而且還要「請特旨」。然而碧藥情形特殊，因爲生母過世得早，自幼在明珠府裏長大，所以視覺羅氏如親娘一般。加之皇上愛寵有加，竟許明珠頻頻請特旨，令覺羅氏入宮探慰。

那段時間，明府花園烏雲慘澹，而明珠的眉頭也鎖得特別緊。直到隔年碧藥再次受孕，生下來的仍是一位皇子，明珠這才舒展了眉頭。碧藥是他的棋子，他那樣精心教導她，栽培她，就是爲了送她入宮，邀寵固權。尤其是之前的四位皇子全部早夭，所以碧藥所生的皇五子胤禔，就成了實際上的皇長子，具有了爭太子的可能性。

得寵的妃子，只能帶來一時的利益；未來的太子，卻代表著後世的榮華。從此之後，胤禔才是明珠手中最大的籌碼。

這一年，容若已經十七歲，不再是從前那個單純的小孩子了。如果說之前他對碧藥還一直不能忘情，一直心存幻想的話，到了這時候，他已經徹底明白她的想法。

很明顯，她想做皇后，想要權力。她的心中，早已經沒有了他。

「綠葉成蔭春盡也」，他和她，到了最後的告別時分，從此是兩路人，越走越遠。

他再次為她寫下一首詩，《詠絮》：

「落盡深紅葉子稠，旋看輕絮撲簾鉤。
憐他借得東風力，飛去為萍入御溝。」

他病了，雖然不是寒疾，卻是真的心字成灰，相思成冰。他拒絕了廷對，不想中舉，不想晉升，爭權奪位的事，留給她做就是了，隨她做柳絮也好，浮萍也好，只管飛入御廷、舞盡東風去吧，他只想做一個兩袖清風的白衣書生，流連於經史子籍間。

難得的是，明珠居然應允了他，並且主動提議：若說是為別的病誤了考期，只怕眾人信不及，不如說是寒疾，須得隔離，免得過給別的考生。如此，眾人方不至起疑。

就這樣，納蘭得到了三年空閒。就像一首流暢的樂曲突然中斷，彈了一小段間奏，憑空多出了這三年的插曲。

三年中，當人人都在為納蘭的誤考嘆惋可惜的時候，他卻只管埋頭苦讀、編修、雕印，每逢三六九日，即往徐乾學的府上講論書史，常常談到紅日西沉，樂而忘返。

康熙十三年，無論對於皇室還是明府，都是非常重要的一年。

在這一年裏，赫舍里皇后生下了皇子保成，而納蘭成德爲了避諱，被改名爲納蘭性德。改了名字的納蘭，似乎連心氣都改了。那不只是一個名字，更不僅僅是一個「成」字，那還是皇權的標誌。因爲皇子叫了保成，成德就只能變成性德，他連一個名字都不可抗爭，何況是已經入宮的堂姐呢？

納蘭容若徹徹底底地灰心了。他終於答應娶親，娶的是兩廣總督盧興祖的女兒。盧氏一進門，就給明家帶來了興旺之相——這年底，明相的妾侍爲他生了第二個兒子揆敘。

明府張燈結綵，新人新事，從此很少有人再提起表小姐。屬於碧藥的一章，就此揭過了。

但是，納蘭容若，真的可以忘記納蘭碧藥嗎？

沈菀兵行險招，終於在相府花園裏住了下來。一到晚上，西花園的門就關了，偌大園子裏只有沈菀和幾個丫頭、婆子。都早早關了房門，不敢出門，也不敢出聲的。

原來，自從公子死後，人們便傳說西花園裏鬧鬼，夜裏經過，每常聽到有人嘆息，偶爾還有吟哦聲，卻聽不清念些什麼。人們都說那是公子留戀著淥水亭的最後一次相聚，靈魂還徘徊在亭中不肯離開。

但是沈菀反而喜歡，因爲這時候的西園，是她一個人的西園，這時候的淥水亭，卻是她與公子兩個人的淥水亭。她走在淥水亭畔，自言自語，或吟或唱，回味著一首又一首納蘭詞：

水浴涼蟾風入袂，魚鱗蹙損金波碎。
好天良夜酒盈尊，心自醉，愁難睡。西風月落城烏起。

這首《天仙子》，副題《淥水亭秋夜》，是公子爲了這淥水亭月色而寫的。當公子寫這首詞的時候，也像自己現在這樣，徜徉荷塘，邊走邊吟的吧？

他還有過一首題爲《淥水亭》的詩：

野色湖光兩不分，碧雲萬頃變黃雲。
分明一幅江村畫，著個閒亭掛夕曛。

此外，他還在《淥水亭宴集詩序》中說：

「予家，象近魁三，天臨尺五。牆依繡堞，雲影周遭，門俯銀塘，煙波滉漾。蛟潭霧盡，晴分太液池光；鶴渚秋清，翠寫景山峰色。雲興霞蔚，芙蓉映碧葉田田；雁宿鳧棲，秔稻動香風冉冉。設有乘槎使至，還同河漢之皋；倘聞鼓枻歌來，便是滄浪之澳。若使坐對亭前淥水，俱生泛宅之思；閒觀檻外清漣，自動浮家之想。」

淥水亭詩會，是公子人生在世最後的快樂時光。他當年與心愛的人在明開夜合的花樹下許下一世的情話，可是花開花謝，勞燕分飛，卻再無蓮子並頭之日。他選擇了淥水亭作爲自己對人世最後的回眸，是因爲不能忘記那段誓言嗎？如今他的靈魂，是在淥水亭，雙林寺，還是在皇家內苑的深宮重帷之中？或者，他也會偶爾回來這通志堂徘徊的吧？他可看見自己，知道自己是這樣的想他？

沈菀將納蘭容若的畫像掛在自己的臥室裏，每天早晚上香，無論更衣梳篦都要先問一下納蘭：「公子，我這樣打扮可好？你看著喜歡麼？」

她有時甚至會左手執簪，右手持鈿，嬌嗔地問：「梳辮好還是梳髻好？你說呢？」

「釵鈿約，竟拋棄。」她和他雖然沒有釵鈿之約，卻不妨有釵鈿之選。

晚上，她抱著那個絮著荼蘼、木香和瑞香花瓣的青紗連二枕，想著這或許是公子用過的枕頭，便覺得與他並頭而眠了。

她住在納蘭的地方，睡著納蘭的枕上，懷著納蘭的孩子——至少園子裏的人是這樣相信著的，於是她自己也就當那是真實，越來越相信自己是納蘭公子的枕邊人。

自從入門後，她處處留心，事事討好，見了人不笑不說話，低眉順目，恭謹和善，將在青樓裏學來的處世精明用上十二分，待客手段卻只拿出一兩分來，已經足可應付這些足不出戶的侯門貴婦了，至於僕婢下人，就更加不在話下。因此只住了半個多月，十停人倒認得了九停，人人都讚她和氣有禮，連丫鬟婆子也莫不對她連聲說好。沈菀對如今的日子真是滿意極了。

這日一早，官夫人的陪房，人稱大腳韓嬸的，便捧著一隻匣子過來，說是官大奶奶讓給沈姑娘送藥來。沈菀打開匣子，聞到沁鼻一陣香氣，奇道：「這是什麼藥？怪香的。」

大腳韓嬸笑道：「這可真是好東西，叫作『一品丸』，是宮裏傳出來的御方兒，聽說從前孝莊皇太后都是吃它的。用香附子去皮、煮、搗、曬、焙之後，研爲細末，加蜜調成丸子，可以順氣調經、青春長駐的。因此這些年來，家中主子都備著這麼一匣子，有事沒事吃一丸，只有效應沒有壞處。吃完了就向藥房裏再取去。」

沈菀不通道：「哪裏會有百吃百靈的藥呢，況且我現在是雙身子，這藥也能混吃的？」

韓嬸笑道：「所以才說是好東西呢。我們姑爺說過的，這香附子多奇效，最是清毒醒腦，有病沒病，頭痛胸悶，隨時吃一丸，都是有效的。姑爺讀的書多，脈理也通，家中老小若有什麼頭痛腦熱，不願意瞧大夫的，都是問姑爺。從前姑爺在的時候，每年冬天下了霜雪，就囑我們用雞毛掃了，收在瓶中，密封了藏在窖中，化成水後，歷久不壞。也用來煮茶，也用來製藥，極乾淨的。」

沈菀聽了這話，不禁想起納蘭公子給自己改名時，關於「青菀」的一番說辭，立時之間，公子那低頭微微笑著的神情態度就彷彿重現在自己眼前了，由不得接了藥匣抱在懷裏，滿心翻湧。又聽這韓嬸說得流利，知道配藥製藥這些事由她主管，故意嘆道：

「公子醫術高明，家裏自有藥房，常備著這些仙丹妙藥，怎麼倒由著公子的病一日重似一日呢，可見再好的藥，也不能起死回生。」

韓嬸嘆了一聲道：「這就是俗話兒說的：治得了病，救不了命。如今且別說那些，這藥你收著，每日吃一丸，吃完了我再送來。不但我們太太和奶奶平時常吃的，就連宮裏的惠妃娘娘有孕時也是吃的呢。」

沈菀見問不出什麼，遂也改了話頭，隨口道：「公子常說起惠妃娘娘嗎？」

韓嬸笑道：「怎麼會？姑爺回家從來不說宮裏的事。倒是太太常說的，說這藥方兒還是惠妃娘娘從前住在府裏時另外添減幾味藥重新擬定的。後來娘娘進了宮，按照宮裏的方兒吃藥還不慣呢，因此稟明皇上，自己另外配製，還送給皇后和別的娘娘呢，也都說比宮裏藥房配的好。」

沈菀聽了這話，想起前情，忙問：「原來娘娘的醫術這樣高明，竟然會自己製藥的。」

韓嬸笑道：「我來得晚，沒親見過娘娘。不過娘娘常賞賜宮裏配製的『一品丸』，我們府裏自製的藥丸逢年節也曾做貢禮送進宮過，娘娘吃了，也說好，可見高明。」說著，不禁面有得色，分明對自己的監藥之功甚為自得。

沈菀察其顏色，知道她是好大喜功之人，遂著意說些拉攏捧讚的話，又故意打聽官大奶奶平時喜歡做何消遣，愛看什麼書，愛吃什麼菜，長長短短聊了半晌，又問起顏氏來。

韓嬸嘆道：「快別提那顏姨娘了。從前姑爺在的時候還好，一直趕著咱們奶奶喊『奶奶』，雖說有些調歪，總算大樣兒不錯。如今姑爺沒了，她仗著生過孩子，只差沒騎到咱們奶奶頭上來，哪裡還有個尊卑上下？說來也是老天爺不公，咱們姑爺前頭的盧奶奶留下一個少爺福哥兒，顏姨娘也有個展小姐，唯獨咱們奶奶進門四五年，卻連一男半女也無。如今姑爺扔崩兒走了，奶奶還這樣年輕，下半世可怎麼過呢？守是自然要守的，可是沒有個孩子，說話也不硬氣。想起來我就替我們奶奶傷心。當初我們奶奶嫁到相府裏來做奶奶，誰不說她有福氣，姑爺又年輕又出息，學問好，待人又和氣，都說是金果子掉進銀盆裏，打著燈籠也難找的好姻緣。哪裡知道是『燈下黑』，也只有我們這些身邊的人才知道奶奶心裏的苦罷了。」

沈菀故作詫異道：「難道公子對奶奶不好麼？」

韓嬸道：「倒並不是不好。姑爺那樣的人，跟誰也紅不起臉來，連大聲說話的時候都沒有，又怎麼會不好呢？要說我們姑爺的性情也就是個百裏挑一的，可他做著御前侍衛的差使，每天天不亮就要當值，黑盡了也不得回來，一時伴駕遠行，一時又偵察漠北，十二個月裏頭倒有十個月在外頭，難得在家兩日，又爲了那些天南海北的新舊朋友奔走操勞。我們奶奶在這園子裏，就同守活寡也沒多大分別，想見姑爺的面兒也難。要不然怎麼入門來四五年，都不見個信兒呢？」說著，眼睛一直瞟著沈菀的肚子，露出又妒又羨的神情來。

沈菀知道她的意思是說自己和公子露水姻緣，倒比官夫人更易受孕，唯恐起疑，故意含了淚嘆道：「我竟也不知道老天爺安的什麼心，你們奶奶明媒正娶的，一心要孩子偏盼不來，我這沒名沒份的倒糊裏糊塗懷上了。剛知道自己有孕那會兒，我真是嚇壞了，公子去得這樣早，我後半輩子沒了指望，再帶著這個孩子，可怎麼活呢？只一心想著去死，又想著跳河也好，吃藥也好，怎麼把這孩子打下來才是。可是後來想想，我和公子是有緣才走到一起的，公子去得匆忙，片言隻語也沒留下，倒留了這個孩子給我，我要是把孩子打掉，只怕天不答應我。少不得厚了臉皮來求奶奶，原就打定主意：若是奶奶可憐這孩子，我情願生下他來，就認了奶奶做親娘，我自己做奴婢，服侍太太、奶奶一輩子；若奶奶容不下我，那時候再死不遲。」

韓嬌慌忙道：「可不敢這麼想。親生骨肉，哪能起這個打掉的主意呢？況且也是你和姑爺的緣分如此。我們奶奶再和氣不過的人，俗話兒說的，不看僧面看佛面，到底也是姑爺的骨血，怎麼好叫你流落街頭？那個顏姨娘不過仗著生了展小姐，已經興頭成那樣兒；倘若你將來生了兒子，可別學她那麼張狂，要記得咱們奶奶的恩情，替奶奶出了這口惡氣才好。」

沈菀知道，若想讓一個對自己有敵意的人化敵爲友，最好的辦法就是替對方說出她心裏最想說的話。這方法對付男人向來無往不利，對女人竟也有效得很。果然，韓嬌聽她自己先說出要打掉孩子的話，倒比她更著急起來；又聽她說生下兒子來情願認官大奶奶做娘，更是喜歡，立時對沈菀親熱起來，拉著說了一大車子的話，又將官氏形容得菩薩轉世一般，這才心滿意足，扯開大步如風一般地去了。

沈菀立在門前，一直望得人影兒不見了，猶自呆呆地發愣。卻聽頭頂上有人笑道：「小心吹了風。這種時候，再不自己當心著，過後坐了病，可是大麻煩。」抬頭看時，卻是顏氏正從假山下來，手裏抱著幾枝梅花，旁枝斜逸，梅蕊半吐，透著一股子寒香。

沈菀忙迎進來，又命丫頭換茶。顏氏且不坐下，逕自向博古格上尋著一支元代玉壺春的耀州瓶，將梅花插上，一邊擺弄一邊笑道：「從前相公在時，每年臘梅初開，總要在這屋裏插上幾枝，慣了，今年不讓插，倒覺得心裏空落落的。現在你住進來，總算又有了人氣兒了，不如就讓梅花重新開起來吧。」

沈菀滿心感動，笑問：「原來公子是喜歡用梅花插瓶的麼？」一語未了，忽想起納蘭詞中「重簷淡月渾如水，浸寒香、一片小窗裏」的句子，不禁哽咽。

顏氏道：「不止梅花。相公這『通志堂』的名兒，是那年爲了編書改的。從前原叫作『花間草堂』，一年四時離不了鮮花的。冬天是梅，秋天是菊，到了夏天，這案上總有一隻玉碗，浮著粉白蓮花，公子管這個叫『一碗清供』。」

顏氏說一句，沈菀便點一次頭，等顏氏說完，已經不知點了幾十下頭。那顏氏也是難得有人聽她說這些陳年細事，讓她炫耀自己的得寵——在正房夫人面前自然輪不上，在下人面前倒又犯不著，難得來了個沈菀，是剛進府的，什麼都還不知道，正可由著她說長道短，當下便又將容若生前許多瑣細事情拿出來一一掰講。

「從前我們奶奶雙身子的時候……」

沈菀聽了這句，倒是一楞，心想官氏原來也有過身孕的嗎？想了一下才明白，顏氏口中的「我們奶奶」指的並非官氏，而是容若的原配盧夫人。

只聽顏氏道：「從前我們奶奶雙身子的時候，也是這樣的大冬天兒，偏就想著吃酸。杏子梅子都好，想得連覺也睡不著。相公說這冰天雪地的可到哪裡弄酸的去呢？倒被他想了個主意，買了許多蜜餞來，把外面的糖霜去淨了，泡在茶水裏給奶奶喝，果然解饞。後來到我懷了閨女，又想吃辣，偏偏大夫說孕婦不可吃辣，說對胎兒不好。公子就吩咐廚房，將辣椒炸了，用油浸了牛羊肉條兒，讓我饞勁兒上來，就嚼兩塊解饞。連老媽子都說，相公真是又聰明又細心。」

沈菀聽得鼻酸起來，因她永不可能得到公子那樣的體貼，由不得跟著顏氏說了句：「公子真是細心。」

顏氏說得興起，又從頭將盧夫人的故事也說了一遍。她是公子的身邊人，又生養過，嘮起體己來更比韓嬸貼切，一字一句都可以落得到實事上去。說到動情處，將絹子堵著嘴嗚嗚地哭起來。

沈菀便也同她一道哭，又逗引她說得更多些。這才知道，原來顏氏並不是外面另娶的，乃是盧夫人的陪嫁丫頭。盧夫人死後，房中空虛，福哥無人照顧，於是覺羅夫人做主，命公子將她收了房。

這顏氏生得體態亭勻，疏眉淡眼，雖無十分姿色，倒也清爽白淨，且因是原配夫人帶進門的，連公子都看待她與別的僕婢不同，別人自然也都巴結，人前人後趕著叫「顏姨娘」。及後來官夫人進了門，雖是正室，卻也不好太壓到頭上來。兩個人的關係也就像是明珠與索額圖在朝上一般，不是東風壓倒了西風，就是西風壓倒了東風。

納蘭容若一生中，有名有姓的娶過三個女人：原配盧夫人，續弦官夫人，和侍妾顏氏。他和盧夫人共同生活過三年，人生中最好的三年。

盧氏初歸時，才剛滿十七歲，淹通經史，熟讀詩詞，雖不擅做，卻過目不忘，倒背如流。兩人閒來無事，最常做的閨中遊戲便是賭書，他隨便從架上抽出一冊書翻開一頁讓她背，或者她抽一冊書翻開一頁讓他背，誰背不下來便要受罰。容若一半是讓她，一半也真是精於領會而疏於記憶，常常背錯幾個字，被她捉住痛腳，任她罰。

她罰出的題目總是那樣刁鑽古怪，比如讓他陪她去園裏折梅花來插瓶，從去到回來的當兒，他就得填好一首由她限調限韻的詞；又或是讓他在自己的白絹裙子上做畫題詩，好讓她穿著度過十八歲生辰，還要將同樣的畫具體而微地重現在手帕上；最最古怪的一次，居然是讓他一口氣喝完一盞茶，當他喝的時候，她又偏偏要逗他笑，惹得他一口茶噴出去，濕了羅裳，她卻又嬌嗔起來……

「被酒莫驚春睡重，賭書消得潑茶香。當時只道是尋常。」

因為春情繾綣，秋天來時才格外淒涼；正是恩愛非常，天人永隔時更覺難以為繼。

如果他早知道美滿的日子只有三年，他一定會加倍珍惜每一夜每一天，他會把校書雕印的日子分多一些來陪伴妻子，他會把生命中所有美好的事都與她分享，他不會在蓮花開放的時節偶爾去想納蘭碧藥，更不會參加三年後的殿試，做什麼御前侍衛。

康熙十六年，納蘭容若的生活發生了天翻地覆的大變化：三年一第，他到底還是去參加了那個遲到的殿試，中二甲進士，授三等侍衛。從此扈駕隨從，見皇上的時候多，見妻子的時候少。甚至，當盧氏難產身亡的時候，他都未能在她身邊，讓她握著他的手閉上眼睛……

他恨死了自己。一直覺得是自己辜負了盧氏，未能盡到丈夫的責任。從此一有時間，就跑去雙林禪寺伴靈，為盧氏寫下了一首又一首悼亡詞：

「夜寒驚被薄，淚與燈花落。無處不傷心，輕塵在玉琴。」

「近來無限傷心事，誰與話長更？從教分付，綠窗紅淚，早雁初鶯。」

「青衫濕遍，憑伊慰我，忍便相忘……願指魂兮識路，教尋夢也迴廊。」

「重泉若有雙魚寄，好知他、年來苦樂，與誰相倚。我自終宵成轉側，忍聽湘弦重理。待結個、他生知己，還怕兩人俱薄命，再緣慳，剩月零風裏。清淚盡，紙灰起。」

父母一直催他續弦，他只是不肯，堅持要爲盧氏守節三年。

覺羅氏說：你縱然不娶妻，妾總要有一個，哪怕是爲了照顧福哥兒呢。我看大少奶奶帶來的丫頭錦弦不錯，對福哥兒也好，就是福哥兒也同她親近，不如就把她收了房罷。

容若無可不可，遂將錦弦收房，上上下下，只稱「顏姨娘」。隔年生了一個女兒，因她母親姓顏，容若特地爲女兒取了單名一個展字。

三年後，又續娶官氏。算是有妻有妾，有子有女。

可是，他卻再也沒有展顏歡笑過。

沈菀從前一直覺得公子是那樣完美的一個人，便想著他家裏的一切也都是完美的。然而走進來，才知道琉璃世界也有陰影，越是大家族就越經不住窺探。且不說明相與覺羅夫人之間的關係怪怪的，說是冷漠吧，卻又有商有量；說是和睦吧，卻又淡淡的，明珠在府外另有宅邸，平時並不常住相府花園，即便來了，也不過說幾句話，吃一頓飯，至晚便又走了，說是為上朝方便。

覺羅夫人算是相府裏真正的頭號主子，可又最不喜歡操心的，且沒定性，興致來時會忽然想個新鮮花樣出來指使得下人團團轉，然而往往事情進行到一半，她便又興趣索然了。雖然已近知天命之年，她卻是連自己的命也不大明瞭的，一身的孩子氣。就彷彿她十五歲那年，青春被順治一刀斬斷了，就再沒有成長過，心智始終停留在十五歲——十五歲的天真，十五歲的絕望，十五歲的焦慮狐疑，和十五歲的任性執著。

家中真正主事的是官夫人，但她有實無名，說話便不夠份量。事情出來，一家大小都望著她拿主意；及至做了主，卻又落得人人埋怨，一身不是——顏姨娘是第一個要跳出來找碴的人，從來妾室對於正室的地位必定是不服氣的，況且顏氏進門又比官夫人更早，占著先機，又生過孩子，自然更覺得她是搶了自己的位置。

還有那些姨太太們，雖然不理事，但畢竟是長輩，且又替明珠生了揆敘、揆方兩位少爺，身分更是不同。府中大小事物，月銀節禮，總要爭出個高低上下，唯恐自己吃了虧。

官夫人夾在覺羅太太、姨太太和顏氏中間，不上不下，難免滿腹委屈，得空兒就要訴兩句苦的。即便她不訴苦，陪房大腳韓嬸也會替她訴苦，更讓她覺得自己像是戲裏的苦主一般，有說不盡的辛酸道不完的委屈，即便吩咐下人做事，也像是不耐煩，有股子抱怨的意味，好叫人不好意思駁她。然而人家偏要去駁她，就使得她更加不耐煩，也更加委屈。

這樣的一個人，注定是得不到納蘭容若的歡心的。他固然對她很和氣，可是那種和氣是沒有溫度的，像是隔著燈罩的燭火。他甚至在詞中明明白白地寫出：「鸞膠縱續琵琶，問可及，當年萼綠華？」分明在向全世界宣告：續弦難比結髮，舊愛強似新歡。

其實官夫人不難看，臉團團的白裏透紅，像是發麵發過了頭，有點暄暄的，兩腮的肉微微下垂，圓眼睛圓鼻頭，顴骨上略有些雀斑，不說話時像笑，一張嘴卻有點哭相，配合著她的抱怨，更像戲目了。

「這家裏越來越難待了。」她總是這樣開口，然後便一樣一樣地數落難待的理由，因為沈菀是新來的，就更有必要從頭數起。「這家裏難待呀，忽然一下子請起客來，滿院子都是人，裏面不消說了，吃的用的都是我一手支派；外邊說是有男管家侍候，一樣樣還不是要從裏頭領？大到屏幃桌几，小到金器銀器，少顧一點都不行，眼錯兒不見，不是少了碟，就是打了碗，再有趁亂偷著藏著的，非得當天一樣樣點清了不可。忽然一下子又靜得要死，老爺不回來，相公也難得在家，滿院子一個男人沒有。雖說東院裏有護院的，隔著幾道牆呢，真有強盜來了，把房子掏遍了，那邊的人不知道趕不趕得上關門？」

說這話的時候，她正帶著沈菀走在正殿穿堂間，一邊故意揚起聲音，用那種不耐煩的態度指點著下人小心打掃，別磕了碰了，一邊絮絮地說不清是得意還是怨尤地向沈菀數說家事。

眼瞅著就過年了，正是府裏最忙的時候。這個時候的官夫人最得意，也抱怨得最兇。因爲一家之事，一年之計，上自明珠祭祖，下到丫鬟裁衣，都要由她來操辦打點，上上下下幾百雙眼睛望著她，等她的示下，真是不能不得意，也不能不抱怨。

正殿大門是難得打開的，裏面貯滿了皇上御賜的金牌、彩緞、弧矢、字帖，孔雀綠的古瓷方瓶，鸚哥紅的透彩雙杯，各種琺瑯、香料、刻壽星核桃、雕象牙珠的朝珠數十掛，甚至青花八駿瓷水盂、碧玉瓜蝶肥皂盒等細物，琳琅滿目，金碧輝煌。

官夫人爲了向沈菀炫耀自己的權力，特地用一種恩賜的態度和鬼祟的語氣說：「帶你瞧瞧去？悄悄兒的，可別讓太太知道了。」就彷彿帶她尋寶，又或是朝聖，而且是偷偷摸摸背著人的朝聖。

但是沈菀很領情。根本她來到明府就是爲了探聽公子的秘密的，這目的也就和朝聖與尋寶差不多，而她流露出來的那種極其真誠的欣喜和感激交並的態度又讓官夫人很受用，就越發嘮叨起來，指著桌上架上的物事一件件細說由頭，一半是炫耀，一半是寂寞。

「這是皇上微服下江南時，相公伴駕陪往，回來後，皇上賞的禮。袍帽兒，香扇兒，吃的穿的用的都有，那些糕點自然是大傢伙兒磕頭謝恩領了，這食盒卻留在這裏，你沒見那黃緞子上還留著油印子呢。」

「這是相公陪皇上狩獵，他一個人射中了好幾樣獵物，有鹿有兔子，我也記不清那些，反正就只比皇上少兩樣。皇上龍顏大悅，就賞了這精弓寶箭，鞍馬佩刀，你看上面鑲珠嵌寶的，哪能真捨得用去打獵？」

「你看牆上這幅字，落著御款，蓋著御印。這是皇上的親筆呢。是那年萬壽節，皇上親書的。」

沈菀聞言，不由細看了一看，隨口問：「是首七言律，皇上做的？」

官夫人笑道：「不是，說是什麼唐朝的賈至寫的，叫《早朝》。」

沈菀又看了看，在心裏暗暗說：算什麼呢，這字寫得不如公子，這詩就更比公子差得遠了。何必錄什麼《早朝》，有那心思，皇上倒是多抄錄幾首納蘭詞還差不多呢。

說著話，官夫人早又開了櫃子，一邊查點著裘帽一邊數落著：「還有這些，是相公上次去東北前皇上賞的貂裘暖帽。不過相公不肯穿，說是穿了這個去黑龍江，泥裏水裏的，不知糟蹋成什麼樣兒。況且上次出塞不同往常，去的是黑龍江極寒之地，不能張揚。說是查什麼雅克薩城，就是羅刹人住的地方。羅刹人啊，他們可是連人肉也吃，拿人的心臟下酒，這要是遇見了，還得了？還說要把額蘇里、寧古塔的水路都畫下來。寧古塔，可是重刑犯流放的地方，等閒去得的？相公臨走之前，還不同我說實話，只說出塞。我要是早知道去得這麼遠，這麼險，可怎麼敢讓他去呢？說不定，相公這病根兒，就是那次中的寒氣，釀的病灶。」

沈菀聽著，越覺傷感，從公子的詞中，她早已瞭解他一年到頭不得歇息，忽南忽北，不是扈從，就是出塞，竟沒什麼休假。就算是難得在京，也是三更起五更朝，不到夜半不回家的。徐元文在悼念公子的《輓詩》中說：「帝曰爾才，簡衛左右。入侍細旃，出奉車後。」說的就是公子的辛苦勤謹。做康熙皇帝的御前行走，哪裡是那麼容易的，公子半生操勞，疲於奔命，根本就是累死的呀。

就在這時，官夫人的一句話彷彿炸雷般在她耳邊響起：「這一盒，就是容若這次發寒疾，皇上專門派御使飛馬賜的藥，可惜……」

藥！皇上賜的藥！原來，這就是皇上賜的靈丹！

沈菀幾乎站立不住，顫著聲音問：「公子，到底是怎麼死的？」

「寒疾呀。」官夫人越發嗔怨，「你這話問得奇怪，全天下的人都知道公子得了寒疾，七天不汗。」

「公子死的時候，可是奶奶在身邊服侍？」

「那倒沒有。」官夫人嘆了口氣，又抱怨起來，「是老爺說的，寒疾會傳染，不教身邊留人服侍。所有吃喝用度，都是顏姨娘房裏的兩個丫頭紅菱、紅萼送到簾子外面，由公子自取。也不許我進門，面兒也不讓見，連我的丫頭都不許靠前，說是爲了我好。憑我怎麼求，說我不怕傳染，我的相公，我怕什麼，哪怕是個死，我情願隨著去也罷了。太太只是不許……」

官夫人說著，垂下淚來。沈菀早已哭成了淚人兒。她早已知道，公子是被毒死的，而不是什麼寒疾。如今看來，顯然明珠和覺羅夫人也是知道真相的，而官夫人及所有家下人等，卻都被蒙在鼓裏。公子爲什麼要這樣做？明相與夫人爲什麼不阻止？

真相只有一個：就是君要臣死，臣不得不死！

但是，既然公子服毒而死，爲什麼丹藥還在這裏？難道康熙賜了好幾粒藥，公子沒吃完就死了？但是坊間不是傳言說藥未至而公子已死嗎？難道下毒者另有其人？又或者，皇上一邊明著賜藥，另一邊又暗中下毒？那麼明珠和覺羅夫人又是什麼時候知道皇上要毒死公子的呢？他們可是公子的親爹娘，真會眼睜睜看著兒子被毒死嗎？

離開大殿時，沈菀趁著官夫人回身吩咐管家照看燈火，眼疾手快，偷走了錦盒裏的藥丸，揣在袖中回到了自己的通志堂。

揣著那丸藥，就彷彿揣著一顆心。直到進了通志堂，關上房門又下了簾子，沈菀才將手按著心口，對著納蘭的畫像鄭重拜了幾拜，這才取出袖裏的丸藥，一層層揭開外面裹著的黃緞，露出藥丸來——那是一丸龍眼大深綠如銅銹的丸藥。

一丸綠色的藥。碧藥。

注一：

關於福哥的生母為誰，記載不一。徐乾學《通議大夫一等侍衛進士納蘭君墓誌銘》中載：

「配盧氏……贈淑人，先君卒。繼室官氏，某官某之女，封淑人。男子子二人，福哥。女子子一人，皆幼。」並無注明何子女為何氏生，且子二人中，一名福哥，另一位竟無名，可見含糊。

韓炎《進士一等侍衛納蘭君神道碑》中則載：「娶盧氏，贈淑人，兩廣總督尚書興祖之女。繼官氏，封淑人，某官某之女。子二，長曰福哥，次曰某；女二，俱幼。」與徐乾學文相類，而又多出一個女兒來。

葉舒崇《皇清納臘氏盧氏墓誌銘》則記：「康熙十六年五月三十日卒，春秋二十有一。生一子海亮……今以十七年七月二十八日葬於玉河皂莢屯之祖塋。」寫明盧氏曾生子海亮。

今人趙秀亭《納蘭性德行年錄》綜前人記載，言康熙十四年乙卯（西元一六七五），「成德長子富格生，為顏氏夫人出。」十六年，「四月末，盧氏生一子海亮。約月餘，盧氏以產後患病，於五月三十日卒。」記福哥為富格，且為庶出。並以為納蘭先娶妾而後娶妻，故庶子為長，嫡子為仲。然，徐乾學等似乎多有知福哥而不知海亮者，更在神道碑中忽略嫡子而將庶子載入，似於理不合。

因上述種種遲疑，西嶺雪為敘述故事方便，只述納蘭有一子一女，子福哥，為盧氏難產之子；女展，為顏氏生。

第八章　驚風吹到膽瓶梅

過年是一件大事，無論對於公府侯門還是貧家薄戶，再艱難，年總是要過的。

然而這個年，對於沈菀來說真是難過，因爲，她見到了苦竹——那個雙林禪寺的和尚。他曾經幫助過她，也脅迫過她；她曾經屈服於他，也利用了他。

不折不扣，他是她第一個男人。

從十二歲直到今天，七年來，她身在青樓而自珍羽毛，一直爲納蘭公子保留著自己的身體，像百合花抱著自己的花芯，隨時等待他的召喚，打開。

那對普通女孩也許容易，但她不同，她是清音閣的紅牌歌妓，每晚都要接待不同的男人。那麼多年，那麼多年一直等待著，堅持著，七年，說出口只是兩個字，對於歲月，卻是實實在在的，一天又一天，兩千多個日日夜夜。

多麼艱難才可以再見到他。

淥水亭的重逢，是她一生所有的等待的總和，而隨後的分開，卻是永遠的離別與失去。他就像一座巍峨入雲的高塔，她窮盡平生力氣，一步步拾階而上，沿路灑下血淚斑斑，萬苦不怨，卻在最接近塔尖的那個窗口，縱身跳下。

——若真能粉身碎骨，肝腦塗地，也未嘗不是一種痛快。

卻又不能。

她仍然活著，但活得多麼空洞，絕望。

從清音閣到雙林禪寺，她到底是爲他獻身了，或者說，失身——失給了苦竹和尚。不如此，如何保全她爲納蘭守靈的秘密？

她住在莊嚴肅穆的雙林寺裏，卻比在清音閣更像一個妓女，違心賣肉，曲意承歡。當苦竹在她身上饑渴地攫取，她對自己說：這只是一項功課，就像在清音閣練歌習舞一樣，是爲了納蘭公子。

一切，都是爲了納蘭公子。

後來，她懷了孕，沒有告訴一個人，逕自離開了雙林寺，投奔明珠府。倘若明府不肯收留，她大概真的只剩下死路一條了。一個從清音閣逃走的妓女，一個懷了和尚私生子的未婚姑娘，她能去哪裡？

幸好，明珠留下了她。她想，這是公子的保佑。公子知道她爲他做的一切，一直默默地照應她。

明府上下都早已接受了這位「沈姑娘」，或者說，「沈姨娘」的存在，她也漸漸當自己懷的確是納蘭的遺腹子。因為她心裏只有他，她的生命就只是為了他。如果不是他，她情願死在十二歲，在被龜奴拖拉著經過清音閣的長廊時便哭號著死去。

既然沒死，她就要為他活著，還要為他生兒育女。

她每天對著畫像裏的他說話，給他念詩，念詞，跟他重複著他從前與盧氏做過的遊戲，甚至故意把茶水潑灑在自己身上，想像著「賭書消得潑茶香」的情境。她同園子裏每個可以對話的人談論納蘭公子，在他死後比他生前更接近他，感知他，並且時常故作不經意地跟人說起一些她與納蘭的「往事」，當然那些都是出自她的杜撰，但是沒有人會懷疑她，於是她自己便也相信。

她活在自己編織的回憶裏，漸漸不辨真假。然而苦竹的出現提醒了她，這肚子裏的，並不是公子的兒女。她與公子，從來就沒有真正地水乳交融過。在這個世界上，只要有苦竹這個人的存在，孩子的秘密就保不住，而公子的故事就變成烏有。苦竹與公子，只能有一個是真的。

苦竹是跟雙林寺住持一同來府裏送供尖兒領燈油錢的，原與府裏管廚房的老王相熟，住持往書房去見明珠時，苦竹便往廚房裏找老王說話。因老王隨口說起府裏新來了一位沈姑娘，苦竹便上了心，話裏話外，打聽明白沈菀獨自住在西花園，一入夜，除了丫鬟婆子，園裏再沒他人。

俗話說「色膽包天」，那苦竹自從沈菀失蹤，整日苦思冥想，滿心裏都是沈菀嬌媚柔豔的模樣兒，煎熬得如在煉獄油鍋裏一般。日間對著觀世音菩薩，一千遍一萬遍念的哪裡是佛，只是何時能再見夢中可人兒一面才好。如今好容易得到消息，只道天可憐見，哪裡還顧得上王法威嚴，佛法無邊。搓手跳腳地好容易捱到晚上，待住持睡了，便獨自躡手躡腳出了客房，偷偷來至西牆，架上梯子，翻牆過來，徑往通志堂尋沈菀來了。

沈菀正在燈下翻看著公子的詞作，《側帽》、《飲水》，每一首都那麼清淒，那麼雋逸。這些詞她早已讀熟背熟了，可是坐在通志堂裏看著公子的墨稿，感覺是那樣的不同。就彷彿待在公子身邊，看著他揮毫，聽著他吟哦，而自己一路爲他紅袖添香的一般。

忽聽見房門「磕」地一響，初時還只道聽錯了，或是風拍的，卻又聽窗上也隨後「撲撲」響了幾下，有個聲音帶笑說：「沈姑娘，是我。」

雖是壓低了喉嚨說的話，聽在沈菀耳中卻無異於霹靂雷鳴般，彷彿有什麼忽然炸了開來，簡直血肉模糊。

她猛回頭，盯著公子的畫像，彷彿想求助。怎麼辦呢？和尚在窗外不住輕輕敲著窗櫺催促，若是被睡在隔壁的丫鬟婆子聽見，如何是好？

沈菀一手按著怦怦直跳的胸口，一手猶疑地拉開門來。苦竹早閃身進來，滿面堆笑說：「沈姑娘，可想死我了。」忽然一眼看到她的肚子，不禁愕然。

沈菀回身關了門，心裏有一萬個念頭在轉，卻又空蕩蕩茫無頭緒。轉過頭，便直接迎上了那熟悉的直勾勾的眼神，只覺背上一陣發涼，雙林禪寺所有的故事都被立時翻動了起來。那些她一心一意要忘掉，要抹煞，比她做妓女更可怕、更骯髒的往事。她輕輕撫摸著肚子，忽然對他轉眸一笑，就像當初在靈堂裏倚著公子棺材對他那一笑般，淒婉中有種孤注一擲的巫媚哀豔，彷彿說：怕了你了，想怎麼樣就怎麼樣吧。

男人在這樣的笑容前，特別有征服的快感，毫不疑他。燈光斜斜地照著，把她的影子拖得很長，曲折地映在紙窗上。她一動，影子也跟著動，而且動的幅度遠遠比她本人大得多，像是要舞蹈。

苦竹覺得喉嚨發緊，發乾，連嗓子都啞起來，他一個字一個字艱難地說：「我一直在找你。」

「我懷了身孕，寺裏住不得了。」沈菀明明白白地說，回身倒了兩杯酒，又從匣子裏取了一粒藥給自己服下。她說得這樣坦白，這樣無辜，舉止又這樣磊落，溫柔，讓人由不得不信。

似乎有風吹進來，吹得燭光一徑地斜著，紙窗上的影子隨著她的動作東跳一下，西跳一下，忽左忽右。她的人這樣輕鬆淡定，影子卻充滿了不安與悸動。

苦竹聽她說得這樣坦白，雖然還沒有想明白她懷孕了和她的失蹤有什麼直接關係，但已經得到了滿意的答案似，決定原諒她，相信她。他問：「孩子是我的？你怎麼住到相府裏來了？這吃的什麼藥？」一邊說著話，已經三下兩下脫了自己的衣裳，又過來要脫沈菀的衣裳。

沈菀忙將身子輕輕一躲，臉上卻送過去嗔怨的一笑，趁便也就把問題含混過去了，只道：

「急什麼？這是補藥，相府的秘方，叫香附子，說是於身體最有益的。你也吃一粒吧。」說著將手往前一伸。

深碧的藥丸托在白皙的手上，看著就像一幅畫，和尚迷迷糊糊地連藥帶手一塊兒接了過來，湊在嘴邊就要親。沈菀卻又是一笑，抽出手去，卻又並不是拒絕，而是端起酒杯再次遞送過來，酒波微漾，她的眼神更是蕩漾如春水，軟軟融融地說：「吃了這杯酒，會更盡興的。」

和尚不待喝已經醉了，況且先前見沈菀先吃了一粒，哪裡想到其他，不由自主接了杯子，將藥丸「骨碌」一聲咽下去，又將酒一飲而盡，咧唇而笑說：「我們可算又……」

他的話沒有說完，嘴角忽地沁出一縷血絲來，眼睛越瞪越大，彷彿有什麼事沒有想明白，就那樣直挺挺，直挺挺地向後倒去，轟然倒地時，眼睛還是睜得很大。

天地都靜了。

沈菀扶著桌子站著，冷汗涔涔而下，到這時候才知道驚惶。她將從大殿裏偷來的那丸御賜靈丹遞給苦竹時，幾乎是絲毫沒經過猶疑思考的。就好像那個主意一直藏在她腦子裏，見到苦竹第一眼就想了起來，然後便很順理成章地照辦了。

直到苦竹真的毒發身亡，她才終於幡然醒悟似，明白地知道：那是毒藥。她毒死了和尚。有個和尚在她的屋子裏被毒死了。藥丸來自康熙皇帝。是皇上賜給公子的藥。

那枚綠色藥丸。那是一丸毒藥！是皇上毒死了公子！

她終於證實了自己最初的猜測。

真的，是皇上，毒死了公子！

她必須和某人交流這秘密，還有她屋裏的苦竹和尚，也必須有人幫她處理掉。她看著和尚的身子，他赤裸的上身已經發青，面唇烏紫，嘴角微微翹起，彷彿在笑，一縷帶著涎沫的烏血掛在頸邊，已經乾了。

沈菀伏下來開始嘔吐，但是乾嘔了許久，也只是一些酸水而已。她想起在雙林禪寺的那些日日夜夜。不管她願不願意承認，這確是她的第一個男人，這男人曾經長久地佔有過她的身體，與她肌膚相親。她恨死了他，每次他從她身上離開，她都一次次清洗自己，即使冬天來時，也要打冰冷的井水來洗濯。

而當她終於逃離他，住進了明府，也就刻意地將他忘在腦後，就像清洗自己的身子一樣清洗了那段記憶，只當他從來沒有存在過。是他自己要撞上門的，她殺死她，是不得已。

她終於殺了他了。從此之後，再也沒有人知道她的秘密。

都是那丸碧藥的功勞。那本來是皇上賜給納蘭公子的藥。所以，真正殺他的人，是公子。是公子幫助自己保住了秘密。

但是，接下來該怎麼辦呢？

她想過把苦竹的屍體藏起來，毀屍滅跡，或者就是扔在後花園的那口井裏吧。

她第一次見到他就是在寺院的井臺邊，她洗頭，把梳子掉在了水裏，他幫她打水，卻藏起了她的梳子。也許那時候就注定有一天她要毒死他，再棄屍枯井。

可是，怎麼棄呢？憑她一個懷著孕的女人，是無論如何也不能將這龐大的屍身搬動的，就算拖出門去都做不到，何況還要一直拖到井臺邊扔下去。

沈菀抬起頭，再次凝視納蘭的畫像，輕輕說：容若，你會幫助我的，是不是？

她拉開門走出去，滿院子的好月光，照得樹上的葉子片片分明，在靜夜裏瘋狂地滋長。她彷彿聽得見那些樹枝樹葉嗶啦啦拔節生長的聲音。剛剛有一個和尚死了，剛死便化作了養料，他有那麼旺盛的欲望，旺盛強烈到顧不得佛門戒律。他的欲望澆注了那些樹木，使他們在夜裏發了瘋地生長。

沈菀加快腳步往園門外走著，井臺邊有一叢紫竹，葉子落得盡了，枝子枯禿禿地指向天空，疏影縱橫。空氣裏充滿了風露，月光鋪在落葉上，彷彿下了一層白霜，寒光凜然，踩上去沙沙作響，越發顯得殺機四伏。沈菀出門的時候未來得及穿外面大衣裳，到這時候才覺得冷，停下來猶疑了一下要不要回房取衣。然而想到房裏的死屍，不禁腳下趔趄。忽然聽得「撲忒」一聲，一隻肥大的蝙蝠張開翅膀橫空飛去，那些月光灑滿的落葉彷彿都跟著舞蹈起來，打著旋兒撲面而來。就彷彿和尚忽然活轉了，又或是他的靈魂已然出竅，化成了蝙蝠。

沈菀趔趄了一下，定一定神，方曉得不過是起了一陣風。然而吃這一驚，身上沁出一層細汗，又早被風撲乾了，越發沁涼。她扒著井臺，身子軟軟地坐下去，彷彿看到那幽深陰冷的井底，有個女人在對她招手。那女人被投入井裏時，還沒有死，但很快就要死了。她拚命地掙扎，想從井裏出來，尖尖的手指努力地扒著沿壁，抓下一塊又一塊的青苔，青苔太滑了，她抓不住，最後力盡了，便死在水裏……

沈菀打了一個寒顫，站起來接著走。這是又一次選擇，或者說，賭博。賭贏了，就離公子更近一步；輸了，就死在這井裏也罷！

因爲是節下，明珠難得地留在府裏，沒有住到外面去，卻也仍與覺羅夫人分房而寢，睡在前院退堂閱事廳裏。剛躺下，忽然管家來拍門，說西園沈姑娘求見，不禁又驚又疑，口裏只說：「晚了，讓她有事明天說吧。」

管家道：「我何嘗不是這樣說？無奈沈姑娘急得很，說有大事要稟報老爺，死活要見。她是重身子的人，頂著風出出進進的也不容易，我又不好同她強，怕急壞了她，只得來回老爺，看是怎麼樣？」

明珠越發詫異，只得披衣起身，來至外間，在黃梨木靈芝獻壽鹿角椅中坐定。管家送上參茶來，明珠含了一口，慢慢咽下，這方命帶進沈菀來。

沈菀進了門，恰如當日進府來在偏廳第一次見到明珠時一般，撲地便跪，滿臉淚痕道：「老爺救命，有個和尚調戲我，被我殺了。」

「你殺了人？」明珠大驚，不禁放了茶杯，急問，「在哪裡，什麼時候？」

「就是剛才，屍身還在我房裏，我給他酒裏下了毒。」沈菀咬一咬牙，也不等明珠問她哪裡來的毒藥，便合盤托出，「毒藥是我從大殿偷來的，就是舊年五月三十皇上賜給公子的那丸藥，我給和尚吃了，不想他便死了。」

明珠只覺腦子裏「轟」的一下，渾身的血往上湧，眼前一陣發黑發眩。皇上賜藥時，曾有一句話，說巡邊回來，會親自往府中探望容若。那時候，他已經知道，這個兒子是保不住了，死定了。

自古以來，皇上親自視病都等於催命，與「賜死」無異。邊境的地圖是容若親手繪就的，然而這次開戰在即，皇上卻對容若忽然冷落起來，連巡邊也未讓扈從。容若被迫告病，一要給眾人一個理由，二也是給皇上一個臺階，或者說，一種試探。而皇上還了招，就是賜藥，並且，還備了一個後招——「視病」。容若不死如何？

兒子死後，明珠幾次想把那丸藥拿來檢驗，卻終究不敢，也不忍。沒想到，卻被眼前這個小女子給拆穿了。他忍不住定睛重新打量沈菀。這小女子還真能給自己製造驚奇啊，兩次三番，都讓他這樣匪夷所思。看不出她模樣兒柔弱嬌俏，倒有膽量盜藥、殺人，還敢明目張膽地跑來告訴自己。

不，她不是來找自己求助的，而是來向自己質疑。她要的可不僅僅是處理和尚之死的辦法，而是尋找容若之死的答案。

事到如此，明珠只得說：「你起來，且坐下，慢慢說。」

沈菀更不遲疑，便將自己怎的懷疑公子死於非命，年前陪官氏打掃大殿說起藥丸時怎的順手偷走，又今晚自己正在看書時怎的被那和尚推門進來，因怕驚動了下人傳出去口聲不好，只得虛以委蛇，卻將藥丸下在酒裏騙他服下，從頭至尾，細說了一遍，只瞞住了自己在雙林禪寺放火燒棺，且與和尚有染一節。

明珠暗暗稱奇，顏色幾動，半晌，長嘆一聲說：「既然你早對此事起疑，我也不瞞你。皇上賜藥，我一直心疑，卻始終自欺欺人，不肯驗證。須知道，為人臣子，伴君如伴虎，最重要的是謹小之心，最要不得的，卻是好奇心。皇上賞賜，做臣子的只有謝恩的份兒，便知道是毒藥，也要假裝不知道，那又何苦去知道呢？」說著，又是一聲長嘆，似有無限難言之隱。

而沈菀已經聽到了他沒有說完的話，那就是「你何苦多事，強行揭開真相，拆穿那聖恩隆重的靈丹是毒藥呢？」她並不肯理會這指摘，只問：「皇上為何要殺公子？」

明珠頓了一頓，清心直說：「這個，卻連我也不知，所以也才不願意知道這藥是否有毒。」

沈菀又問：「是因為惠妃娘娘嗎？」

明珠又是顏色一動，定睛問：「這話從何說起？你又何故有此一問？」

沈菀拿出應付水娘的話來，半真半假地道：「因爲公子從前同我說過惠妃娘娘在府裏時的事，也因爲公子的詞，《臨江仙・謝餉櫻桃》。」

綠葉成蔭春盡也，守宮偏護星星。留將顏色慰多情。
分明千點淚，貯作玉壺冰。
獨臥文園方病渴，強拈紅豆酬卿。感卿珍重報流鶯。
惜花須自愛，休只為花疼。

那首詞，是納蘭誤考後，送給恩師徐乾元的。當年徐乾元見了詞，便猜他心中另有隱痛，卻從沒有開口問過。如今，徐乾元一直未解的謎團，沈菀替他問了出來。「當年公子以病未能廷對，其實，是爲了惠妃娘娘吧？」

沈菀望著明珠，一雙水波盈盈的眼睛黑白分明，她的話也黑白分明，「那一年，惠妃娘娘誕下龍嗣，想來宮中自然有賞賜送達府裏，公子見了，打擊一定沉重。所謂『謝餉櫻桃』，其實謝的不是徐大人的櫻桃，倒是宮中的賞賜，可是這樣？」

明珠在心中連連嘆息，想不到這小女子冰雪聰明，竟然能從一闋詞裏猜到那麼年深歲久的往事隱情，不禁點頭嘆道：「你猜的不錯。不過，只猜對了一半。冬郎以病誤考，一半是爲了娘娘；另一半，卻是爲了我。」

那一年，對於納蘭父子，都很難捱。只不過，明珠是因爲政局，容若是因爲情傷。

然而明珠府裏，卻偏偏在設宴，並說是雙喜臨門：納蘭成德鄉試占捷，一考中舉；納蘭碧藥在宮中生下龍種，即皇五子胤禔。

明府裏張燈結綵，喜樂盈門，明珠連連對來客說著「同喜，同喜」。他卻不知道，碧藥娘娘得子，對容若來說，並不能算是喜事。也許他知道，他是存心，故意對這個太子之選的皇五子的降臨表示出誇張的欣喜，好讓兒子死心。他本不是輕狂的人，本不該這樣大張旗鼓地慶祝，不該把自己的野心暴露得太明顯。然而不如此，容若如何肯忘記碧藥堂姐，另娶他人？

何況，明珠還有另一番心事，就是平西王吳三桂在廣西勢力益大。朝堂之上，關於平藩的爭議向來分爲兩派，一派以索額圖爲首，主張安撫；另一派，便是明珠，力倡削藩。

在政見上表現出鮮明的立場，從來都是一場豪賭。如果歷史可以證明他的正確，那麼飛黃騰達指日可待；然而倘若皇上採納了他的建議，卻又引發戰爭甚至失利，那麼他明珠的這顆大好頭顱就要捐主謝恩了。

如果真有那一天，他希望禍不及妻兒，尤其是，他唯一的兒子納蘭成德。成德那麼英武，那麼聰慧，那麼文采出眾，他應該有更好的命運，無限的前程，決不該成爲父親的賭注。廷試在即，以容若的本領，探青紫如拾草芥，功名不在話下。

但是，中了，真的就是贏嗎？

明珠是一個很好的賭徒。他懂得如何運用手中的籌碼，所以會親自調教碧藥，並把她送進宮中；他更懂得何時進場或者加籌，而此際，明顯不是納蘭容若跟著下場的良機。一招錯，滿盤輸，倘若他敗給了索額圖，那麼容若也會跟著陪葬的。唯一的辦法，就是讓兒子遠離戰場，甘爲白衣，或許還有一線逃生的希望。

正是出於這樣的考慮，當成德黯然銷魂地說不想參加殿試時，明珠才會痛快地應允，甚至主動給兒子出主意，讓他以「寒疾」爲由來脫考。另一面，他又催著容若娶妻，比以往任何時候都更熱衷於兒子的婚事。

但是，納蘭的心就像他在詞中說的那樣，「心字已成灰」，哪裡有什麼心情另結良緣呢？

這年冬天，吳三桂在雲南起兵造反，群臣驚動，索額圖以明珠曾一力主張平藩爲由，硬說是他逼的吳三桂造反，竟然上本參奏，提議將明珠賜死來平撫動亂。那真是生死繫於一髮。

皇上英明。明珠這輩子在朝堂上不知喊了幾千幾萬遍「皇上英明」，但是這一次，他真是誠心實意，在心裏一斧一鑿地念出了「皇上英明」四個字——康熙果斷地決定出兵平反，決不議和。

皇上，也在賭。更大的賭。

明珠下朝回來，再看到覺羅氏和容若時，幾乎感覺再世爲人，不禁拉住兒子的手老淚縱橫地說：冬郎，娶了吧，倘若這次出征失利，索額圖那老狗是一定不會放過我的，就連你也生死未卜，如果你有妻有子，或許念在孩子年幼，會放過孤兒寡母，那麼咱們葉赫那拉家也還多一條根脈。容若，你總不想葉赫家族在你這裏斷後吧？你堂姐碧藥進宮是爲了什麼，你忘記祖宗的遺訓了嗎？葉赫家的女孩兒都不能違背自己的命運，你身爲男兒，怎麼可以一意消沉，如此自私？

說完這番話，明珠便病倒下來，上吐下泄，昏昏沉沉，倒真是有點「寒疾」的症狀。一會兒說冷，一會兒嚷熱，身上滾燙，卻發不出汗來，要人不斷地交替著用冷熱毛巾替他擦身。

容若衣不解帶，日夜服侍，餵藥擦身俱親力親爲，決不肯假手他人。父親病好後，納蘭便成親了，娶的是兩廣總督盧興祖的女兒。

三月，耿精忠造反。六月，鄭經取泉州。形勢對朝廷越來越不利。但是明珠反而不怕了，因爲他手中多了兩個棋子：一是兒子納蘭容若已經成親；二是小妾爲他生下了第二個兒子揆敘。

有同僚來報信說：索額圖又在收買朝臣，聯名奏上，說眼下戰亂都是爲你主張削藩所致，要皇上斬你的頭呢。明珠哈哈大笑說：那又如何？老天爺待我明珠不薄，我現在有兩個兒子，我兒子成德也很快會有兒子，葉赫家斷不了根，絕不了後。連老天爺都向著我，我還怕什麼呢？天不亡我，誰敢亡我？

朝廷與吳三桂交了手，敗了幾仗又贏了幾戰，康熙爲了表示開弓沒有回頭箭的決心，非但沒有要了明珠的腦袋，還於十四年將其調任吏部尚書。同年底，又冊立不滿兩歲的胤礽爲皇太子。這多少有點在索黨和明黨之間玩平衡的意思。但不管怎麼說，明珠雖然在太子之爭上敗了一局，但頭是保住了，官也越做越大。

於是，他開始籌措下一步棋，那就是讓兒子納蘭容若也加入到戰營中來，進一步加強勢力。康熙十五年，容若在父親的催促下重新參加殿試，毫無意外地高中二甲進士，選爲三等侍衛。

而悲劇，也就從那年開始了……

想及往事，明珠長嘆一聲：「老天待我不薄，讓我偷生至今，有驚無險。可是對容若，卻偏偏這樣薄幸，難道，當真是天妒英才麼？」

「哪裡是天妒？根本是天子妒嫉！」沈菀悲憤地脫口而出，「是皇上害死了公子！皇上爲了惠妃娘娘遷怒公子，竟然賜給公子毒藥，公子想不死也不行啊！」

「休胡說！」明珠怒斥，但接著又放緩聲音，搖頭嘆息，「容若是在御藥到來之前就過世的，皇上的藥，他根本沒吃。況且，容若去後，皇上撫几痛哭，親臨致祭，也算身後哀榮了。做臣子的，只當謝恩，不可銜怨。」

沈菀一驚，意識到自己失態了，倘若明珠怕自己走露風聲，說不定就會殺自己滅口的。連忙鎭定心神，垂淚說：「是民婦無知，謝謝大人賜教。請大人放心，民婦從此也只當不知道就是，打死也不會跟人說起的。只是，那和尚還在我房裏……」

「和尚的事你不要管了。」明珠定了一定，心中已經有了主意，簡截說：「你一個單身女子，住在花園到底不便，從明天起，你就搬到夫人的上房住吧，也好有個照應。餘下的事，不要說，不要問，明白了麼？」

「明白。」

沈菀是真的明白了。明珠做這樣的安排，表面上是爲了憐惜她腹中胎兒即將臨盆，讓覺羅夫人多照顧她；其實，是對她不放心，要她待在上房，好讓夫人就近監視她——如果不是爲了孩子，只怕這會兒明珠已經殺她滅口了。

但不管怎麼說，那個從天而降的苦竹和尚，從此可無聲無息地憑空消失了。偌大的明珠府，添置一個人是件了不起的大事，蒸發一個人，卻實在算不上什麼事兒。

沈菀這一盤，又賭贏了。她雖然未能得到明珠的信任，卻可以從此搬進上房，也就等於正式成爲明府的家人。而且，接近了覺羅夫人，也就接近了謎情的最深處。

注一：

《清史稿・文苑》中載：「性德，納喇氏……明珠子也。性德事親孝，侍疾衣不解帶，顏色黧黑，疾癒乃復。」

第九章　惜花人去花無主

如果說納蘭碧藥是明珠大人最好的武器，那麼納蘭容若便是覺羅夫人最得意的作品。

十五歲之前，愛新覺羅雲英，英親王阿濟格家的第五格格，曾經是多麼明媚妍麗的一朵御苑奇葩啊。錦衣玉食，雲硯湖紙，對於她來說都是最平淡瑣碎的日常生活，看慣經慣，就算把天上的星星摘給她，也未必可以博她一哂。最奢華的享受，最完善的教育，漢蒙滿教師輪班上課，一心一意要打造才貌雙全的女狀元。

這還是莊妃皇太后的意思，說什麼漢人有女駙馬，曹大家，前明的公主從小就要學習詩文，連普通宮女都曉得紅葉傳詩，怎麼見得咱們草原上的女孩兒就只會騎馬彎弓，不懂得填詞做賦呢？也要讓那些漢人看看，旗人格格才是真正的金枝玉葉，天之驕女。

而雲英也生得奇怪，怎麼看也不像是漠北女孩兒，倒像是漢家的江南女子。皮膚雪白水靈，吹彈得破，又跟著老師學了漢人的詩詞，舉止間就更有一種清雅不俗的氣質了。

那時，她的二叔多爾袞正是大清的攝政王，御璽在手，權傾天下，與太后的交情非同尋常，連後宮也出入自由，便常常帶這個侄女兒進宮去給皇太后做伴。有時太后喜歡，便留下她在宮裏多住幾日，逢年過節，還令她當席賦詩，滿宮的妃嬪、格格、太妃娘娘都讚她有才華，模樣好，是文曲星下凡。

有一次，懿靖太妃還誇讚說，她就跟唐朝的上官婉兒一樣聰慧，而莊妃皇太后就像武則天一樣識才重才。莊妃太后本來正笑吟吟地招呼格格們喝茶吃點心，聽了這話，臉上勃然變色，卻沒有說什麼。周圍的人也就都靜下來，只有哲哲太后渾然不解，還直問上官婉兒是什麼人？

莊妃太后便笑了笑，輕描淡寫地說：是唐朝宰相上官儀的孫女兒。那上官儀犯了事，家裏女人充入宮中做雜役，上官婉兒就在掖庭長大，能文善賦，學問比滿朝文臣都強，後來就做了武則天女皇的文書，幫著看奏章擬詔什麼的。後來女帝駕崩，皇位傳給兒子中宗，韋皇后也想稱帝，便用計毒死了皇上，讓上官婉兒幫她擬詔。被臨淄王李隆基殺進皇宮，斬了皇后還有上官婉兒的頭，擁自己的爹李旦做了皇上。如今懿靖太妃把雲英比成婉兒，可不算什麼好兆頭，也不知道是說英親王將來會犯事造反呢，還是說我想像武則天、韋皇后那樣後宮干政，要做女皇帝？

這話問得這樣明白，滿宮女主就更加不好答話，連哲哲太后和懿靖太妃也都僵了臉，不知回應。那一次宮宴，最終不歡而散。

這件事給了雲英很深的刺激，但她並不反感懿靖太妃將她比作上官婉兒，心裏反而隱隱的有些喜歡。婉兒，那個才比天高、命比紙薄的奇女子，有美貌，有詩才，有謀略，有手段，她能以帶罪之身，奴婢之屬，而得到女帝歡心，位極人臣，考衡天下才子，是多麼的不容易。雖然最終死於橫禍，可是留名青史，不比那些一生碌碌的庸脂俗粉強出太多了麼？

當雲英這樣想著的時候，卻怎麼也不會料到，她很快就落得了和上官婉兒同樣的命運。

就在那年冬天，二叔多爾袞在山海關墜馬而死，次年五月，順治帝親政，令諸大臣議多爾袞謀逆罪，並將英親王阿濟格下獄。

還記得父親被帶走的那天，曾經撫著自己的頭痛哭說：當年李闖攻進紫禁城的時候，明朝的崇禎皇帝手刃妻子女兒，曾對長平公主說：爾何故生我家？想來，我竟沒有崇禎的志氣，我不忍看著你將來受苦，卻也下不了手砍下你的頭。

順治八年十月十六日，皇上下旨令阿濟格自盡，子女不是賜死，就是發配爲奴，而雲英則因爲莊妃太后的干預，網開一面，免入奴籍，賜嫁侍衛明珠爲妻。

從此，雲英的青春就在沒有真正開始時便提前結束了。她的生命裏，是捱也捱不完的多爾袞墜馬而死的冬天，和父親阿濟格自盡的那個秋天，似乎雪不等化樹葉便落盡了，風剛起時霜已經白了。她永遠覺得冷，覺得冰霜四圍，漫無邊際。

她常常在想，其實父親阿濟格離家之前是揮起了劍的，已經把自己的頭砍下來了。自己在那一刻就已經死了，活下來的只是行屍走肉，是一場夢幻。

生命中沒有什麼是真實的，富貴榮華，功名利祿，都只是瞬息泡影。

只除了容若。

容若也是生在冬天的，可那不一樣，因爲那個冬天再冷，容若的身子也是暖乎乎，沉甸甸的。當她第一次抱起兒子餵奶時，就已經意識到，自己這具死去的身體，居然孕育了一個新的生命，於是，自己也就跟著重新活了。

隨著容若一天天長大，再深的雪也還是有融化的一天，於是雲英也就重新見到了花開。她借著兒子的眼睛重新認識了這個世界。兒子哭的時候，她也重新學會了流淚；兒子笑的時候，她便再次展開了笑容。但所有的淚與笑，都只對著兒子一個人。除了容若，明府裏再沒有第二個人見過覺羅夫人的眼淚或笑容。

後來，明珠帶了侄女碧藥入府，親自調教，不但教她琴棋詩畫，還請來南北名醫教她養生煉藥。容若想和堂姐一同讀書，幾次請求父親，卻都不獲允准。

覺羅夫人爲了安慰容若，賭氣說：你阿瑪不教你，我教。於是，除了延師教習之外，容若每天騎射回來，便在母親膝下學習詩文。雲英教得很好，容若在十歲時已經能做詩填詞，出口成章。

可是，她教出了天下第一詞人，卻不曉得，那同時也是天下第一情癡。兒子不僅遺傳了她的聰慧，更遺傳了她的薄命。

情深不壽。雲英常常想，也許就因爲自己無情，所以雖然薄命，卻不至早夭。但兒子就不同了，他從小就是個多情的少年，小小年紀已經曉得對堂姐碧藥一往情深，成親後又對原配盧氏深情蜜愛。碧藥的進宮，盧氏的夭亡，是兩把插在容若心上的利劍，拔也拔不出。

這許多年來，他帶著這兩柄劍，舉步維艱，瀝血行進。

「一往情深深幾許，深山夕照深秋雨。」
「休說生生花裏住，惜花人去花無主。」
「幾為愁多翻自笑，那逢歡極卻含啼。」
「人到情多情轉薄，而今真個悔多情。」
「瘦斷玉腰沾粉葉，人生那不相思絕。」

早在兒子寫下這些斷腸詞句的時候，她就該預料到他的命運的。然而做娘親的，又怎麼肯相信詩中那些不祥的讖語呢？

如果她知道，如果她相信，她可以改變些什麼嗎？她能阻止碧藥的進宮，還是能挽救盧氏的命運？

但是，她真是有過機會阻止悲劇發生的。

早在容若十歲那年，明珠帶著碧藥來向覺羅夫人拜師時，她就不該應允。

容若和碧藥一直是分別居住，各自學習的。所以雖然同在明府裏，卻極少見面。但是那年容若的詩詞初見小成，皇親貴族無不誇讚。這使明珠上了心，特地帶著碧藥求教於夫人，讓她也教碧藥學詩，不僅是詩詞，還有宮廷禮儀，御苑規矩，甚至莊妃皇太后的喜好癖習。

這時候雲英已經很明白丈夫的用心，莊妃太后現在已是太皇太后，但仍然把持後宮，一言九鼎。很顯然明珠是要送碧藥進宮，並且志在必得，要讓她不但獲取皇上的歡心，還要奪得太后的寵愛。

然而雲英對丈夫雖然沒什麼愛意，看在夫妻份上，畢竟也願意助他一臂之力，況且多教一個學生對她來說又不費什麼事兒，只當玩意罷了，便欣然受了碧藥的頭，多收了一個女弟子。

從此，容若上課時，碧藥便也一起受教。業餘課後，兩個孩子便常常結伴遊玩，吟詩賦和。後來也時常有下人議論少爺小姐感情似乎太好了些，水娘也曾提醒她，說別看表小姐小小年紀，卻已經懂得媚眼如風，撒嬌狎暱，手段比大人還高明呢，還說親眼看見冬郎和表小姐手拉手兒地在淥水亭邊種合歡花，還一本正經地山盟海誓呢。

覺羅夫人聽了，也有些驚訝，也不是沒想過碧藥進宮後，冬郎會傷心，卻仍然不當作一回事。她自己這一生中沒有領略過愛情的滋味，便也沒想過愛對一個人的傷害到底可以有多深，只以爲是小孩子的一時興起罷了，長大了，自然便會淡忘。

她哪裡會想到，冬郎竟爲了這個，傷了一輩子的心。她生了兒子，教導他長大，培養他成長，卻並不瞭解他，對他的生死愛傷束手無策，眼睜睜看著他命赴黃泉。白髮人送黑髮人，教她怎麼樣才能面對今後的漫長秋冬，獨自苟活？

沈菀自從搬入正房，住進覺羅夫人隔壁的抱廈，便把自己放在了一個亦媳亦婢的位置上，早晚定省，噓寒問暖，連夫人的梳頭妝飾也都一手包辦。

明府規矩大，而且雜，滿蒙漢的習俗夾雜著來，府裏供薩滿也供觀音，臘八、小年、除夕、元宵、立春、清明、寒食、端午、七夕、中元、中秋、重陽，逢節便過，按照滿人的規矩，每三六九都要吃火鍋，可是江南的糕點又時刻不能少，還有專門侍候蒸年糕、花糕、攤棗煎餅的僕傭。

就連衣裳頭飾，除了明珠上朝時要穿朝服，在家時四季常服也都有一定之規，女人們卻都是胡亂穿的。打覺羅夫人帶頭兒，旗人貴婦流星趕月的滿頭珠翠，蒙古女子騎馬時穿的緊身小襖，漢人女子喜穿的百褶裙子，搭著繡花斗篷，高腰小靴，硬是好看。

上行下效，府裏的女人便也都有樣學樣，變著方兒打扮自己。官氏是終年穿旗服的，可是外面的大衣裳卻常常蒙袍漢氅地點綴；顏氏爲了混淆妻妾差別，更是有意地滿漢服飾混著來，簪花戴銀的，每天扮出不同的樣兒來，最是把穿衣梳頭當成第一件大事。

難得沈菀自己雖是一般漢女打扮，卻能體貼各人喜好。她原是行院裏出來的人，最擅長察顏觀色，做小伏低，對於脂粉之道比府中女眷另有一番見識，又能猜測覺羅夫人心意，常常於滿漢搭配上有獨到之見，深得夫人讚賞。且覺羅氏喜作雙陸、彈棋之戲，從前只有容若相陪，府中別無對手。沈菀自小受教於清音閣，對遊戲之道皆有涉及，雖不精通，然而天性聰明，一教就會，不久已經可以與夫人對奕了。

最重要的，還是她精熟納蘭詞，出口成章。當她抱著琵琶對著覺羅夫人彈唱一曲又一曲納蘭詞的時候，夫人也就完全接納了她。

參橫月落，客緒從誰托。
望裏家山雲漠漠，似有紅樓一角。
不如意事年年，消磨絕塞風煙。
輸與五陵公子，此時夢繞花前。
——《清平樂・發漢兒村題壁》

沈菀唱得纏綿，覺羅氏聽得淒婉。要知道，納蘭容若的詩詞本是來自她的親授，當娘的自然願意看到天下女子對兒子癡心，而做老師的就更是得意於徒弟的功課得到眾人讚捧。覺羅夫人雖然早知道容若已經名滿天下，被讚爲第一詞人，可是那些貴婦人陳腔濫調的吹捧，又怎抵得過一個真正來自民間的歌妓的現身說法呢？

她這是第一次聽到兒子的詞作被人譜了曲彈唱，不由一邊聽，一邊問沈菀：「這詞的意思你明白嗎？」

沈菀自然是明白的，卻總是乖巧地搖頭說：「字面兒都懂得，意思卻深，請太太指教。」覺羅夫人便很樂意地指教了，也說詞裏的意思，也說詞外的故事。沈菀這才發現，太太不喜歡聊天，卻很擅於講故事，滿腹的經史子集，隨口道來，煞是好聽。

她告訴沈菀說：漢五陵高祖、惠帝、景帝、武帝、昭帝，唐五陵高祖、太宗、高宗、中宗、睿宗，都在長安、咸陽一代。所以五陵公子，便指的是京都繁華地那些輕裘寶馬的少年。納蘭公子在詞裏說「輸與五陵公子」，並不是說他不如那些紈褲少年，而是說他幾度出塞，遠離都城，把最好的時光消磨在絕塞邊關的風煙寒雨裏，只有在夢中才可以回到家鄉的紅樓，留戀花前。

這時候沈菀便不再裝憨，而是適時地提出一兩點自己的意見，再趁機多問兩句公子的細事。她對納蘭詞太熟悉太親切了，熟悉到可以舉一反三，親切到彷彿在剖白自己的心。她謙卑地請教夫人：「公子詞裏不只一次提到塞外，也不只一次寫到漢兒村。他在《百字令・宿漢兒村》中說，『榆塞重來冰雪裏，冷入鬢絲吹老。』既然是『重來』，可見常去。後面說『牧馬長嘶，征笳亂動，併入愁懷抱。定知今夕，庾郎瘦損多少。』只是不大唱。如今提起，倒讓我想起來，這個『庾郎』的典故，也在公子詞裏常出現的，有一首《點絳唇》，是唱得最多的，『一種蛾眉，下弦不似初弦好。庾郎未老，何事傷心早。』以前只當作情詞來唱，現在連上這首塞外詞，才知道沒有那麼簡單。」

覺羅夫人點點頭，說：「你知道把幾首詞連在一起來想，也就算聰明了。」遂又講了個南朝梁國詩人庾信的故事，這庾信曾經出使西魏，卻正值梁國被西魏所滅，致使滯留異鄉。後來雖然也在北周做官，卻因身逢喪亂，常懷故國，終生鬱鬱。夫人最後說：「人們看到『庾郎』二字，就解作才子風流；實則這庾信原是屈子、蘇武一流人物，遠非尋常花間詞派可比。」

沈菀恍然大悟道：「以前姐妹們說起這句『下弦不及上弦好』，只當情詞來唱，還以爲是說新不如故。如今說來，公子身在塞外，便有庾信之感，那麼『望裏家鄉雲漠漠，似有紅樓一角』裏說的家鄉，和『牧馬長嘶，征笳亂動，併入愁懷抱』裏的愁思，都不僅僅是『想家』那麼簡單，而指的是『家國』之思了。」

覺羅夫人見她一點即通，更加興致益然，說得也就更暢快淋漓，說著說著便說遠了去，從公子的多次出塞，在塞邊的來信，空懷一腔抱負卻困囿於皇家侍衛的抑鬱，一直說到英親王阿濟格在囚牢中的咒罵，還有金台石在火堆裏的誓言。當覺羅夫人說著這些往事的時候，聲音裏沒有憤怒也沒有哀傷，只是娓娓道來，彷彿說著別人家的故事。

沈菀有時候覺得自己走進的不是相府，而是一座迷園，住得越久，就陷得越深。葉赫那拉和愛新覺羅家族都有太多的冤屈和陰謀了，哪裡還禁得住朝廷的隱秘？自己一個小小的清音閣歌妓，究竟是怎麼樣捲進這些偷天陷阱中來的？

她分明已經一步一步地接近了迷園的出口，確切地知道了康熙皇帝確有賜死公子之心，但公子卻沒有服下那丸藥。那麼究竟是誰下的毒呢？那個兇手，是在宮中，還是在府裏？她一點點地窺探著那秘密，同時小心翼翼地包裹著自己的秘密。白天還好說，只要夠警醒便不至於做錯說錯，但是到了晚上，就特別難捱，因爲夢境是不受控制的。

她開始越來越頻繁地做噩夢。在夢裏，和尚還是被扔進井裏了，他原本長大的身體被泡得更加腫脹肸大了，因爲中毒而變得筋脈烏青的皮膚，經水泡後泛出一層奇怪的白，還因爲在井底久了，許多地方生了綠苔。他青光的頭皮特別的圓亮，彷彿一直披裹著那夜的月光，殺人的月光。五官被魚類舔食得模糊不清，十指露出了森白的骨節，眉毛眼睛都不見了，可是唇邊那縷詭異的笑容卻兀自存在，彷彿獨立於面部，浮在屍身上。

每次從夢中醒來，沈菀的心都跳得特別急促沉重，而且胸腔抽緊，彷彿空氣不夠呼吸了一樣。她常常會分不清自己的所在，有時候會下意識地去摸一摸身邊有沒有棺材，納蘭公子的棺柩；有時又覺得還在後園通志堂裏，甚至偶爾想起清音閣那張香豔的楝子木玲瓏透雕的月洞門架子床。然而不管她在哪裡，和尚總是會如影隨形地找到她，輕敲她的窗，推開她的門，或是扒著井沿拚命地往上爬……

屋子裏瀰漫著一股莫名的腥氣，經久不散。沈菀時不時就命丫頭徹底地清掃一次房間，把被褥衣裳都拿去薰香，每天更換膽瓶裏的插花，但總是壓不過那股腥氣。她問黃豆子聞到什麼異味沒有，黃豆子說這屋子清掃得這樣徹底，又薰得香噴噴的，會有什麼怪味兒呢？
沈菀疑心小豆子偷懶，怕自己讓她再次清掃才故意撒謊。又在黃蓮、黃芩來傳話送東西時，特地問她們聞到了什麼沒有，黃蓮說：「是香丸、香餅子的味兒。」黃芩卻說：「不是香餅子，是藥餅子的味兒。」兩人爭執起來。沈菀越發納悶，確定除了她自己之外，那味道別人都是聞不見的，於是越發猜疑是和尚的鬼魂和她搗亂。她並不怕鬼，因爲從來不覺得毒死和尚有什麼錯。他玷污了她的身體，還要追到府裏來糾纏她，真是找死。更何況，她並沒有親手殺他，只不過遞給了他一丸藥。
那是皇上的藥，也是公子的藥，不過是借她的手轉給了和尚，那麼誰生誰死，與她有什麼關係？就算和尚變了冤魂厲鬼，要報仇，也該找皇上報仇，找不著自己。就算找自己，她也不怕他。
但是她很害怕那股血腥氣，更害怕自己會說夢話，會在夢話裏吐露秘密。
服侍的丫鬟婆子見她精神越來越不濟，只當懷孕的人反應大，又看她一臉不夠睡的樣子，便拿香附子給她吃。然而沈菀一看到香附子，便想起那天晚上自己是怎麼一邊服下香附子，一邊拿毒藥給和尚吃的，越發搜肝瀝膽地大嘔起來。
水娘納悶說：「都六七個月了，按理說不該還有這麼大反應才對，可別是吃壞了什麼。」於是回了覺羅夫人，商議要請太醫來診脈。

這卻又是沈菀的一項大忌，生怕太醫在脈息聲中聽出胎兒真實月份，拆穿了自己的謊話。於是只好半吞半吐地說自己是害怕，在園裏住的時候常常會聽見哭聲，夢裏又總見到些奇怪的面孔，故而睡眠不實所致。若說請大夫，不如請個有法力的神婆來壓壓驚安安神，或許就好了。

覺羅夫人生平最厭煩這些神神鬼鬼的事，聞言道：「我一向不信這些事，你若是怕，不妨閒時往佛堂念念經，再在園裏樹下燒刀紙，倒是可以的。」

沈菀果然聽話，接連三夜由水娘陪著，在花園裏化紙焚香，在淥水亭邊燒，在通志堂前燒，也在井臺邊燒。

黃裱紙被火烘得通紅透亮的，眨眼功夫又變得灰白，一點點地脆薄萎頓，黯紅的火星摻在皺褶裏一閃一閃的，像眨眼睛的鬼，終於最後閃了一下，滅了，她用樹枝劃拉了一下，將最後的幾點火種打散，忽地一陣風來，紙灰拔地而起，打著旋兒飛起來，越飛越高，一直飄到樹梢上去。

沈菀抬頭望了一會兒，復低下頭來又打了一下，眼淚便落下來，心底裏由不得又泛起一句納蘭詞：「清淚盡，紙灰起。」——真是什麼都叫納蘭說盡了。

燒完了，回來故意對覺羅夫人說自己好多了，睡得也實在，還是太太的法子靈。覺羅夫人覺得放心，原本也是不喜攬事的，便從此不再提請太醫的話了。

日昧月晦風搖影動間，時光飛快而不易察覺地流逝著。覺羅夫人已經越來越離不開沈菀的陪伴，每日早早晚晚只要她陪在身邊，正經的兩個媳婦官氏和顏氏反都靠了後。官氏樂得清閒，索性連夫人的餐單藥譜也都交給沈菀打點，顏氏卻有些冷落之意，對沈菀便不比從前親熱，只因沈菀一味小心謹慎，便也抓不住什麼話柄，遂還兜持著表面和氣罷了。

這天早晨，覺羅夫人剛起來，便著丫鬟來請沈菀，說是要去湖邊走走。路上，難免問起昨晚睡得可好，胎動了幾次，又說：「算日子，下月就要生了，趁走得動，還要每日多走動幾步。這樣子生的時候會順暢些，沒那麼受罪。」

覺羅夫人難得說這麼多話，沈菀一邊強笑著含糊應承「謝太太提點」，一邊暗暗發愁。她的肚子已經很尖很重，但是她的心事更重：按照她跟老爺太太說的日子，五月底懷胎，三月就該分娩了。如今已是二月，她編的謊言眼看就要戳破了，到時候拿什麼交給相爺與夫人呢？

「明開夜合」離花期還早，但是沿堤的柳葉都已經綠了，千絲萬縷在風中微拂著，彷彿依依不捨。沈菀攙了覺羅夫人的手，順著爬山廊一級一級，走到淥水亭上來。順手折了一枝柳在手裏玩弄著，恍恍惚惚地想，難怪離人總喜歡折柳贈別，果然柔軟多情。

兩人在亭子裏坐了，沈菀看著陽光在細波蕩漾的湖面上折疊起層層粼光，有一隻不知名的水鳥在水面上翩躚了一會兒又飛走了，岸上的柳條努力地垂下來，卻與湖面總是隔著一搾之地。草木蔥蘢，讓人不自禁地就感到雀躍。想起舊年淥水亭獻舞的事，就像一個遙遠的夢。拖著個這樣笨重的身子，沈菀簡直要記不起自己什麼時候輕盈過。她試著伸出手尖虛比一比，連手指頭也都圓胖起來，能把空氣一戳一個窟窿似的。

覺羅夫人看她比著個手指頭對著空中戳戳點點，不禁問：「你做什麼呢？畫符似的。」

沈菀一驚，微微醒過來，手指仍擱在半空裏收不過來，便隨手指著花樹說：「太太你看，這才二月，怎麼樹上倒打苞兒了呢？」

覺羅夫人本來也並不關心她在想什麼，果然注意力便被引了開去，細細打量著說：「真的呢，真是有花苞兒了。離開花少說還有三個月呢，怎麼今年花期這樣早？」又走下亭子，來到桃樹下看了看說，「這桃花的苞更明顯，若是天氣暖，再下一場透雨，只怕過不幾天就開了。」

說著，顏氏早打那頭遠遠地來了，不等上前來便滿面含笑地說：「太太好興致，一大早就賞花來了。我去太太房裏請安，聽丫鬟說在湖邊，還不信呢。說這麼冷的天，近來太太又嚷身子不好，怎麼倒吹風來了。就緊著催丫鬟取了披衣，特地給太太送來了。」

覺羅夫人點了點頭，也不答話，仍然盯著花叢，眼神專注而空洞，訥訥說：「不只是桃樹，夜合花也打苞了，可是奇怪。」

顏氏的話和笑容都被撂在了半空中，多少有些尷尬，然而對於覺羅夫人這充耳不聞也是經慣了的，便仍堆著笑，自己搭訕著將披風替覺羅夫人披了，又轉到前面來繫帶子。

覺羅夫人在花枝上看到了一枚蟬蛻，已經變成灰褐色，但還相當完整，真不知道它是怎麼經過整個烈日炎炎的夏季，寒風蕭瑟的秋天，以及大雪紛飛的冬季，一直存留到現在的。也許，是因爲樹杈的關係，那枚蟬蛻剛好位於枝椏的中間，可以保護它避開烈日、秋風、還有雪的傾軋，比它的肉身活得更久。

覺羅夫人伸出手去，小心翼翼地捏起，想就近了細看，不料那蟬蛻一觸即發，立刻便成了灰。她有些失落地說：「早知道，就不該多此一舉。」

顏氏更覺難堪，她的身量比覺羅夫人要矮些，本是踩在一塊突起的石頭上幫她繫帶子的。聽了這句話，簡直不知道是要繼續繫完好，還是下來好。

沈菀已經從亭子上走下來，伸手扶住顏氏說：「奶奶小心。」顏氏就勢下來了。覺羅夫人像是這才發覺顏氏的到來似，「啊」了一聲說：「走了這一會子，倒餓了，也是吃飯的時候了。」

顏氏忙道：「一早起來，奶奶就打發丫頭來說昨兒著了涼，有些頭重腳輕的，已經服過『青黛散』，重又歇了，命我服侍太太。我來之前，已經吩咐丫頭把飯擺在角門外惜花廳了。那邊離廚房近，離這裏也近，免得太太從這頭走到那頭，飯菜都涼了。」

覺羅夫人聽了，既不問官氏病情，亦不謝顏氏殷勤，仍是所答非所問地說：「過兩日，就好熬桃花粥了。」

沈菀不解道：「桃花粥是什麼?」

覺羅夫人便細細解說道：「每年桃花開的時候，取新鮮花瓣，在清水裏浸泡半個時辰，加上粳米，文火煨粥，再加入紅糖拌勻，最是香糯可口，吃的時候有一股子桃花的香味，很開胃的。」

過兩天，你也試試。」

顏氏來了這半天，見自己每說一句話，覺羅夫人都像聽不見似的；沈菀說話，太太便有來有去，有問有答的，心中越發生氣，面上卻只得歡天喜地地附和說：

「就是呢，不光是桃花粥，咱們府裏還有個自釀桃花酒的絕秘方兒呢。也是選新鮮剛開的桃花摘下，陰乾，泡在酒裏，密封了埋在桃花樹下，隔半個月，酒便成了。以前我們奶奶在世時常喝的，說是每晚睡前喝一點，可以活血養顏，奶奶還教給我，晚上取一點點抹在臉上，停一宿，到第二天早晨洗去，皮膚又紅潤又光亮的。」

沈菀笑道：「這可不真成了詩裏說的『人面桃花』了麼。」

說著，已經出了園子，來至惜花廳——因此廳建在園門口，進門後便可見賞花第一景，故而得名。來時，丫鬟已在陸續擺飯，福哥兒和展小姐正在門口踢毽子，見覺羅夫人等過來，忙立住了請安。覺羅夫人一手牽了一個進來，丫鬟送上水來，都洗過手。顏氏和沈菀幫著揭去蓋碗，擺了碗箸，又替福哥兒和展小姐圍上墊巾。覺羅夫人向顏氏道：「你們奶奶不在，你也不必站規矩了，都坐下一起吃吧。」

原來府裏規矩，每日覺羅夫人早起，在側廳受過眾人的禮，便吃早飯，不過是點心粥水，有時只喝一碗杏仁粥或燕窩湯作數。中午和晚上這兩頓，才與家人同吃。覺羅夫人帶著展小姐一桌，揆敘、揆方兩位少爺與福哥兒叔侄一桌，姨太太們一桌，官氏與顏氏則要服侍眾人吃罷再另外開席，沈菀算是客人，有時陪覺羅夫人和展小姐坐，有時則在房中自用。

今日覺羅夫人一早出門，請安的撲了空，各自散去。顏氏想著太太空著肚子走了一早上，未免餓了，自作主張將早飯和午飯做一頓安排，在惜花廳單獨開席，又因不在正飯點兒上，便只命人叫來福哥兒、展小姐作陪。滿指望太太誇獎她細心體貼，誰知陪了一早上笑臉，覺羅夫人只當她透明一般，直到這會兒才說了句讓她一起吃飯的話，不禁滿面得意，忙謝了座，便在太太對面兒坐下。

沈菀打橫相陪，因見覺羅夫人面前是一盤筍乾燉臘肉，便拿過來與自己面前的鴨絲炒菇絲換了。顏氏不禁朝她看了一眼，意含嗔怪，又搭訕著給覺羅夫人挾了兩筷子菜，笑道：「太太走了一早上，想必開胃，今兒多吃一點。」

覺羅夫人恍若未聞，只低頭問福哥新來的先生可好，功課深不深。福哥兒道：「我不喜歡這個新來的先生，太太爲什麼自己不教我呢？從前阿瑪便是太太教的，教成了天下第一詞人。我長大了也要做天下第一。」

覺羅夫人搖頭道：「天下第一有什麼好？我寧可你普普通通，平平安安的好。別學你爺爺，你阿瑪，一個官大，一個名大，可是怎麼樣呢？都不見他們開心過。」

展小姐便嘻嘻笑道：「太太不做官，怎麼也不見開心呢？太太都不笑的。」

顏氏忙斥道：「小孩子吃飯時別說話。」

覺羅夫人微微蹙眉道：「同你說了幾次了，不要對姑娘家的大聲喝斥。她雖然是你女兒，畢竟是嬌客，好不好，自然有教引嬤嬤說她，要你這裏大呼小叫的。」

顏氏臉上一僵，越發下不來，尤其當著沈菀的面被太太教訓，更覺沉不住氣，冷笑道：「太太教訓得是。我就是這樣不會說話，不懂看臉色。沈姑娘想肉吃，直接從太太面前搶了來，太太只做看不見；我不過是怕閨女亂說話忤逆了太太，白囑咐她一句，倒落了一身不是。」

覺羅夫人不待說話，展小姐先笑道：「怎麼娘不知道太太是不吃臘味的麼？平時沈姑姑寫菜單，每餐都有一兩樣新菌的，今兒竟是一道也沒有，就只是鴨絲炒菇絲。」

沈菀聽了這話，不禁向展小姐多看了兩眼，彷彿第一次看清這女孩的長相，雖然只有八九歲大，卻分明已是個美人兒胚子，頭髮烏黑，膚色清透，單眼皮微微上吊，鼻樑挺秀，襯著唇若含櫻，齒如編貝，一副聰明相，比哥哥還勝幾分似的。不禁笑道：

「咱們小姑娘真是細心。難怪顏姨娘不知道。太太的菜單從前都是奶奶添減的，後來交托給我，也是照著單子來。不然我也記不住，哪裡有小姑娘的這份聰明記性呢。」

覺羅夫人默不作聲，又喝了兩口湯，推開碗道：「我吃好了。」說著站了起來。沈菀和顏氏忙跟著起來。覺羅夫人道：「只管吃你們的，照看哥兒姐兒要緊。我去看看你們奶奶。」說著抽身走了，水娘忙拿著絹子、墊子、暖手的爐子跟在後頭。這裏顏氏同沈菀默默吃了飯，便各自散了。

原來這顏氏自恃是原配夫人盧氏的陪嫁丫頭，被公子收房得早，又生過一女，且仗著帶大福哥兒的功勞，雖是妾侍，府中諸人看在盧氏份上，上自納蘭容若，下至眾管家嬤嬤，俱稱之爲「顏姨奶奶」，不肯以僕婢輩視之。她自己便也隱隱以盧氏替身自居，連正房官氏也不放在眼裏，如今倒三番幾次被個無名無份的沈菀占盡風光，心裏豈肯服氣？

回至房中，坐在床頭呆呆地發了一回悶，越想越氣不過，想那沈菀如今不過是個沒名頭的外室，已經這般得寵；倘若他日生下個兒子，豈不要騎上自己頭上來？又怕又恨，又醋又妒，尋思半晌，想定了一個主意，估摸著覺羅夫人看過官氏已經回房了，遂往廚房裏來，親自看著人蒸了一碗蛋清蒸酒釀，端著搖搖擺擺地往官氏房裏來。

官氏因早起有些微嗽，頭沉胸悶，不思飲食，只吃了半碗山藥茯苓雞豆粥便說飽了。剛剛的送走了覺羅夫人，正昏昏沉沉的思睡，忽然丫鬟打簾子說顏姨奶奶來了，倒有些納悶，只得重新欠身坐起，命人看座。

顏氏雙手端了蛋羹，直遞到官氏面前道：「聽丫頭說奶奶身上不好，沒胃口，連早飯也沒吃好。話說傷風事小，傷胃事大。倒是這蛋酒乳又香又滑最容易克化的。奶奶看在我面上吃兩口，就是賞臉了。」

原來這顏氏恃女生驕，往日見了官氏向是大喇喇平起平坐，從無請安侍病之說。今日爲有所求，遂曲意奉迎，倒叫官氏詫異起來。卻也只得接過來撥了兩口，倒是滑而不膩，甜絲絲入口即化，臉上便也和藹起來。

顏氏便在炕沿兒上坐下，假意問了一回病，故作憂戚地道：「依我說，奶奶這病竟不單是為操勞，倒要防著些兒陰魂做祟。自從咱們爺去後，人人都說後花園不潔淨，見風見雨的，太太只不肯信。後來沈姑娘住進去，也說不好，巴巴兒地搬了出來，還發了幾日噩夢，到現在也不見好。如今奶奶又病了——雖說不是什麼大病，但這家裏大事小情，一天幾百件事，哪件不得奶奶勞心做主，精神略差一點兒都不行。我心裏只替奶奶著急，不當說也說了——奶奶前些日子不是去過園裏，莫不是撞了什麼？」

官氏道：「哪裡就有那樣邪門，大天白日的，就有陰魂也沒那麼大法力。你這些話在我這裏說說就好了，可別讓太太聽見，她老人家最恨人家說神道鬼的。」

正說著，恰值大腳韓嬸熬了藥進來，那原本是個好事的，聽見這話，忙湊前說道：「奶奶別不信，俗話兒說的：這些神道魔事，寧可信其有，不可信其無。要說府裏近來也真是怪。我聽廚房裏老王說的——終究也不知道老王聽哪個說的——說是雙林寺的一個和尚，年前來咱們府上討燈油，回去就中了邪，嚷著要還俗，回家半路被賊劫殺了，連屍首也沒留下。焉知不是在府裏撞了什麼呢？有沒有，還是鎮壓一壓的好。咱們從前在家裏時，每年臘月二十九，公爺還不是請喇嘛進來『跳布紮』的？」

顏氏忙道：「原來奶奶府上也常跳神的？」

官氏道：「那倒不是經常舉辦。古書上說的：日行北方之宿，北方大陰，恐爲所抑，故命有司大儺，所以扶陽抑陰。冬至以後，陰寒與鬼魅同行，臘盡春來之際，最宜打鬼。不止我娘家，就是宮中每年年終時，也要舉行『大儺儀』，驅鬼除邪的。只是，你們素來知道的，太太最恨這些事，所以咱們府中從來不曾辦過，要是太太知道我平白叫進人來做法鎮邪，豈有不嗔著我多事的？」

顏氏見她有三分鬆動，只是不肯擔責，忙又獻計道：「原來連書上也有記載的，可見靈驗。若是怕太太責怪，這也簡單。只要奶奶做主，我原認識一位師父，端的好法力。我事先同她說好日子，讓她悄悄兒帶進人來，只在後花園設壇做法，也不往前面去。花園裏進，花園裏出，必不會驚動太太的。」又詳詳細細，說了回如何擇日，如何調停，如何買辦祭品，韓嬸也在一旁幫腔，不一會兒計算得停停當當。

那官氏雖是理慣了事的，於這些事上卻無主意，又最信韓嬸，既見她也贊成，由不得允了。日後果然請了一班喇嘛進來做了回法事，殺雞酬神，不必細說。因是在後花園張羅，便只開角門出進，並不往上房這邊來，因此覺羅夫人一些兒動靜也不曾聽說，倒是水娘和沈菀得了一些風聲，因怕太太生氣，也都不去學舌。

做過法事沒兩天，桃花便開了。

注一：

哲哲太后、莊妃皇太后、懿靖太妃，都為皇太極后妃。一六三六年，皇太極稱帝，立哲哲為皇后，娜木鐘為麟趾宮貴妃，大玉兒為永福宮莊妃。其後順治登基，因莊妃為生母，故與哲哲同為太后，而娜木鐘為懿靖太妃。其間恩怨請參看西嶺雪歷史小說《大清後宮》、《大清公主》。

第十章　為伊指點再來緣

淥水亭畔的明開夜合不按時令地提前開花了。水塘邊桃紅柳綠，沈菀從樹下走過，柳絲拉拉扯扯地牽挽著她的衣袖，感覺就好像有個人陪著她一起在走，一陣風來就拂落滿肩的桃花。

也許她刻意要這樣感覺著，彷彿同納蘭公子在池邊散步。她甚至隔著那柳葉和桃花，看到公子迷茫的笑。

雖然已經住到上房去，她仍然是一有時間就往園中來，已經同園裏的兩隻小鹿交了朋友。當她彈著琵琶唱歌時，牠們會靜靜地臥在她腳邊，輕輕觸摸她的衣袖。

每當這種時候，容若會笑得特別溫存，寧煦。

「容若，桃花開了，你不寫一首桃花詞麼？不然，可不辜負了春光？」她對著他低語，嬌羞地一笑。

公子就應了，輕輕吟誦一闕《卜運算元》，但詠的不是桃花，卻是柳樹：

「嬌軟不勝垂，瘦怯那禁舞。

多事年年二月風，剪出鵝黃縷。
一種可憐生，落日和煙雨。
蘇小門前長短條，即漸迷行處。」

沈菀低吟著，徘徊著，想了一想，忽然臉上變色，著惱起來，哭道：「讓你寫桃花，你卻寫柳樹，莫非譏笑我是『章台柳』麼？什麼『蘇小門前長短條』，我不想做蘇小小，只想做李香君。」

她坐在池邊對著兩株明開夜合嗚咽著，越哭越委屈，真像是公子欺負了她一樣。有隻鶴原立在那兒梳翎，聽見哭聲，「忒兒」一聲飛走了。沈菀越發委屈，哭道：「你欺負我，你養的鶴也欺負我。」

她常常這樣給自己編故事玩兒，假裝自己真的被公子娶了，以妾侍的名義住進這明府花園來，與他朝擁暮眠，相依相伴，有時琴瑟相諧，有時又鬥嘴嘔氣。就像此刻，無端端地嘔一場氣，好讓他哄她勸她。她知道自己有些不可理喻，然而任性和不講理，難道不是女人的權利麼？更何況，她還是一個懷了孕的女人。

只是，當她任性的時候，沒有人會來勸她，哄她，只會由著她一個人哭到無趣，哭到無淚。

風停了，然而桃花仍然一瓣一瓣地落下來，沉甸甸滿是心事。

到了這個時候，沈菀已經是一天天數著日子過的，簡直有些度日如年的意味。今天是二月十二，她來府上已經整整兩個月了，心裏卻覺得已經住了十多年似的，簡直住得老了。

她看著鏡子裏的自己，也還年輕，但已有了幾分滄桑。說書的唱過一句詞：自古英雄如美人，不許人間見白頭。納蘭公子年紀輕輕的就死了，他是再沒什麼機會老去的。而自己，卻將一天天地蒼老，直到白髮成霜，紅顏如槁。但又怎樣呢？她活著，不是他的紅顏；她死了，也無關他的青塚。縱然住進了明府，住到了覺羅夫人的上房隔壁，人們嘴裏叫著「沈姑娘」，禮兒上卻都當她作「沈姨娘」對待，可她到底名不正言不順，不是公子的什麼人。

沈菀嘆一口氣，真是羨慕盧夫人，死的時候才二十歲，永遠的二十歲，難怪可以成為納蘭公子心中永遠的美人；還有納蘭碧藥，跟他遠隔著宮牆，相思不相親，可望不可及，偶爾千難萬險地見一回，拚著洩露天機都要寫在詞裏，讓他念了一輩子，至死不怨。她們都是有福氣的人，能得到公子那麼真心真意的愛。而她呢，連一首他為她做的桃花詞都得不到。

可是她相信，她們誰為公子做的也沒有她多，她可是從十二歲起就深深愛著他的，整整愛了七年，只是他不知道罷了，到死也不知道。現在，就更不知道了。

她的生活，從頭到尾就是一場虛妄的夢，虛妄的愛情，虛妄的身分，虛妄的抱負——她以納蘭容若遺腹子之母的身分住在明府裏，為的是查找公子猝死的真相，為公子申冤報仇。可是，住到覺羅夫人上房的這些日子，事情竟毫無進展，到現在為止，她只知道公子是被人毒死的，康熙帝曾賜過他一丸毒藥，可是公子卻沒有服下。但知道了又怎樣呢？她能去向娘娘質疑、向皇上宣戰嗎？她想起宋朝名妓李師師的故事，如果她也能像李師師那樣，以妓女之卑卻與皇上成一時之緣，或許就有機會進一步查明真相了。但是她怎麼樣才能見到皇上、見到娘娘呢？何況，就算見到了皇上，以她現在這狼犺的身材，難得可以得垂青睞麼？

沈菀又嘆了一口氣，只覺倦意襲來，剛剛扶著廊柱站起來，卻看到水娘急匆匆來了，拍手叫道：「我找了多少地方，原來姑娘倒在這裏清閒。太太讓人都到前廳裏去呢。」

沈菀一手扶著涼亭柱子，一手撐著腰笑道：「水大娘，您也歇口氣兒緩著點說。太太讓什麼人去廳裏呢，為的什麼事？」

水娘忙加快幾步，搶上來扶著沈菀一級級下來，一邊笑道：「人多著呢，幾位姨太太，大少奶奶，顏姨奶奶，少爺小姐們，還有府裏各房的管事奶奶們，都要去呢。說是還派了車去接咱們姑奶奶、舅奶奶，還有惠妃娘娘家的爺們奶奶們，等下也都要來議事呢。」

沈菀跟著水娘來至前廳，果然黑鴉鴉屋裏屋外站了一院子人，有執事的媳婦婆子站了一地，那些府裏有年紀的老嬤嬤則散坐著，見她來了，忙都站起來含笑招呼說：「沈姑娘來了。」連大奶奶官氏也特地過來親親熱熱地拉著手引至覺羅夫人座前說：「姑娘這邊坐。」唯有顏姨娘坐著一些兒不動。

夫人便問沈菀「打哪兒來？」又命人拿暖墊給她靠在背後，盛熱的紅棗桂圓湯來暖胃。福哥兒和展小姐也都說要喝，官氏忙命人再盛兩碗來。顏姨娘臉色越發難看。

沈菀笑道：「才在園子裏走了走，原來明開夜合花也都開了，太太說奇不奇？」

覺羅夫人嘆道：「如今說的可不就是這開花的事麼？大概老爺在待朝時，隨口說起今年咱們府上桃花開得早，不知怎的竟傳到萬歲爺耳朵裏了，龍顏大悅，說今天是二月十二，正是賞花時節，宮裏御花園逛得膩了，要往咱們府裏來賞花呢。老爺剛才趁歇班打發人飛馬來報，讓準備接駕，侍候晚宴呢。」

沈菀嚇了一跳，連湯也濺了出來，差點失手打翻了碗，大驚失色道：「皇上要來？」

眾婆子都笑道：「方才我們失驚打怪的，太太怪說沒見識，沒膽量，經不得一點事兒。如今沈姑娘還不是一樣？皇上駕到，可是天大的事兒，咱們有幾個膽子承當？可不都毛爪兒了麼？」

顏姨娘吃的一笑，眼中露出嘲諷的意味來。沈菀也只得跟著笑，很有些羞恥。她雖然出身低卑，然而在清音閣送往迎來，也不算沒有見識，膽量更是不用說，連殺人都敢，難道還怕見皇上嗎？她的驚慌，倒是緊張多過敬畏，是因爲一心想著要替公子報仇，想了太久，只不知道怎麼樣才能見到皇上，如今忽然落了實信，倒不敢相信，幾乎以爲是老天爺聽到了她的祈禱，真要給她機會面聖刺殺，才會失態的。然而這番心理自然不便解釋，只得自嘲說：「除了府裏這樣的人家，平常人別說接駕，就是見到個公公，也是了不得的大事，怎麼不發毛呢？」

官氏笑道：「萬歲爺也不是第一次來咱們府上小宴，從前怎麼辦，如今還怎麼辦就是了。只是時間緊了點兒，我已經打發人同我哥哥說，讓他把府裏最老的幾個廚子家丁都帶過來，戲班子也帶來候著，想也應付得過了。」

覺羅夫人點頭道：「倒是你穩沉。不過往時皇上都是自己過來，不過帶幾個隨臣親信，這次居然說惠妃娘娘也一塊兒回來，可是破天荒第一遭兒。剛才也打發人去國丈爺家報信了，雖說縱然來了也不能面見，到底隔得近些，能夠同在一個園子裏待上半日，哪怕隔著簾子傳句話兒，也抵得過這些年的骨肉分離了。」說得眾人都唏噓起來。

官氏便分派一回，指令各人看何房做何事，哪裡接駕，哪裡設宴，哪裡賞花，哪裡聽戲，哪裡坐息，哪裡出入，又向覺羅夫人笑道：「沈姑娘現在大著肚子，不便勞動，不如讓沈姑娘早些歇著吧。免得人多氣味雜，對孩子不好，太太說是怎樣？」

覺羅夫人被提醒了，點頭道：「倒是我忘了。」轉頭向沈菀道，「你走了一早上，也累了，等下滿院子都是人，沒事你別到處亂走，早些歇著。」又特地叮囑水娘仔細照看。

沈菀也知道自己身分特別，等下客人來了不好介紹，又見顏氏撇著嘴角一笑，面有得色，心裏微微有氣，卻也只得含笑說：「謝太太和奶奶惦記著。」

說著，下人來報，說索爾和郎中老爺已經在府門前下車了。覺羅夫人忙說快請，向左右道：「我說的如何？倒是他們家先到了，可見思女心切。」

官氏也笑道：「算起來我哥哥家還近些呢，想是打點廚子戲班的事，來晚了。」

眾人擁著覺羅夫人迎出去，沈菀趁機辭出。路上悄悄地問水娘：「皇上縱然帶惠妃來，也多不過七八個人罷了。咱們府上幾百號人的大場面也擺過，廚房裏也沒有應付不來的，怎麼倒要往大奶奶的娘家借廚子呢？」

水娘笑道：「這你就不知道了。侍候皇上吃席，可不能想著吃多少做多少。皇上也吃不了多少，那些菜也不是用來吃的——就是擺個蟠桃宴，大肚子彌勒佛來坐席，府上也足應付得了——可皇上這席不同，首先得講究樣子，一百來道菜還是容易的，難的是每道菜都得有個名堂，要吉利，還得好看，單是擺那個裙邊，雕龍刻鳳的，就得消耗十幾個好廚子呢，還有盛菜的器皿，也都得講究器形，盛鮭魚的盤子就像個鮭魚的形狀，盛全鴨的是個鴨型，盛鹿脯的像個小鹿，旁邊還常常要雕刻些鹿啊梅花啊的做裝飾，咱們府裏器皿材料倒一應是全的，只是一下子置辦出這麼些雕花裙邊卻來不及，所以非得跟舅爺家借人不可。」

沈菀咋舌道：「一百多道菜？皇上吃得過來嗎？」

水娘更加好笑：「當然吃不過來，就一道菜吃一口也吃不了那麼多，皇上也沒那個耐性。最多不過嘗個十幾道就算賞足了臉了，吃過哪道菜，哪道菜的廚子就有好一份大賞呢。」

沈菀笑道：「吃一口就要賞。那皇上要是喜歡哪道菜，多吃了幾口，廚子豈不是要給個官兒做了？」

水娘搖頭道：「這卻不會。再好吃的菜，吃兩口也得撤，這是規矩。」

沈菀詫異：「這又是爲何？」

水娘道：「怕被人知道了皇上的口味，伺機下毒唄。」

沈菀聽到一個「毒」字，心思一動，幾乎不曾絆倒。水娘忙扶住了，自己也嚇出一身冷汗來，拍著胸口說：「這要是把姑娘摔著了，可是大事不好。」

幸好已經來到房門口，小丫頭黃豆子早接出來，兩人扶了沈菀在床上歇下，小豆子自去倒茶，沈菀便又問水娘道：「從前有人在皇上飯裏下過毒麼？」

水娘不意她仍然記著這件事，聞言愣了一下，倒笑起來：「那可不容易。你想啊，皇上吃席，每天都不重樣兒，每道菜都不能多吃。就是有人想下毒，也沒法兒把一百多道菜都給下藥了啊。他能猜得到皇上今兒會吃哪道菜嗎？就算猜準了，上菜前原有試菜的太監，所以那毒也就不可能是劇毒。只要太監沒事，皇上就沒事。要是慢性毒藥呢，皇上反正是只吃一回，只吃一口，就中了毒也沒什麼大事，日久自然消解，那下毒的人也就無計可施了。」

沈菀聽了，越發納悶，不禁呆呆地出神。水娘只當她累了，遂命黃豆子來替她揉腿，自己惦記著前廳事情多，怕覺羅夫人有事找她，便叮囑了幾句，仍回前邊去了。

這裏沈菀思如潮湧，想到皇上賜納蘭公子毒藥的事，便恨不得也從哪弄來一粒毒藥，給皇上吃下去，便同對付和尚苦竹一般。可是給皇上下毒，談何容易？別說侍宴沒有自己的份兒，就算能夠接近皇上，也沒資格端茶遞水的；更何況，即便是自己得機下手，真的毒死了皇上，那明珠一家上下會怎麼樣？覺羅夫人會怎麼樣？那可是滿門抄斬誅連九族的重罪啊。自己可要連累公子的全家？

明珠已經知道皇上賜毒藥給公子，可還不是得天天按點上朝，高呼萬歲，效忠朝廷？堂堂相國尚且如此，自己一個手無縛雞之力的大肚子孕婦又能做些什麼呢？可是，她這樣千辛萬苦地查找公子之死的真相，這樣千難萬險地來到相府，又這樣千載難逢地竟可以與皇上同在一府，難道就不該做點什麼嗎？

還有，那個神秘的碧藥娘娘也來了，她可是納蘭公子的初戀啊。他們擁有著特有的不可分享的共同姓氏，世界上無獨有偶的兩位納蘭，他在詞裏一次次記下對她的相思，還有與她的相見，甚至，他的死，很可能就是爲了她。如今，她來了，就在這府裏，卻不能一見，這怎麼可以！

沈菀盯著牆上的畫像，眼睛的火幾乎要把畫也燒著了，畫裏的人卻只是不肯走下來。「容若，容若。」她低低地一遍遍呼喚著，「教我，教我怎麼做？幫幫我！」她已經在府裏住了兩個月，能打聽到的消息全打聽了，可是關於碧藥，卻依然是個謎。那到底是個什麼樣的女子呢？

不知道納蘭碧藥是不是容若心中最愛的女子，但她無疑曾經是後宮佳麗中康熙最寵愛的妃子。只是一個沒有名份的庶妃，卻三年兩度得男，可以想像康熙對她的迷戀。

有人說，寫著納蘭碧藥的牌子都被皇上翻得舊了，不得不每年重新髹漆。

然而，她的生命中，也仍然充滿了遺憾。

從懂事起，她就被帶到了明府中，接受叔父明珠的親自教誨，彈琴、對奕、繪畫，騎馬、射箭、投壺，而最重要的功課，卻是用藥。

十二歲那年，她親手射斷了一隻小鹿的腿，然後再爲牠療傷。看著牠一天天康健，再親手毒死了牠。

十二歲那年，她拜在覺羅夫人膝下，開始學習詩詞與宮廷禮儀，同時向明珠請來的女樂學習媚術；

十二歲那年，她已經初具風情，豔光照人，學會了欲迎還拒、含情脈脈的種種手勢。小女孩扮女人，格外誘惑。有時候，連明珠也不敢正視她，故將她送與覺羅夫人管教，怕她一味走邪媚的路線。

如果說此前的碧藥是明珠親手畫好的一條龍，那麼覺羅夫人的調教就是馬良之筆點的睛。同時擁有了冷豔和明媚兩種風情的碧藥是徹底地出挑了，簡直美得不可方物。

一個人學會了某種本事，總是捨不得不用的。碧藥也一樣。她的風情，急於找到施展的對手。而冬郎雖然只有十歲，卻已經是那麼清秀卓越的少年。於是碧藥小試牛刀，輕而易舉地贏得了堂弟的鍾情，在西花園淥水亭邊對她許下「非卿不娶」的白頭之約。

雖是小兒戲言，卻是一世心魔——是容若的，也是她的，十二歲，她畢竟還是太小了，到底不能無情。在沉醉於自己的小小勝利的同時，她也在不知不覺間對堂弟情根深種。

不然，她不會一輩子使用納蘭這個姓氏。

但，她的命運是一早注定的，不由自已。十六歲時，她被明珠送進宮中，雖然不捨，卻也並沒有太多的掙扎。毫無意外地選為秀女，毫無意外地得到寵幸，並且很快懷孕生下龍子，取名承慶。

然而，那個孩子卻無力承擔生之艱辛，沒能保住。

如果說對失去容若的愛是早已注定的悲劇，是一個野心勃勃的少女主動的抉擇；那麼，失去對兒子的愛，卻是上天對她的不公，是任何一個做母親的都無法承受的噩運。

原本就不天真的納蘭碧藥，在經歷了這一番生離死別之後，城府必然更深，手段無疑更辣了。

那段時間，覺羅夫人頻頻進宮，以探病為由出入自如。而出出進進間，納蘭碧藥第二次懷孕，仍然是個兒子。並且，皇上另外的三個皇子也都先後死於夭折，做了承慶的陪伴。於是，碧藥生下的，就是皇長子——換言之，可能是未來的太子。

碧藥勝券在握，一步步地向皇后位逼進著。她從覺羅夫人口中聽說了容若娶妻的消息，不無妒意，卻已經顧不上了。她要做皇后，就要想方設法搬開現任皇后這塊最大的絆腳石，而且聽說在自己臨盆前的幾個月間，後宮嬪妃趁機奪寵，又有好幾個妃子受了孕，連皇后也懷孕了，這真不是一個好消息。

康熙十三年五月，赫舍里皇后生下二皇子胤礽後，難產而死。

皇后死了，皇子卻活著，這對於明珠來說可謂百密一疏，對於索額圖來說卻是不幸中的大幸。於是，索額圖與明珠就太子位的確立問題各執一詞，正式開戰了。

自古以來，立嫡或立長都是太子之爭的最大分歧。索額圖和明珠各自所持的籌碼幾乎是同樣的，但對於當時的形勢而言，索額圖的勢力無疑比明珠要強大得多。

他開始頻頻向皇帝暗示後宮有陰佞，皇后死得不白，矛頭直指納蘭碧藥。然而此前，碧藥明明也折了長子承慶，如果後宮真有魔爪，那麼碧藥也是受害人。

於是康熙交給了明珠一道密令，讓他暗中查訪後宮諸妃。這其實是虛晃一槍——明珠雖然是內務府總管，但又怎麼能深入後宮呢？這樣的做法，不過是製造一點緊張空氣，同時給三宮六院及皇親國戚們敲一記警鐘罷了。

十四年十二月，康熙下旨，冊立不滿兩歲的皇子胤礽爲皇太子。

那一年，康熙自己也才二十二歲。他並不知道，一旦冊立了太子，那麼這太子之後的數十年間就只在做一件事，就是等著他早死，好繼承他的位子。

——後來的歷史證明了康熙過早立儲是件多麼愚蠢的舉動。然而二十二歲的康熙懷抱著不到兩歲的胤礽時，還遠遠想不到之後十年二十年三十年的煩惱艱險。他要考慮的，只是要儘快平息眼前這爭論不休的立儲之爭，痛快地給明黨和索黨下一個明確的判決。

這判決不僅讓明珠的希望落了空，在滿朝文武，尤其是索額圖的黨羽面前落了勢，更讓碧藥在後宮嬪妃前丟了臉。任憑她怎麼驕傲，怎麼豔冠六宮，怎麼獨擅專寵，縱然她的兒子是皇長子，卻到底未能奪得太子位。

是因為她僅僅是個庶妃嗎？是因為索額圖勢力之強嗎？是因為皇帝對赫舍里皇后的懷念嗎？又或者，是為了那句金台石的咒語——「我們葉赫那拉家族不是那麼容易屈服的，哪怕剩下最後一個子孫，即使是個女兒，也要向愛新覺羅討還國土！」

這句咒語像一柄劍，懸在葉赫部與覺羅族每一個人的心頭。如果讓葉赫家的後代做了太子，讓葉赫那拉的女兒做了皇后，那咒語不就成為現實了嗎？

因此，無論康熙有多麼喜歡碧藥，哪怕她要天上的星星，他也會下令要侍衛搭了天梯去摘給她。但是太子位，他卻憑她怎麼哭鬧嬌嗔，只是不許她。

這對於碧藥來說真是最大的打擊，比離開納蘭容若、比失去長子承慶都更加具有毀滅性的打擊。因為，這等於直接宣告了她永遠不可能做皇后的慘澹前景，更是否定了她的魄力與魅力。那麼，她辛辛苦苦地練習，毅然決然地入宮，計出百端地爭寵，都是為了什麼呢？

驕傲而剛烈的碧藥對此一定是怨毒的吧？她會怎麼做？會向皇上報復嗎？會用偷情的方式來發洩心中的不滿嗎？她和容若，是在這種情況下見的面？

康熙十六年，皇上冊立新后，納蘭碧藥也晉了惠嬪。但是這樣，就能滿足碧藥了嗎？

康熙十六年，也正是盧夫人死的那年。可真是一樣明月，兩番山水——而那麼巧，盧夫人也是死於難產，正與赫舍里皇后一樣——這幾件事，有關係嗎？

人在等待焦慮中，時間特別難捱。尤其是滿園子的人都忙得天翻地覆，只有沈菀躲在房中，連門兒也不出，就越發顯得天長。她在心裏一遍遍理順著點滴得來的碧藥的故事，越想就越得不出頭緒。她本能地覺得，碧藥不僅是一個謎，同時也是解開謎團的鑰匙。但是，怎麼才能見到她，接近她呢？

丫鬟們在屋裏待不住，一會兒一趟跑出去看熱鬧，不時來與沈菀說宴席擺在何處，園裏如何佈置，惠妃娘娘在何處洗手更衣，太監宮女在何處喝茶閒坐，淥水亭邊怎的披紅掛彩，那兩株明開夜合怎的燈籠高懸，就如過元宵節的一般。又說覺羅夫人和官大奶奶都穿戴了一品夫人的花冠鳳襖，從大門到宴廳乃至花園等各處都設了屏風，鋪了紅毯，不使外人出入。

又過一會兒，黃豆子又是興奮又是悵然地跑回來說，皇上已經出宮，太太奶奶們都在儀門外立等，御道兩旁俱已拉起帳子繩子，除了傳菜侍茶的一等僕婢，不再放人進去了。

沈菀知道皇上將至，再也按捺不住，扶了黃豆子的肩出來，在角門外翹首候了半晌，遠遠的聽見鼓樂細吹，卻無一絲人聲，那伸出牆頭的樹梢上繫了紅黃綢帶，迎風招搖，彷彿笑她無能。

沈菀立了一會兒，怏怏地回來，倚在枕上假寐。黃豆子仍是隔不時地出去打探一回，卻再也得不來什麼消息。

又等了半晌，黃豆子飛跑著來說，大腳韓嬸來了。沈菀忙坐起來，韓嬸已經帶著三四個人提著食盒進門了。

沈菀忙含笑謝問：「廚房裏的人要是忙不過來，打發人叫我的丫鬟去拿就是了，怎麼敢勞動你走這一趟？」

韓嬸笑道：「也不單為送飯——我們奶奶怕姑娘自己在房裏發悶，特地打發我來看看。」說著擺起桌子來，揭開食盒，一樣樣擺起，足足擺了十來樣。幾個丫鬟悶了這半晌，好容易盼見個人來，也都覺面上有光，忙著侍候茶水，又纏著韓嬸打聽前頭光景。

沈菀見那些菜式都是雕龍刻鳳圍著裙邊的，知道是侍宴的飯，忙問：「前面的席撤了？」

韓嬸道：「剛撤下來。皇上也不過嘗了幾樣罷了，這些都是一箸未動的，怎麼樣端上去，怎麼樣端下來，只是有些涼了。已經囑咐人換了開水，姑娘將就些。」

原來那些食盒都是三層，上層是蓋子，中間是菜，下層是開水。如今菜已涼了，不能回鍋重來，下層的開水卻可以重換，使菜保溫。沈菀笑道：「還是奶奶心疼我，雖然我沒資格親眼看見皇上用膳，可是能親口嘗到給皇上做的菜，也就不白活這一世了。哪裡還敢挑什麼涼呀熱的？估計這會兒奶奶忙得三頭六臂的，自己吃沒吃上一口熱菜還不知道呢？」

韓嬸拍手笑道：「可不是這話兒？奶奶忙著立規矩，又要看著人不出錯兒，連口囫圇氣兒都喘不勻，哪裡還顧得上吃飯呢？」

沈菀聽了這話，便知道韓嬸也還沒吃，便拉她與自己同坐。韓嬸巴不得兒一聲，口裏只說：「哪裡有這種規矩？可不折死我了。」推了兩推，只做推不過，一邊替沈菀盛了飯，一邊就勢便坐在沈菀對面，早舀了一勺子魚翅入口，骨碌咽下，嘆道：「可是姑娘說的，吃過這頓，即便明天死了，也算不白活了。」

兩人每樣嘗了幾口，俱已大飽。韓嬸撫著肚皮嘆道：「也不知我這肚子積了什麼福，竟有今天。」

一言未了，忽見顏氏扶著丫頭紅萼打門外進來，看見房中情形，那眼神便像一陣風掃落葉般將桌几掃了一遍，先咳了一聲，冷笑道：「這府裏的規矩可是越來越夠瞧的了。」

沈菀和韓嬸只得站起來，陪笑道：「顏姨娘怎麼來了？吃過了麼？」

顏氏冷笑道：「我卻沒有這個福分，只有跑腿的命，哪裡也能夠四盤八碗地坐著享福呢——奶奶讓我來傳話，說惠妃娘娘要往通志堂上香，指名兒讓你去服侍。」

沈菀吃了一驚，心如鹿撞，忙問：「娘娘喚我服侍，你聽得可真？」

顏氏笑道：「傳旨也能有錯的？前頭開了戲，惠妃娘娘嫌吵鬧，說要去通志堂上炷香，聽說你從前住在那裏，又說你會梳頭，便指名兒讓你過去服侍。你快換身衣裳去吧，晚了，娘娘怪罪下來，可是要殺頭的。」

韓嬸和眾丫鬟都著慌起來，忙著替沈菀洗臉更衣，扶著出來。顏氏一直在旁袖手看著，這時候卻忽然說：「你先過去，我也回屋洗個手再來。」

沈菀道：「在這裏不是一樣的？」

顏姨娘笑道：「你不知道，我有個毛病，別人的東西，可是用不慣呢。」說著轉身走了。沈菀只得扶了韓嬸的手往花園裏來。

第十一章　藥成碧海難奔

沈菀終於當面見到碧藥本人了。

她曾經見過她的畫像。但是現在卻覺得，公子雖然雅擅丹青，卻遠遠未能畫出這女子的美麗於萬一。即使在她抱著這樣又驚又疑又妒又怕的情緒，也不得不承認，這真真是一個絕世的美人兒。已經是黃昏了，可是看到碧藥時，卻彷彿被陽光照得睜不開眼睛似的，不由得一陣暈眩。碧藥十六歲進宮，今年總有三十好幾了吧？看起來竟比自己還嬌嫩、晶瑩，肌膚勝雪，吹彈得破，一雙眼睛又深又媚，頭髮黑亮得像暗夜裏的寒星，身材玲瓏有致，柔若無骨，雖然生過兩個孩子，卻絲毫不見發福，反而有種熟透櫻桃的豔冶誘人，是盛夏初秋結在枝頭最高處的果子，熟得壓彎了枝子，搖搖欲墜，看了讓人的心也墜墜的，擔心她隨時掉下來，想伸手去摘，又勾不到，整顆心都爲她懸著。她給予人的，就是這樣一種危險的誘惑，整個人彷彿往外發著光，囊螢映雪一般從眉眼皮膚底下透出亮來，明豔照人，卻又滿面寒霜。她有一種說不出的妖氣，卻又不是風塵，彷彿天賦風情不能自已，並且她的舉止中有一種天生成的傲慢，讓人不敢輕怠。

沈菀從來沒有想過這世上會有一個人，同時兼有冷傲與妖冶兩種特質。不枉了她叫作碧藥，根本她這個人本身，就像是一丸又香甜又誘人的劇性毒藥。難怪明珠會將她從小帶進府中教養，難怪公子會在十歲時便對她那般傾心，難怪她一進宮就可以得到皇上的寵愛，三年兩度得子，難怪即使皇上懷疑她與公子有染，還是對她如此迷戀縱容，連到明府賞花也帶著她一起來——或許，這賞花的主意根本就是她出的吧？而她的本意，並不在賞花，正是爲了來通志堂上香。她是來見公子的，用盡心機。就像她從前做的那樣。

從前，那一次又一次的「金風玉露一相逢，便勝卻人間無數」，她究竟是怎樣做到的？

沈菀忽然想起一闋納蘭公子的《減字木蘭花》來：

花叢冷眼，自惜尋春來較晚。
知道今生，知道今生那見卿。
天然絕代，不信相思渾不解。
若解相思，定與韓憑共一枝。

不用說，詞裏說的自然就是這位納蘭碧藥了。除了她，更有誰稱得上是「天然絕代」？公子詞中用了韓憑夫婦死後墳上樹枝交並的典故，那是把碧藥當成了心中的絕愛了。

沈菀不禁自慚形穢，別說她現在拖著身子，就算她最穠歌豔舞輕盈嬌媚的時候，也還是不及眼前這位美人不動聲色的流波一轉。什麼叫絕色佳人，她真是見識到了。曾經擁有過這樣一位美人的青睞，公子還怎麼會看上她呢？她含羞帶怯地行了禮，退至一旁。

碧藥淡淡打量了她一眼，似看非看，轉過了身子，只對著鏡子說話：「聽嬸嬸說你很會梳頭，我的頭髮亂了，你替我抿上去。」

沈菀說了一聲「是」，挽起袖子來，先將手腕上的碧玉鐲子卸下，再在妝盒裏選了最小的一柄牙梳，立在碧藥身後。宮女是早已得了吩咐的，只等丫鬟送進刨花水來，便約著一同出去了。房裏只剩下沈菀和碧藥兩人。沈菀將牙梳蘸了水，對著鏡子，先將碧藥頂上的頭髮梳通，再一點點將散碎頭髮刷濕了，輕輕抿上去，用茉莉針兒綰住。碧藥的髮質非常好，就像在墨汁裏浸泡後再用油塗抹過一樣，黑亮而濃密。向晚的光在她臉的一側投下陰影，使她朝著光的一面格外明麗，藏在影裏的一面則神秘而幽豔，看上去有些陰晴不定，不辨悲喜。

前院的唱曲聲穿花度柳，依稀傳來，正是杜麗娘《尋夢》一節，帶了水音花香，益發婉轉纏綿。沈菀不由側了耳朵細聽，手上的動作也比先前更加柔軟起來，若按節拍。

碧藥在鏡子裏打量著沈菀，一一審視著她的眉眼、腰身，半晌，忽然開口說：「他們說你自十二歲時見了容若一面，就要爲他守身，等了七年。是你胡說的吧？」

沈菀微微一愣，知道這位惠妃娘娘是敵非友，不禁暗自警惕，一邊替她重新戴上鳳冠，理順金翟鳥下的珍珠掛，一邊淡淡說：「娘娘剛才聽的戲可是《牡丹亭》？那杜麗娘只在夢中見了一面柳秀才，便相思成疾，一病而亡。公子於我，原有救命之恩，就是結草銜環，也難報答，何況守身呢？」

碧藥「嗤」地一笑：「說得倒也動聽。我卻不信。還說是懷了孩子——容若怎麼會看上你這樣的貨色？」

彷彿有一整盆冰水兜頭澆下，又似一車泥沙迎面潑來，沈菀晃了兩晃，幾乎站立不住，不得不抓住椅背來支撐自己。她看著鏡子，不相信剛才那句話就是由眼前這個豔若春花的美人口裏說出來的。這女人說得如此輕鬆而篤定，就彷彿在陳述一個不爭的事實。

身為歌妓，沈菀並非不瞭解什麼是輕視，什麼是嘲諷，可是還從來沒有一個人，可以將輕視給予得這樣結實而隨意。那口吻，就彷彿在評價一隻癩貓病狗，那麼不值一哂而又不容爭辯的語氣。

她本能地護住肚子，敵意地看著鏡子裏的碧藥，覺得了一種由衷的冷，彷彿整個人被浸在冰窟裏一般。唯一的抵抗，就是不屈的眼神。

兩個人的眼光在鏡子裏相撞，都劍拔弩張，互不相讓。只是，碧藥的眼神如箭，而沈菀的眼神卻是盾。沈菀的心早已怯了，卻努力地告訴自己不可退讓，不能輸。

半晌，碧藥慢慢轉過身子，終於正視沈菀了。她居然在微笑，唇角銜著那麼明媚的春色，眼裏卻是一股說不出的寒意，就那麼輕輕一笑，忽然出手極快地搭住了沈菀的手腕。

沈菀愣了一會兒才曉得掙脫，本能地退後一步，完全不明白這位娘娘葫蘆裏賣的什麼藥。但是她已經開始顫慄，緊盯著碧藥形狀完美的嘴唇，不知道她會怎樣宣判她的罪刑。

碧藥又是輕輕一笑，她的聲音很輕，但是每個字都咬得很清楚，彷彿一字千鈞，不容違抗：「你走吧，離開明府，永遠不許再提容若的名字。」

「不行！」沈菀脫口而出，冰雪般的徹骨寒意不等消失，卻有一股怒火騰地燃起，就彷彿把她放在油鍋上煎炸。她豁出去，直視著儀態萬端的惠妃娘娘。大逆不道又怎樣？誰也不能讓她離開納蘭！就算死，她也不會讓任何人奪走她心裏的納蘭公子，九五至尊的皇上也不可以！

她本能地再退後一步，同時卻又以一種近乎誇張的姿態向前挺了挺肚子，也學著碧藥的語氣，很慢很慢地說：「公子愛了我，我就是公子的人了。我會爲他生下這孩子，讓他姓納蘭！」

「放肆！」碧藥終於怒了，猛地站起身來，若有意若無意地隨手一拂，將沈菀剛才卸在妝臺上的玉鐲拂落在地，碎成數段。

在她用最大的輕視去重創沈菀的原則的同時，沈菀也直接挑戰了她的底線。納蘭，這個姓氏只屬於她與容若。納蘭成德，納蘭碧藥，他們倆是這世界上僅有的兩個納蘭氏，絕不許第三個人分享。而這個來歷不明的沈菀，這個賤如草芥的歌妓，居然要生下一個野種，冠以納蘭的姓！這怎麼可以！

她冷冷地睨視著沈菀，眼如利剪，彷彿要剪開她的衣裳，剖出心臟。而她的話語，是比眼神更加犀利冷峻的，也更具有殺傷力：「剛才，我已經替你把過了脈。你肚子裏的孽種，根本不是容若的。你若識相，現在就離開明府，還可以保住性命；不然，我讓你死無葬身之地！」

火焰頓消，冰寒再起。沈菀被打敗了。

她明白，自己不是敗在碧藥的美麗面前，也不是敗於碧藥的威勢，而是敗給了事實。納蘭公子死於五月三十日，而自己卻在七月底受孕，時間足足相差了一個多月。以碧藥的醫術，一搭脈已經知道了，這哪裡是還有半個月就要臨盆的跡象？只要碧藥向眾人公開這事實，她就非得離開明府不可，甚至，她有沒有命全身而退都是未知——明珠不會甘心被一個妓女欺騙，更不會願意讓納蘭家的醜事傳揚在外，他最可能做的，就是滅口。讓她和苦竹和尚一樣消失於無形。

現在已經不是一盆冷水，而是整條冰河淹沒了她，她在河裏掙扎沉浮，抓不住哪怕一根枯木。她在心裏哭喊：「納蘭救我！」卻忽然想，納蘭？哪個納蘭呢？已逝的納蘭容若，還是眼前的納蘭碧藥？

死了的那個，不可能救她；眼前的這個，卻只想她死！她與納蘭，其實無緣！

「一生一代一雙人，爭教兩處銷魂！」

那「一雙人」，指的是容若與碧藥，與她沈菀有什麼相干？許久以來，報恩和復仇就像兩支拐杖支撐了她的生命，爲公子雪冤的強大願望充斥了她每一寸肌膚每一粒毛孔，使她這樣一個卑微渺小的歌妓竟然有勇氣有智慧一路獨行，從清音閣一直走進明珠相府裏來，走到後宮最得寵的惠妃娘娘面前。然而此刻，站在這個與容若公子擁有著共同姓氏的冷傲佳人面前，她的願望顯得多麼浮薄荒誕。

納蘭碧藥才是納蘭容若的戀侶。她沈菀算什麼呢？恩不該是她沈菀的恩，仇也不該是她沈菀的仇。從頭至尾，她活在他們的視線之外，遠在天涯，形如陌路。從來都是，不相干！

「相思相望不相親，天爲誰春？」

公子從生到死相思相望的，是碧藥。春秋輪轉，歲月無情，都與她沈菀，不相干！

沈菀退後一步，再退一步，一直退到門邊，退無可退。她留戀地看著碎落在地的玉鐲，心也碎成了千片萬片。寧爲玉碎，勿爲瓦全啊，她還有什麼選擇？

自從公子死後，從沒有一個時刻，讓她覺得比現在更冰冷更絕望，也更孤單無助。以往，無論有多麼艱難驚險，她總是在心裏說：公子會幫我的，公子會教我，公子會救我。但是現在，她沒有了這種自信，因爲，碧藥與公子，當然比她更親近！而當那個與公子的關係更親近更密切的初戀情人理直氣壯地逼她走的時候，她還能說些什麼，做些什麼呢？

她手扶了門框，忽然低低地唱了起來：

「漿向藍橋易乞，藥成碧海難奔。若容相訪飲牛津，相對忘貧。」

這句詞裏，有他的名字「容若」，也有她的名字「碧藥」，當容若與碧藥「相思相望」、「相對忘貧」的時候，也同時忘記了世上所有的恩怨愛憎，名利浮雲吧？在他們的眼中，整個世界都不存在了，更何況沈菀這個不相干的外人？她想起納蘭公子噩耗傳出時，她渾身縞素長跪相國府外不得其門而入的情形，想起自己在雙林寺裏那些淒苦的歲月，想起苦竹和尙的相逼與她的借毒殺人——多麼艱難才走到今天這一步，才可以獲得明府上下認同有了個含糊的身分。而現在，碧藥卻要揭發她，趕絕她！要她離開明珠府，永別通志堂，所有努力化爲流水，何其殘忍！

通志堂簷外出廊，廊下有五級石階，每一級上都雕刻著一種花卉。沈菀輕輕唱著歌，一邊唱，一邊流下淚來，唱完最後一句時，忽然撒開手，身子倒仰向後，故意左腳絆右腳，迫使自己從門檻裏猛地倒飛出去——是真的飛了起來，她的身體狼犺而笨重，但她的靈魂比身體飛得更高更遠，輕盈而舒緩地飛在半空，清楚地看到廊簷下的風鈴、捲簾、鳥籠子，籠裏的鷯哥、鸚鵡、畫眉、百舌、紅藍靛頦兒，欄杆後面侍立的宮女、嬷嬷、水娘，宮女頭上戴的大拉翅下的流蘇墜腳，還有石階上的梅、蘭、竹、菊、荷花——然後，她從那五級石階上翻滾下來，彷彿一隻鳥兒折斷了翅膀，柔弱地摔落在石階外的草地上。

她知覺裏的最後一個印象是：就在隔開她墜落的地方五步遠，草地上開了一朵不知名的綠色小花，因爲太瘦小而且是綠色，和青草混在一起，從來都沒有人留意過。

門外廊下的宮婢婆子們愣了足有猛喝一口茶並且用力咽下去那麼長時間，才終於清醒過來似的一齊驚叫起來，水娘更是來不及查看傷情，徑直尖叫著：「太太，不好了……」一路飛奔出去傳報。連碧藥也從門裏蹣跚出來，看到沈菀倒在地上，抱著肚子疼得整個人蜷曲，血水從她身下直流出來，迅速染紅了那一片草地，還有青草中間的一朵綠色小花……

前院的戲這時候正唱得熱鬧，《牡丹亭》裏的《拾畫》、《叫畫》。多情書生柳夢梅對著牆上的畫中人款敘衷腸，連聲呼喚，做出各種風流嫵媚身段來，叫一聲「我那嫡嫡親的姐姐啊」，接著唱道：「向真真啼血你知麼？莫怪小生，我叫、叫的你噴嚏一似天花唾。」唱了這句，轉身，甩袖，乍驚乍喜，患得患失，「哎，下來了——他動凌波，盈盈欲下——呀，全不見些影兒麼。」

一唱三嘆，眾人聽得擊節稱讚，如醉如癡。康熙忽然想起一事，回頭向明珠道：「我記得容若有一闋《虞美人》，其中有一句『為伊判作夢中人，長向畫圖清夜喚真真』，直可與這段《叫畫》相媲美。」

明珠謙道：「皇上過獎了。那是小兒為了懷念他原配媳婦、一品夫人盧氏做的。」趁勢提了銀酒壺來敬酒。康熙飲過，便命他坐在身邊說話，又問：「全詞是怎樣的？你可記得。」

明珠於兒子的詞作並不深知，然而這闋《虞美人》傳唱大江南北，有時家宴上沈菀也曾彈唱過的，倒還記得，遂清聲念誦：

春情只到梨花薄，片片催零落。

夕陽何事近黃昏，不道人間猶有未招魂。
銀箋別夢當時句，密綰同心苣。
為伊判作夢中人，長向畫圖清夜喚真真。

康熙聽了嘆道：「夕陽何事近黃昏，不道人間猶有未招魂。如今聽來，倒像是爲此時此情此景所做。誰能想到，納蘭侍衛這麼年輕，竟也無端端做了人間未招魂呢？」

明珠一陣感傷，不禁有些醉意。對於臣子來說，能得到皇上的賜宴無疑是一種恩寵；而皇上竟然能移駕光臨，反過來領受他的供奉侍宴，就更是無上的光榮了。這情形就好比宮中的妃子，能被皇上召喚伴寢，包著被窩捲兒裹被太監抬進養心殿，叫作「背宮」，自然算是得寵；而有時皇上沒有召妃子來養心殿，反是親自去到那妃子的寢殿，與妃子小酌一番共赴巫山，就叫作「走宮」，可謂是三宮六院夢寐以求的至高榮寵了。

當然，普通的秀女、答應是沒這個機會的，只有那些有封號、有自己獨立寢殿的嬪妃才能享受這種資格，所以，後宮佳麗們才會拚了性命使盡手段來邀寵獻媚，攀龍乘鳳，爲了能有個大一點的地方來放下自己的床，就要先想盡辦法登上皇上的床。

如今，明珠一手調教的侄女碧藥長霸龍床，榮升惠妃；他自己也有幸邀得皇上親臨府上，聽戲賞花；正是春風得意，位極人臣。可是他的兒子納蘭成德呢，卻再也沒有機會一同「待月西廂下，迎風戶半開」了。而從某種意義上來說，自己與碧藥的恩寵倍於從前，正是由於容若的英年早夭換來的。

正自傷感，忽然影影綽綽見女席那邊一陣騷動，覺羅夫人打著頭兒起身離席，急匆匆一起往後園去；正要著人過去打聽，已見管家遠遠地在屏風後邊踮著腳兒朝這邊探頭探腦，明珠暗暗點了點頭，還未等找個由頭暫時告退，康熙已經瞅見了，低聲問：「是何事？」

明珠無奈，只得斥管家道：「無知的奴才，還不滾出來，竟敢驚動聖駕，你有幾個腦袋？」管家吃這一喝，直嚇得屁滾尿流，忙跪著一路爬行過來，磕頭如搗蒜，卻不知回話。明珠生怕皇上起疑，只得親自下席去，踢了一腳，催促道：「快說，到底什麼事？」

管家這方定一定神，帶了哭腔稟道：「稟告老爺，後園裏沈姑娘服侍惠妃娘娘梳頭時，不知是害怕還是怎的，自己摔了一跤，聽水大娘說，那血流得都淹了園子了……」

「住口。」明珠吃了一驚，卻努力壓抑著恐慌低喝，「不得在皇上面前無禮。」

康熙擺手示意他不必責下，卻問：「這位沈姑娘是什麼人？如何摔了一跤就有這樣大的事？」

明珠不敢隱瞞，遂半吞半吐，將沈菀來歷說了幾句。康熙又驚又疑，忙命左右：「令太醫快去瞧瞧，火速來報。」又問，「惠妃娘娘可好？怎麼去梳個頭，竟梳出人命來了？」

說著，宮婢們已經簇擁著惠妃回來了。眾宮婢神色倉惶，惠妃卻一如既往地淡定安雅，臉上並看不出什麼來。明珠與眾臣行了禮退下。康熙便問：「那位沈姑娘如何？孩子沒事吧？」

惠妃只淡淡應道：「沒事。」再無別話。

康熙便又問隨從的嬤嬤宮婢：「如何這等不小心？」嬤嬤忙跪下稟報：「原是娘娘與沈姑娘在屋裏梳頭，娘娘梳畢返席時，沈姑娘搶在前面打簾子，想是身子不便，不知怎的自己絆了一跤，就從臺階上摔下來了。這會兒人已經抬進通志堂，太醫正圍著救治呢，也已經著人傳穩婆去了。」

明珠亦跪下來謝驚駕之罪，又恭請皇上和娘娘繼續聽戲，莫為自己府上的一點小事壞了興致。康熙揮了揮手，很鄭重地說：「花什麼時候都可以賞，戲什麼時候都可以聽，但是成德侍衛已經作古，邀天之幸才留下這個遺腹子，不可再得，說什麼都要保住了才是。」

眾人聽了，更是跪下來高呼萬歲，謝主上愛民如子之隆恩。康熙又叮囑了幾句，命有了準信兒隨時往宮中報訊，便帶了惠妃擺駕回宮了。

宮車碌碌，康熙和惠妃坐在御輦中，都是滿腹心事。早春二月，路邊的垂柳才黃未勻，楊槐樹上還掛著去冬的殘葉，倒有些秋天的況味。連初升的月亮都彷彿秋月高懸，穿越了千秋萬古，從大唐一直照進今天來，照得路邊的房屋廟宇斷壁殘垣也都黑魆魆憑添了一種古趣盎然，繁盛是古代的繁盛，傾頹也是古代的傾頹。

「辛苦最憐天上月，一夕如環，夕夕都成缺。」

碧藥拉開轎簾看著天上將圓未圓的上弦月，心思也半陰半晴。天地間最寂寞的愛情，莫過於「嫦娥應悔偷靈藥，碧海青天夜夜心」吧？

神仙的時間是無涯的，於是相思與寂寞也都無涯。嫦娥已經等了八千年，還將繼續等下去，永遠也等不到一個相聚的瞬間。她成了仙，天底下最寂寞最無奈最不開心的神仙，於是青天碧海，夜夜相思，永無止境。

也不是沒有過機會，玉帝覬覦她的美貌，天蓬垂涎她的風情，吳剛守候她的孤清，然而，他們終究都不是她的伴。因爲寂寞，是她的命運，在她盜藥飛升的一刻已經注定，無可逃脫。

也許嫦娥最大的錯誤，不是自私，而是一顆自私的心底裏，仍然還有對后羿殘留的愛情。

「漿向藍橋易乞，藥成碧海難奔。

若容相訪飲牛津，相對忘貧。」

沈菀的歌聲重新回響在碧藥的耳邊，她臉上毫不動容，心底卻有眼淚在流淌。在她和容若「相思相望不相親」的日子裏，曾經是有過「若容相訪飲牛津」的私奔之念的，可是，談何容易？

她不得不承認：沈菀，那個出身卑賤的女子，的確不同凡響。她不但有急智，而且夠決絕，竟然以摔跌墮胎的方式來阻止自己揭露真相，這一跌，孩子多半是保不住了，而她沒了身孕，自己也就不能再指證她月份不足。這樣的置之死地而後生，需要多大的勇氣、多強的意志才可以做到？雖然她的孩子不是容若的，但她與容若，必是有著一些情緣的吧？如果容若愛上了這樣一個女子——不，容若是不會愛上任何人的，他的心裏，只有自己！除了她納蘭碧藥，納蘭容若不會愛上任何女子！

車子忽然硌了一下，微微一跳，碧藥身子晃了晃，康熙伸手出來將她抱住了，碧藥也便就勢伏在了皇上懷裏。兩人半擁半抱著，都半晌不說話，心頭忽然生出一種淒涼的意味來。他們兩個，貴爲皇上、娘娘，擁有全天下的財富榮華，此刻，卻都在爲了一個已經作古的侍衛和一個來歷不明的歌妓煞費腦筋。就彷彿車裏坐了不只兩個人，到處都是眼睛，窺探著九五至尊的心事和秘密。讓他簡直不敢輕易開口，怕一開口，心頭的秘密就被天地偷聽了去。

康熙無聲地嘆了口氣。納蘭容若，那個名滿天下的詞人，英年早逝的侍衛，曾是他最忠心的扈從，最棘手的腹患，尤其是當他身邊坐著這個叫作納蘭碧藥的愛妃時，納蘭成德的存在，就更加真實擁擠。他不能不猜疑方才在通志堂裏到底發生了什麼事。但他知道，就是問碧藥，也得不到實話，不如不問。

後宮佳麗無數，都用盡了方法來爭奪他的一夜之寵，而他獨獨對納蘭碧藥情有獨鍾，幾天看不見她就覺得想念，簡直像個沒見過世面的平民小子。他有時候很對自己這種兒女情長感到生氣，於是故意地接連幾天不肯召碧藥侍寢，有意冷她一冷。然而最多三晚，有著失戀般冷落感的，竟然是他這個三宮六院的皇帝。

也正是因爲這樣，當他在碧藥的殿外臺階上拾到成德侍衛的綬帶時，才會那般震怒不可忍，同時卻又患得患失，不能簡單地將她貶入冷宮或是置之不理了事。他想查出真相，也怕知道真相，而這樣的猜疑，又是不能交給任何人徹查的。容若死後，他消除了心頭大患，下定決心對碧藥的以往不再追究，免得庸人自擾。他對碧藥比以往更寶愛，更寵溺了，甚至當她提出要到明珠府賞花，他也應了她。

他明明知道，她的真心不在花，而在人。可是又怎麼樣呢？容若已經死了，就讓她往通志堂祭奠一番、了卻心願又如何？更何況，對於容若的死，他多少也是內疚的，憾然的。所以，他心甘情願，加倍回報在明珠身上，碧藥身上，給他們多一些榮寵。

車子又顛了一顛，康熙情不自禁將碧藥抱得更緊些，彷彿怕誰奪了去。心底深處，連他自己也不願意承認的，他一直把納蘭容若不僅看成是一個侍衛，一個臣子，而更把他當作對手。

這情形，還早在他懷疑納蘭侍衛與惠妃之間有曖昧時，在他把容若當作情敵之前，就已經開始了——

康熙在朝堂上第一眼看到容若的時候，就有一種奇怪的感覺，彷彿見到的不是一個舉子，而是一個對手。

他一向自負文功武德，天下無雙。然而此刻見了這個叫作納蘭成德的清俊少年，竟有種嗒然若失的惆悵。因爲他比自己還小幾個月，居然已經中了進士了，而且還是三年前就已經中舉，只不過誤了廷對才沒有能在十八歲進甲。他是滿人少年，又是明珠之子，騎射之精自是不必說的了。更難得的是，生長於富貴名利場中，他身上卻沒有一絲一毫的膏腴勢利之氣，而是腹有詩書氣自華的清貴瀟灑。

如果不是有滿人不入鼎甲的規矩，他就是中個狀元也是有可能的吧？而且他還那麼不卑不亢，那麼英氣勃勃，站在滿堂窮經皓首的宿儒間，如同鶴立雞群，風流俊逸，只能用「人中龍鳳」四個字來形容。

自己才是真龍天子啊！可是如果自己不是生在帝王家，不是皇上，而只是莘莘學子之一，也要下場趕考，敢保一定中舉嗎？那他比起自己來……

但那又怎麼樣呢？憑他怎麼文才武略，還不是要站在這裏，等著自己欽點？他的功名得讓自己恩賜，他的頂戴要由自己頒賞，那麼，該賞他做個什麼職位呢？

康熙思來想去，決定不能把這麼一個難得的對手隨便賜職，讓他離了自己的眼界。哪怕只是給他一個七品小官，也等於在世上某個地方，有一個才幹德行堪比自己的人，獨據一方，領盡風騷。他不能讓他這麼逍遙自在，他得看著他，讓他在自己的眼面前兒施展才華，那麼，憑他有多麼能幹，也都是在爲自己效力。

他考慮了很久，最終決定擢拔他做御前侍衛，保駕扈從。那時候，他可怎麼也沒想到，竟會因爲這一點莫名的私心，而造成了納蘭侍衛與愛妃碧藥的重逢。

那是康熙十五年一個雨絲滴瀝的秋日初更。彼時，納蘭容若與納蘭碧藥經年睽違，他已經長成一個風度翩翩的英俊青年，而她是風情萬種的絕色佳人。

年華正好，然而，那情形卻是多麼不堪。

是在養心殿門前。康熙已經翻過了納蘭碧藥的牌子，卻又忽然想起一件公事來，遂傳了納蘭侍衛來商議。太監扛著裹在錦被裏的碧藥來至殿前時，納蘭容若還不曾退朝。於是，碧藥便只有玉體橫陳地躺在太監的肩上等著，等在畫眉長廊下，等在秋天細雨中。

足有一盞茶的功夫吧，容若退出來了。見有妃子侍寢，守禮問了一聲「參見娘娘」，便退至一旁等候玉人經過。然而那熟悉的聲音，已經使碧藥忍不住在太監的肩上轉過頭來，驚鴻一瞥間，他震驚地看到，那全身裹在錦被裏，僅露出一張臉一把秀髮的，正是他七年不見的堂姐碧藥。

無邊絲雨就在那個時候停了，月光從雲層裏穿射出來，照在碧藥嬌嫩幽豔的臉上。從他十歲時在淥水池邊對她許下白頭之約，到如今她和他各自以娘娘與侍衛、有夫之婦與有婦之夫的身分重逢，中間，已經整整十一年過去了！

謝家庭院殘更立，燕宿雕梁，月度銀牆，不辨花叢那辨香？
此情已自成追憶，零落鴛鴦，雨歇微涼，十一年前夢一場。

他後來用這首《采桑子》記下了當時的情境，卻故作隱藏，只用了「謝家庭院」來掩人耳目。誰能瞭解，彼時他的心中，該有多麼傷痛？

這一年，他二十一，她二十三，正是青春華美情懷豐沛的時候，重逢初戀情人，焉能不驚心動魄？

後來，在郊苑圍獵時，在行宮避暑時，在微服出巡時，她伴駕前往，他護駕相從，一次又一次，他們不期而遇，在每一個錯誤的時間錯誤的地點，一而再地遇見，彷彿上天給出的難題，要他答或不答，都是錯。

錯得多麼離譜，又多麼情願！

第十二章　滿眼春風百事非

錦樣年華水樣流，鮫珠迸落更難收。病餘常是怯梳頭。
一徑綠雲修竹怨，半窗紅日落花愁。喑喑只是下簾鉤。

沈菀在床上伸了一個懶腰，輕輕念完了整闕《浣溪紗》，這才坐起身來，探頭去看床邊的搖籃。

嬰孩兒睡得正香，小嘴兒扁著，不時噏一下，像要吃奶。無端地舞手晃腳，又將頭一擰，眼睛使勁地擠了一擠。沈菀無由地緊張起來，已經預備伸手去抱了，卻看那孩子咂咂嘴，仍然接著睡。自己倒好笑起來，忍不住伸手去逗弄了一下他的小手。小孩子立刻便抓住了，軟軟的，搖一搖，又鬆開了。

是個男孩。白白淨淨，虎頭虎腦，說不來長得像誰。但是整個明府的人，爲了討老爺、太太的好，都一疊聲兒地說孩子像極了容若少爺，脫了個影兒一般的像，說得明珠和覺羅夫人也都恍惚起來，順口說：「容若小時候也是白，都說不像咱們草原上的孩子呢，這一點，像娘。」

連明珠都這樣說了，別人自然就更跟著附和起來。於是「小少爺長得跟容若少爺一模一樣」的話風便越傳越廣，越傳越實。尤其這孩子是成德侍衛亡後所生，又生得那麼驚險萬端，是雙份的死裏逃生，就更叫人傳得神乎其神了。傳得諸位皇親國戚王爺命婦都知道了，清音閣裏的鴇兒和倚紅姐妹們也聽說了，連紫禁城裏的康熙皇上與惠妃娘娘也都得了信兒。

於是，皇族大臣們忙著送禮道賀，並不問這孩子的娘到底是何身分，只說相國大人德深福厚，雖然沒了兒子，但竟用這樣的方式得了個孫子，也算天賜之福了。明珠聽了更加高興，雖然並未向府中人明言，卻囑咐針線上的人替沈菀多做幾身衣裳，預備著孩子滿月酒席上穿戴，就照著大奶奶官氏的款兒做，只是不能用大紅。

既然有了這個話兒，水娘便自作主張，傳令府裏服侍的婆子丫鬟，一律改口稱沈菀做「沈姨奶奶」，這就等於給她確立了名份了。

顏氏聽見，私下裏撇著嘴對人說：平民小戶娶個妾還要擺酒坐席，開了臉，名講正道的給個名份呢。咱們府裏這位沈姨奶奶可好，一不用拜堂，二不見行禮，連老爺太太還沒句話兒呢，管家大娘就給封了名號了，怎麼當得真。就好比朱家在廣西的南明小朝廷一樣，咱們沈姨娘，也只好算個「小姨奶奶」罷了。

眾人聽了都覺好笑，便在私底下叫了開來，後來漸漸說順了口，竟至有當面叫出來的。沈菀明知是顏氏作梗，卻也並不在意，反而笑著說：「我進門時間短，年紀小，原不該同官大奶奶、顏姨奶奶平份兒，就叫個『小姨奶奶』，也還是抬舉了我呢。」

既這樣說了，這「小姨奶奶」也就公然叫了起來。眾人又嫌「小」和「姨」兩個字念在一起繞口，遂乾脆省了「姨」字，簡短稱「小奶奶」，跟「大奶奶」對應，逕自把個「顏姨奶奶」給撇了後。顏氏想臊沈菀不成，反像是讓她得了便宜，心裏越發生氣，卻也無可奈何。

沈菀有了兒子，有了名份，便也有了單獨的房舍，就在覺羅夫人正房後身，官大奶奶所住的「鍾靈所」隔壁，一共三明兩暗五間房。原先是有親戚來時女眷留宿的客房，如今撥給沈菀住，明珠親自另取了名字，題作「合浦軒」，乃取「合浦還珠」之意。房中事務也不再是從前那樣只有兩個丫鬟梳頭跑腿百事挑，而是管梳頭的梳頭，管鋪床的鋪床，大丫頭兩個，小丫頭四個，粗使丫頭四個，外加兩個婆子，一位奶媽子，各有分工。沈菀自己，除了衣來伸手，飯來張口，便只是保養。

沈菀長了二十歲，這輩子還從沒這麼順心如意過，她原本待人和氣，處事大度，如今就更加不計較，一副有子萬事足的樣子。當日她抱著拚死之心摔出去那一跤，原想著摔不死自己，也摔死了孩子。只要死無對證，惠妃娘娘便拿她無計可施，沒有理由再趕自己離開明府了。昏昏沉沉九死一生間，她模糊地聽見人們輕聲說皇上下了御旨，一定要把人救活。不禁迷迷糊糊地想：這個毒死了公子的劊子手皇上，真有那麼好心要救自己一命嗎？或者，是對公子的補償吧？

那時，她唯一的乞求只是如果活下來，能夠繼續留在明府就好了。連她自己也不敢奢望，太醫們一旦施出渾身解數，還真就是華陀扁鵲，高明得很。孩子居然保住了，那一跤，雖然摔得早產，卻是母子平安。

其實孩子一落地，太醫們就已經知道，這哪裡是八九個月就要臨盆的孩兒，分明只是個「七星子」，推算起來，怎麼也不可能是納蘭侍衛所遺。但是誰又肯觸那個霉頭去？本來救活了沈菀母子，是可以向皇上、向明珠大人討份重賞的，而若是實話實說，非但得不了獎賞，還不一定會惹出什麼大禍來呢。於是，眾太醫只是交換了一個眼神，誰也沒有說破，就已經心照不宣，異口同聲地說：「恭喜沈姑娘天賜麟兒。孩子雖不足月，倒還是健健康康的，只要找個奶口好的乳娘，管保母子平安。」

沈菀生死懸於一線，身上又是血又是汗，糊成一片，便如在地獄血海裏打滾的一般，聽到這句話，知道太醫們有意替她隱瞞，心氣一鬆，昏了過去。

她做了一個很長很長的夢，彷彿背負著一件極重的包裹在行進，一步一個腳印，汪著淚也汪著血，在山林霰雨間不知道走了多久，稍一不慎就會跌下萬丈懸崖，不得不舉步維艱，如履薄冰。她停下來，回過頭，看到經過之處，一座座墓碑聳立，靈幡招搖，彷彿在向她招手。忽然一陣風至，吹散迷霧，露出墓碑上的字來，依稀寫著「荒原漠漠，雨峽濛濛。千秋黃壤，百世青松。」

她忽然覺得不捨，好像那些墓碑便是她所有的，僅有的，而她把它們留在了身後，自己就變得一無所有。她放下了它們，卻感受不到輕鬆，反而空落落的更覺悲涼。

她在抑鬱茫然的心悸中醒來，只見陽光滿窗，一室奶香，原來已是次日清晨。那些墓碑，迷霧，山崖，靈幡，在陽光下影子般退去，迅速變得稀薄，了無痕跡。

水娘整宿守在床邊沒合眼，見她醒來，忙端上益母草藥湯給她服下，然後又端來雞湯進補，而後是細點和米湯，如此三四道之後，方絮絮地告訴她，昨夜老爺和太太怎的一晚三次遣人打探，怎的連夜找了四五個奶娘精挑細選，自己又怎的打了熱水替她抹身、換衣裳，她竟睡死了一樣人事不知。弄得自己半夜怕起來，幾次把耳朵貼著她胸口聽心跳……

不等說完，太太果然又打發人來聽訊兒，沈菀這時才確定地知道：新的一頁開始，自己的身分從此不同了。雖是剛剛生產完，她卻覺得身體裏充滿了異樣的活力，就像淥水亭畔的夜合花，迫不及待地要盛開一般。

她用力地想著夢中的情景，但是夢境到陰風吹散迷霧那一幕便模糊了，她覺得那是一個重要的暗示，卻再也記不起墓碑上的字跡。不過，那也不必著急，因為眼前有更多更新鮮的事情要她分心——她做了媽媽了，納蘭公子的遺腹子的生母，這可是個全新的身分。

在水娘的陪伴和教導下，沈菀很快就習慣了小姨奶奶的優裕生活：孩子的吃喝拉撒自有奶娘操心，全不用自己沾手，晚上睡覺也是跟著乳娘，但是孩子的搖籃卻是放在自己床邊的，每天早晨一醒，奶娘就得把孩子抱過來。這是身分的象徵，地位的憑藉。只有孩子在自己屋裏，自己才是名正言順的小奶奶，至於當初答應的生了孩兒就認大奶奶做親娘的承諾，那就是一句話兒罷了，額娘可以叫，可那是孩子學會說話以後的事，在這之前，先得讓孩兒在自己跟前多待兩年，保障了自己的身分再說。

水娘如今在沈菀房裏的時間比在覺羅夫人跟前都多，每天早晨服侍了太太洗臉梳頭，只等眾位姨太太、奶奶、姨奶奶帶著哥兒小姐來請過安立過規矩，便趕往沈菀這邊來，從小奶奶昨晚睡得好不好，到孩子一天把過幾次尿，都要奶媽、丫鬟、婆子通通報備一遍，督促得眾人不得不當心著意，把沈菀恭敬得如鳳凰一般。

沈菀知道這一切都是從那天賞花宴餘，自己拉水娘同吃了一回皇帝席開始的，那天自己一跤摔出去，若不是水娘報信及時，請了太醫來，只怕自己連命也不保，哪裡還有如今。心裏感激，從此每天早晚兩頓飯，都要等水娘過來與自己同吃。她產後身子虛，起得晚，又正在坐月子，不必給太太請安，因此早飯也吃得比眾人晚。等水娘服侍過覺羅夫人那頭過來，剛好趕得及這邊擺早飯。兩人邊吃邊聊，水娘也曾幾次問過那天在通志堂發生過些什麼事，但沈菀總是三言兩語岔開，反過來問些關於碧藥娘娘的事。水娘對這位美麗得近於妖媚的表小姐從無好感，況且已經離府十七年，很多事都記不清楚了。然而禁不住沈菀每天問一點，溫故知新，居然讓她漸漸回想起來。

水娘第一次發覺這位表小姐不同尋常，是在她十三歲那年初夏，有一天晌午，天氣不涼不熱，眾人正在遊園，碧藥忽然無端端的說要洗澡，命丫鬟把園裏的各色鮮花揀顏色最豔香味最濃的全摘下來。

整個府中的人早得了明珠大人的令，凡是表小姐要求的，只要辦得到，都要無條件服從。眾人不敢違命，只得提了花籃、竹剪來，辣手摧花，頓時將春花剪去了一半。正成籃打捆地送往碧藥房中時，恰好納蘭少爺學射歸來，半路看見，詫異道：「那些花開得好好的，你要插花，也不用剪了半個園子去。」

碧藥笑道：「昨天，太太給我講了好幾個洗澡的故事，很好聽，也很好玩，我要試試，你要不要陪我？」

十一歲的冬郎脹紅了面孔，不敢再問。碧藥卻偏偏逗他說：「我要考考你，夫人昨天給我講《九歌》，你可記得其中關於洗澡的句子？」

冬郎到底是小兒心性，提起考問詩詞，頓起好勝之心，朗朗背道：「浴蘭湯兮沐芳，華采衣兮若英。靈連蜷兮既留，爛昭昭兮未央。」

碧藥拍手道：「正是了，所以太太說，漢成帝時，趙合德洗澡的房子就叫作浴蘭室；而咱們家洗澡的房子，卻叫沐芳閣。就是這個典故了。」

容若也知道覺羅氏教授碧藥的功課，除了詩詞禮儀外，就是給她講述各種歷史典故、後宮傳說，遂點頭道：「原來太太給你講了飛燕、合德姐妹的故事。史上說飛燕身輕如燕，能立於掌上，隨風起舞，真是不可思議。」說著悠然神往。

碧藥笑道：「你知道掌上舞，那你知道爲什麼飛燕這麼出色，又貴爲皇后，無論地位、相貌、技藝，都勝合德多多，卻獨獨在洗澡這件事上輸給了妹妹，而且輸得那麼丟臉嗎？」

冬郎又臉紅起來，說：「不知道。」

碧藥大笑，故作神秘地道：「因爲『猶抱琵琶半遮面』啊。」

冬郎更奇：「這是白樂天的詩，同洗澡有什麼關係？」

碧藥將指尖在他額上點了一下，笑道：「人人都說你聰明，偏偏這些事上卻這麼笨。」於是，她又向冬郎轉述了那個香豔的故事：

漢成帝有一次去合德寢宮時，正値她在沐浴。宮女想要通報，漢成帝卻擺手制止，還用金銀賄賂，讓婢女回避，自己卻隔簾偷窺。然而，有個沒得到賞錢的婢女走進去告訴了合德，說皇上偷看她洗澡。合德立即穿上衣裳躲到屏後，還嬌嗔地斥責皇上無禮。漢成帝嗒然若失，於是厚賂宮女，讓她們在合德下次洗澡時通知自己，好再來偷窺。可是運氣不好，每次都被合德發現，讓他一次也沒能盡興。

這件事傳到趙飛燕耳中，又妒又氣，於是如法炮製，也弄來一大缸子水，把自己脫光光泡在裏面，然後令婢女請漢成帝過來欣賞。不料成帝只看了一眼，轉身便走，讓飛燕羞憤得差點把洗澡水當毒藥，自己喝光了它。

——無他，秘密只在「偷窺」二字。

冬郎越發臉紅，不以爲然地說：「漢成帝以帝王之尊，竟然樂於偷窺，也未免……」說到這裏，卻又咽住了。

碧藥「咯咯」地笑起來，反駁道：「古人詩中說：『水晶簾下看梳頭。』可見偷窺從來都不是什麼壞事，而是韻事。隔著珠簾，只是看美人梳頭已經覺得意味無限了，更何況隔著簾幕與霧氣看美人洗澡呢？就因爲是以帝王之尊，平日總是限於諸多禮教規矩，才更在意這種意外之樂呢。」

如果冬郎肯好好思考一下碧藥的這番話，會發現她已經過早地掌握了男女較技的竅門，看穿了欲迎還拒等種種把戲，她表面上是個女孩，身體裏早已是個女人。她且如數家珍地告訴冬郎：古代的許多皇上都很看重洗浴之樂。漢靈帝在上林苑建水池，用西域進獻的茵犀香煮成香湯，讓後宮佳麗遊戲後，剩下的湯就倒入宮渠中，稱爲「流香渠」；後趙君主石虎建了一座四時浴室，將百雜香沉在水中，剩水流出，則稱爲「溫香渠」；還有楊貴妃「溫泉水滑洗凝脂」，竟成佳話；唐玄宗獨好此道，還爲之建了許多湯池，有天子湯、太子湯、貴妃湯、嬪妃湯，其中貴妃湯又叫海棠湯……

冬郎對這些故事並不感興趣，但他就是喜歡聽碧藥說話。同樣的典故，由碧藥的口中說出來，就多了一份活色生香，彷彿古代的那些美人兒們，也都重新活了過來。他甚至有種錯覺，當碧藥對他講起那些後宮佳麗時，她們的魂魄就都悄悄地聚攏來，柔香綺豔，依偎在他們四周，沉默地傾聽。

其實，碧藥講這些故事的時候，就已經表明了入宮奪寵之志。冬郎並不是沒有所察，只是，十一歲畢竟太小了，對所有不喜歡的事都本能地抗拒，不當真，反而湊趣道：

「可恨我們生得這樣晚，不過，就算得逢盛世，若是生於唐而不能見貴妃出浴，生於宋而不能見飛燕新妝，也沒什麼趣味。」

碧藥笑道：「我答應你，等我試驗成功，浴罷妝成，第一個就請你欣賞。」

那天在浴蘭廳，碧藥令眾丫鬟在一隻檀香木桶裏貯滿了水，撒上鮮花，自己站在氤氳的霧氣花香間，慢慢褪去衣衫，當真綽約如處子，縹緲如謫仙——她自然不會真的叫冬郎來偷窺，卻令水娘與眾丫鬟站在屏風後，一次次地問她們：能看清自己嗎？自己什麼樣的站姿、側面最好看？

她不肯讓眾人看清她全身，但又不肯叫她們什麼也看不到；水汽要蒸騰如仙境，可是不能燙得皮膚發紅；鮮花要盛開妍麗，不能黯然褪色；花香要馥郁柔和，不能有異味。她試了一次又一次，換水，換鮮花，把眾人累得眼睛都瘓了，可是她卻不知疲憊，一次次脫去衣衫，站到澡盆中。而且，她不許人們把用過的水潑掉，而是盛在不同的盆子裏，放在陽光下曝曬，還要人們記清楚，哪一盆水裏都放過哪些花。

那些水盆後來慢慢地曬乾了，碧藥一個個端起來仔細查看，又用手指蘸著盆底的積垢輕嗅，而後在水中添減鮮花、香脂，再重新試過。同樣的遊戲，足足持續了數月之久，直到花季結束。

於是，水娘漸漸確定，她不是在玩，而是在蓄謀。這小女孩的心機和毅力，都是相當深沉的。

聽到這裏，沈菀忍不住問：「她到底要做什麼呢？」

水娘笑道：「太太教授表小姐的功課很奇怪，除了教詩詞，就是講故事。那天，她給表小姐講的故事裏，除了這對飛燕、合德姐妹的，還有一個，是說有個妃子身上有奇香，每次洗澡，宮女就搶著收藏她的洗澡水，放到陽光下曬，盆底積著的脂膏都是香的。」

沈菀恍然：「這麼說，娘娘是要想辦法弄出這種浴後香膏來，好讓皇上以爲她身賦異稟，青眼獨加，是嗎？」

水娘聽不懂什麼「身賦異稟」，什麼「青眼獨加」，含糊道：「大家起先都弄不懂表小姐要做什麼，議論紛紛的，太太聽說了，倒也沒說什麼，只是遞給小姐一本書，小姐看了，喜歡得跟什麼似的，搗騰得更起勁兒了。」

「一本書？什麼書？」

水娘仰頭想了一回，道：「好像是什麼《陳氏香譜》。要說表小姐也真是聰明，後來到底給研究了出來，在鮮花之外，又加了檀香屑、珍珠粉、甘香、零陵、丁香、藿香葉、黃丹、白芷、香墨、茴香、腦麝、蜂蜜、牛乳和一點提前熬好的草藥湯散，洗完澡後，身上又滑又膩，洗澡水沉積下來，會凝成一層淡粉色的脂膏，別說男人了，就是女人看了，也覺得眼饞，恨不得整盆喝下去。要知道，那一盆洗澡水，得要好幾十兩銀子呢，比參湯都貴。表小姐後來進了宮，那麼快就得到皇上寵幸，說不定就是借著那洗澡水的功效。」

說到藥劑與香料，沈菀忽然想起一件事來，忙問：「我聽韓嬸說，娘娘進宮後也一直服用『一品丸』，還賜給了府裏，說是味道與府裏原製的有所不同，可是這樣？」

水娘想了一想，笑道：「府裏配藥的事，是老韓兩口子掌管的，我卻不清楚。那『一品丸』，逢節慶時，太太也曾賞過我幾盒，可我哪裡捨得自己吃，自然是當作節禮贈送親友，偶爾吃過一兩顆，也分不清有什麼不同。據太太說，娘娘喜歡香粉，配的『一品丸』也比府裏自製的香些。」

沈菀聽了，默默出神，似乎想起了一些什麼，卻又一時想不通透。孩子在這個時候醒了，哇哇地哭起來，沈菀也像被驚醒了一般，歪著頭蹙眉看著，彷彿在研究那孩子是件什麼東西，從哪裡來的，又長得像誰。

水娘看她呆呆的樣子，不禁笑道：「你還是不會當媽，孩子醒了也不知道抱起來。」說著從搖籃裏抱出孩子來，輕輕搖著。乳娘早從隔壁過來，接了孩子去把尿。

於是沈菀同水娘洗了手吃飯。丫鬟在床上擺下紅楸木三足雕花羅圈炕几來，水娘屈一膝坐在炕沿上，一條腿便搭在地上，同沈菀對面坐了，一邊吃飯，一邊又把些府裏的新鮮事兒細細說與沈菀聽。

自打孩子臨盆後，皇上重賞了幾位太醫，皇后和惠妃娘娘也都有厚禮賞賜，老爺高興得每天下了朝就回來府裏，已近整個月沒有去外面住了，這可是從來沒有過的稀罕事兒呢；大奶奶官氏因爲近日家裏客人來得頻，應酬多了些，誤了發月錢的日子，被顏姨娘挑了眼，兩人鬥了幾句嘴。顏姨娘便跑到太太面前告狀，說官大奶奶眼氣別人有兒有女，獨她自己無所出，故意使性子苛扣月錢。雖然被太太說了幾句，斥她不要胡說，卻又不知道誰把話傳到官氏耳朵裏，氣得哭了一場，連晚飯也沒吃。

沈菀不禁道：「依我說，大奶奶的脾氣也就算好的了，又不拿架兒，又不挑事兒，不像別府裏的奶奶，把妾侍欺壓得丫鬟也不如。饒是這樣，顏姨奶奶還不知足，也就未免多事了些。也不知道誰的耳報神這樣快。」

水娘也道：「林子大了鳥多，家大了人多，何況咱們這樣的相府豪門呢，金多銀多，是非更多。太太是不喜歡多事的，幾位姨太太雖然面子上安分守禮，骨子裏頭哪個不是眼睛比錐子還尖，舌頭比蠍子還毒？背後在老爺耳邊嚼舌根子的時候多了去了，只是太太不計較罷了。下一層，大奶奶雖不是那拈酸吃醋的性子，口氣卻也是不大好，從前少爺在的時候，太太便常教導她含蓄收斂些，不要大事小事都拿出來翻幾個過兒，沒的惹少爺生厭；如今少爺沒了，太太憐她年輕守寡，又沒個兒女，也不願再挑剔她，由著她去，牢騷越發多得嚇人；顏姨奶奶又偏偏最喜歡同她頂嘴，橫也挑眼豎也挑眼，兩個人三天兩頭就要惹出些故事出來。俗話說得好：冰凍三尺，非一日之寒。我們也都看慣了，只求不出大事體就好了。」

沈菀趁機奉承道：「太太不喜歡管這些閒事，你卻不妨安撫幾句。我看兩位奶奶倒肯聽你的話呢。」

水娘笑道：「這可說的是哪裡的話？我一個做下人的，有什麼資格說主子的是非呢？不過是仗著奶大了少爺的幾分薄功，她們不得不看在少爺面上，跟著敬我三分罷了。其實哪肯正眼瞧我？就爲了我跟你一桌吃飯的事，顏姨奶奶人前背後，不知說了多少閒話，說侍候皇上的宴席，她這個正經姨奶奶還沒來得及嘗上一口，我一個老奶媽子倒坐上席了，傳出去，豈不讓人說府裏沒規矩呢？又說我明明是侍候太太的，如今一天裏倒有大半天耗在你這裏，不像太太的陪房，倒成了姨娘的跟班了。有事沒事，在太太面前說了兩三次，太太只做沒聽見，她臊了一鼻子灰，氣得在屋裏打罵丫頭出氣呢。」

說著，聽見外面一片聲兒說：「福哥兒和展小姐來了。」沈菀忙說「快請」，丫鬟白芷已經打起簾子來，福哥兒和展小姐笑嘻嘻地進來，說：「我們來看弟弟。」

沈菀笑道：「謝謝費心。」又令白芷收拾桌子，另擺果子來。福哥兒忙攔住說：「我早晨喝了一碗蜜棗芝麻糊，已經餓了，離中午飯還早著呢，剛好在這裏再吃點墊一下。」反讓丫鬟盛飯。

展小姐用手指刮著臉笑道：「你就是饞，吃飯時從不老實坐著，沒一會子就嚷餓，走到哪裡吃到哪裡。」

福哥兒不理，早將瑤柱鮑魚汁拌飯，又搛了一筷子清燉鯪魚吃起來。白芷忙笑道：「慢些，慢些，哥兒要吃魚，也等我把魚刺挑乾淨了再說，小心卡著嗓子。」又問展小姐要不要也來碗湯。展小姐搖頭不吃，卻拿出手上的活計來請教沈菀「錯針」之法。

那是一幅尋常的柳風花鳥圖，難得顏色鮮亮，佈局均勻。沈菀拿在手上讚道：「姐兒這般年紀，竟然繡得這樣好了，比畫得還精緻。我連最簡單的『平針』也還繡不好呢，改日閒了，姐兒教教我才是。」

展小姐失望地咕噥道：「我還以爲漢人女子都會繡花呢。」只得收了繃子。

沈菀過意不去，故意逗起她的興致道：「我雖不會繡，看的卻多，姐兒這幅花樣兒倒特別，不是那尋常『鴛鴦戲水』、『喜鵲登梅』的俗樣子，可是有什麼典故麼？」

展小姐道：「這裏面原藏著一句詩，你猜得到麼？」

沈菀問：「可是『兩隻黃鸝鳴翠柳』？」展小姐搖頭說不是。

沈菀又猜：「可是『柳藏鸚鵡語方知』？」

展小姐笑道：「這可越猜越遠了，你看我繡的可像是鸜鵒麼？」

沈菀便又努力地想有什麼詩句裏是有黃鸝的，半晌，笑道：「我猜到了，是『上有黃鸝深樹鳴』，這若不是，就再猜不到了。」展小姐拍手稱是。

福哥兒在一旁道：「你也奇怪。不過是柳樹與黃鸝，『兩隻黃鸝鳴翠柳』也罷，『上有黃鸝深樹鳴』也罷，可有什麼分別呢？」

沈菀笑道：「這樹上並不是只有兩隻鳥兒，你不見那葉子後面還藏著一隻呢，所以我後來才猜作『柳藏鸜鵒語方知』的。」福哥探頭過來望了一望，不置可否。

乳娘抱著孩子從隔壁過來，展小姐便放了繡繃子，小心翼翼地拉著孩子的小手搖著，教他：「姐姐，叫姐姐。」

乳娘笑道：「哥兒小呢，媽都還不會叫，要學會叫姐姐，怎麼也得大半年呢。」

展小姐笑道：「那我天天來教他叫姐姐，等他會說話時，是不是先會叫姐姐，然後才學別的呢？」眾人都笑起來。

沈菀問：「你們今天不用上學的麼？」

福哥兒已經吃好了，一邊接了丫鬟遞來的毛巾擦手，一邊笑道：「沈姑姑每天只管待在屋裏，可是睡糊塗了。今兒三月上巳，曲水流觴之日，不用上學呢。」

沈菀訝道：「哥兒連『曲水流觴』的典故都知道，是學裏教的麼？」

福哥兒搖頭道：「那倒不是。是阿瑪常念的，往年今天，阿瑪都要請客呢。徐伯伯，顧伯伯，朱伯伯他們都會來，一邊吟詩，一邊喝酒，所以我記得清楚。」

沈菀聽了，心下一陣淒涼，去年淥水亭詩會的情景擁至眼前，想起來就好像上輩子的事情一樣。那樣優雅清華的良辰美景，是再也不會有的了，納蘭詞，從此絕響。

她看著眼前這對少男少女，這才是納蘭公子的親骨肉呢，奶媽懷裏粉妝玉琢的嬰孩兒可算什麼呢？她從福哥兒和展小姐的臉上仔細地辨認著公子的痕跡，說也奇怪，公子的這雙兒女，長得都不像他。或者，是因為這世上只有一個納蘭容若，太優秀，太出色，所以沒有任何人可以真正成為他的繼承者吧？

福哥兒過了年就滿十歲了，十歲的納蘭容若已經出口成章，曉得對堂姐碧藥鍾情，而福哥兒卻只惦著吃同玩，還完全是個小孩子，又最怕念書，三天兩頭地蹺課。就好比今天這個「曲水流觴之日」，並不是什麼節，不過是公子生前雅會，偶爾讓孩子也參與其間，親近些文人墨客。福哥兒卻得了意，如今阿瑪不在了，也仍然奉行成命似的，趁機蹺課，哪裡有他父親嗜學若渴的遺風呢？

沈菀看看福哥兒，又看看自己的孩子，如果把這個孩子養大了，教他詩詞，會不會比他的哥哥更像是公子親生的孩兒呢？自己是這樣天天地想著公子，思念都變成血淌在身體裏了，這孩子在自己的肚子裏長了七個多月，根本就是拿思念和崇仰生成的。縱然他不是公子的骨血，也絕不會屬於和尙，他是天賜的一件禮物，天生地養，珍貴無匹，是自己心甘情願爲了公子奉獻出自己一寸一縷的實在明證啊。

想著，沈菀忍不住從奶娘手中抱過孩子來，緊緊偎在自己的臉邊，生怕被誰搶走一樣。

水娘看她有些呆呆的，以爲是累了，便對兩個孩子慫恿地說：「三月三，風箏天，你兩個既然不上學，不如往園子裏放風箏去。我聽大奶奶說，昨兒晌午舅爺家送來好幾隻大風箏呢，沙雁鳳凰都有，你們不瞧瞧去？」

福哥兒歡呼一聲，拉了展小姐就走。沈菀也不招呼，只是抱著孩兒微微晃著，輕輕唱起一首納蘭詞：

雙燕又飛還，好景闌珊。

東風那惜小眉彎，芳草綠波吹不盡，只隔遙山。

花雨憶前番，粉淚偷彈。

倚樓誰與話春閒，數到今朝三月二，夢見猶難。

——調寄《浪淘沙》

這是納蘭公子寫於某年三月二日的詞。納蘭詞裏有春夏秋冬，有陰晴圓缺，有怨憎會，有愛別離，有整個世界。別人哄孩子，會唱兒歌，唱催眠曲，沈菀卻只肯唱納蘭公子的詩詞。如果有一天這孩兒開口說話，她希望他會說的第一個詞不是媽媽，也不是姐姐，而是納蘭。

她忽然想起之前有一天同福哥兒關於讀書的一次談話，那天，她問福哥兒爲什麼不喜歡讀書？福哥兒說：沒有不讀，只是讀得沒有那麼多罷了。

沈菀就又問：那爲什麼不多讀些呢？

福哥兒卻反問說：要讀多少才算多呢？把世界上所有的書都讀完嗎？

沈菀沉吟了一下說：那倒是不可能讀完的。

福哥兒就說：如果讀不完，那麼多讀一本少讀一本的意義何在呢？

這句話把沈菀問住了，半晌回答不上來。但是今天她想清楚答案了。也不必讀得那麼多，等到孩子長大了，她將教他熟背公子的每一首詩，每一闕詞，每一篇文章。什麼四書、五經，全不必學，只要他能銘記並理會公子的所有文章就已足夠，那就是世上最値得讀熟讀會的了。如果她每天教他一首納蘭詞，也就好像同公子一起在養育他成長。那麼等他長大了，誰還能說他不是自己與公子的孩兒呢？

第十三章　斷腸人去似今年

自從沈菀生下孩子，明相、覺羅夫人、乃至宮中的賞賜便接二連三地送進合浦軒來，來客更是源源不斷。那些姨太太們一來天長閒著無事，二來也是爲了每天看看孩子，好聽些新聞討明珠的好兒；官大奶奶唯恐人說她醋性大，也要故作大方，有事無事便來走一趟；那些管家婆子、有年紀的嬤嬤，爲著沈菀現下是府裏的紅人，哪個敢不奉迎，隔幾日便來打個呼哨兒，說幾句吉祥奉承話兒。

白芷、白蘭等都是水娘教導過的，覷著沈菀眼色，有時見她興致好，便端茶倒水地招呼一番；若見她有倦意，便推說奶奶睡了，直接擋駕。便如同門房見了打秋風的客人，通不通傳全憑她們高興。婆子們都說，小鬼升城隍，自打沈姑娘做了小姨奶奶，連她的丫頭也都聲色壯起來，變成小姑娘了。

沈菀不用晨昏定省，日子格外長起來，見的人又多，一有機會就向人們打聽碧藥的故事。碧藥不是一個平凡的女子，她能得到納蘭容若那樣情深不渝的愛情，不僅是因爲稀世的美貌，更因爲絕頂的聰明。這樣的一個女子，如果與沈菀陌路相逢，大概看也不要看她一眼的，現在卻降尊紆貴，巴巴地跑到明珠花園通志堂，特地點了她的名去服侍，再挖空心思地來刺痛她，羞辱她，唇槍舌箭，費盡心機，這是為了什麼？

沈菀在多日的苦思之後，忽然想明白了。是因為她嫉妒！

雖然碧藥貴為惠妃，高高在上，但她像籠中鳥兒一樣鎖在深宮，離公子那麼遠；不比自己，就住在明珠府裏，守在通志堂中，走在淥水亭畔，隨時可以進入公子住過待過的任何一間屋子，與公子的父母兒女親友在一起，就像一家人。

是的，自己才是公子的家人，這就是最讓碧藥妒恨的。她措手不及地給自己把脈，判斷出胎兒不屬於公子骨血，那又怎麼樣？自己急中生智讓孩子早產，也就讓她的指證落空。連太醫也沒有拆穿，惠妃娘娘又怎麼好胡亂指正呢？她不敢，因為如果她那麼做，自己就可以反咬一口，說是她把自己推跌的。所以，她只好什麼也不說地打道回宮。但是她不會甘心的，一定會想辦法扳回一局的。

所謂「知己知彼，百戰不殆」，沈菀一邊盡可能地搜集著碧藥的消息，一邊努力地讓自己設身處地，想像著碧藥可能採取的報復與手法。那麼好勝的碧藥輸給了自己，一定不肯就此作罷，她會怎麼做？

在覺羅夫人那些脂粉香濃刀光劍影的後宮故事中，碧藥最感興趣的有兩個人：一個是呂后，另一個是武則天。

府裏的人深以爲異，都說這表小姐還真是心高志遠呢。這話被明珠聽見了，立刻找了碧藥去教訓。他不是責怪她心比天高，而是斥責她不該這樣輕易地表明自己的喜怒和心志。

爲了訓練碧藥的忍功，他特地罰她三天不准說話，不許笑。他告訴碧藥：這是一種考驗，一種歷練，如果你連自己都不能戰勝，那麼到了戰場上，還能勝得了誰？

正是元宵佳節，滿城焰火，明珠花園裏也大放煙花。眾人玩得興高采烈，碧藥也夾在人群中，開心了不能笑，生氣了也不能罵人，如果玩得不盡興，更是不可以蹙眉或哭泣。容若陪在她身邊，可是不論他說什麼，她也不可以回答。他只能猜測她的意思，以爲她想放煙花，就擺好了花炮再點燃香頭遞給她；端上元宵來，先問清了桂花、五仁、蜜餞各種餡料，再一一指給碧藥，供她挑選。

明珠並不阻止他在她受罰期間陪她遊戲，甚至還鼓勵他和她一起下棋、鬥葉、投壺，但著令她敗不許惱，勝不許喜，稍一違規便又加罰三日，以此來磨她的性子。

如此三日又三日，每當碧藥實在有話要說，就只好打手勢或者畫記號來表達自己的意思，而容若就要絞盡腦汁地去猜。久之，竟讓兩人發明了一套獨特的對話方式，用手勢、簡單的記號、手指敲擊桌案的長短、甚至吹笛彈笙來表達各種意思。

他們很興奮，不僅擁有共同的血脈，分享優雅的姓氏，如今還有了特殊的語言，只有他們兩個才可以互相交流，互相詮釋，互相懂得。松花釀酒，春水煎茶，他們之間的遊戲是無窮無盡的，發明也與日更新。

明珠這才有些緊張起來，怕碧藥玩物喪志，也擔心覺羅夫人喜怒無常，教導碧藥也是鬆一陣緊一陣，天上一句地下一句的，典故雖多，卻常常不加檢選，有用沒用，只由著自己的性子講與碧藥聽。而且明珠發現，整個府裏，除了容若外，好像沒有什麼人喜歡這位表小姐。他們尊敬她，服從她，羡慕她，甚至有點怕她，但，並不喜愛她。這使明珠擔心碧藥進宮後，即使會得到皇上的愛，然而樹敵太多，也會處境危險。於是，他又四處搜羅，特地找了一位前明的宮人來教導碧藥什麼是忍耐和順從。

據這位老宮女說，當年李自成帶著闖軍殺進紫禁城時，後宮裏的太監宮女逃了有一小半，留在宮裏降了闖賊的有一小半，投井懸梁的又有一小半。宮殿的梁柱上就像掛燈籠一樣吊滿了人，後宮的井裏也塞滿了屍首，井水都溢出來了。

李闖占了後宮，同那些太監宮女說，有父母家鄉的自可離去，願意留下的便留下。老宮女想想自己從小就在這宮中長大，離了這裏也不知道該去哪，便留下了。誰知道後來滿軍又打來了，宮中又換了主子。這時候，後宮的太監宮女已經不到從前的三分之一了，可是多爾袞還是覺得太多，就又強行遣散了一半，老宮女也在其列。她在家鄉沒有親人，就留在京城裏給人打散工度日，雖然貧苦，倒覺得暢快。至少，這宮外頭的太陽也是大的，風也是清的，說句話也可以揚了

喉嚨，有頓好飯時也可以讓自己吃飽——不像在宮中，因爲怕當值的時候要解手或是放屁，終年也不敢多吃飯或是多喝水的，

老宮女還說，皇宮裏的規矩是要用膝蓋來說話的，她剛會站已經要學跪，沒學點頭先學磕頭，最常說的稱呼不是「娘」而是「娘娘」，一直以爲自己的名字是「奴才」。滿眼的榮華富貴，金碧輝煌，然而宮女的房裏只是磚床冷灶，所以不得不想盡了辦法往上爬。

其實後宮的女子都很寂寞，很冷，都渴望關懷與溫暖；可是另一面，她們卻又偏偏不遺餘力費盡心機地去傷害自己的同伴，希望可以踩著她們的身體讓自己爬得更高一點，看得更遠一點——然而那更高更遠處又有些什麼呢？縱然是瓊樓玉宇連霄漢，左不過高處不勝寒。

碧藥就說：那不一樣，縱然高處不勝寒，也總算登了一回瓊樓玉宇，勝過一輩子被人踩在腳底下。

但是她的性子卻著實煞了一煞，知道了宮中的險惡無常，就明白了必須學會的忍耐與含蓄。宮中多的是勾心鬥角，至於跟紅頂白，趨炎附勢，就更是家常便飯。一個人的喜怒哀樂若輕易讓人知曉，就是最危險的。

又過了一年，碧藥便進宮了。

睡過中覺，合浦軒裏來人漸漸多起來。

這天難得人來得齊，幾位老姨太太、官氏、顏氏都在，顏氏便提議打牌，官氏說：「我們是來看病人的，安安靜靜地陪著說會兒話罷了，又大呼小叫地鬥牌，不怕吵著病人嗎？」

顏氏道：「大奶奶這可說差了，坐月子不是病，是喜事，人越多越喜慶，你不知道，所以這樣說。我卻有數，吵不著的。從前我生我們姑娘那會兒，天長得難受，還巴不得有多多的人上門來才熱鬧。若不是怕菀妹妹坐不住，還拉她起來一起打呢。」

官氏被頂了一句，便如當胸捱了一錘似，由不得紅了臉，卻又無話可回。眾姨太太見說著打牌，卻又扯到官氏沒生養的事上來，也都不好說的。

大腳韓嬸在一旁聽得火起，頂撞道：「我們奶奶這樣說，也是體貼沈姨奶奶的意思。別說坐月子了，就是女人每月身上不乾淨那兩天，心裏還發煩發躁聽不得一些響動呢，這有什麼解不來的呢？」

顏姨娘尖起喉嚨「喲」地一聲，直逼了韓嬸臉上來，似笑非笑地道：「我當是誰這麼能說會道來？原來是韓大奶奶啊，是我說錯了，不知體貼；你們奶奶原是世上第一個賢德聖人，說什麼都是對的，沒有不知道沒經過的事兒，自然比我懂比我明白。我不知道坐月子是怎麼一回事兒，只有你們奶奶才知道，才明白。我說錯了話，你要替你們奶奶治辦我呢，可是這樣？」

韓嬸臉上一呆，又氣又急又不好說的。官大奶奶也急了，站起身道：「誰說什麼了？你就扯這一車子夾槍帶棒的話，知道你生過一個姐兒，就興頭成這樣。我勸你也收著點兒好，再滿就溢出來了。」

幾位姨太太見情勢不好，忙都勸解，又推說房裏有事，便想設言辭去。沈菀正想拿話岔開，偏巧孩子醒了屙尿，她與奶娘兩個倒手兒換席子，一時竟顧不上，只得聽由姨太太們告辭，令白芷白蘭送客。

剛走到門口，忽然福哥兒舉著個布娃娃一陣風地跑進來，大聲道：「看我在大額娘房裏找到什麼了？這是誰的針線，這樣粗糙，我竟不認得。」話音未落，展小姐隨著也進來了，卻紅脹著臉不說話。

眾人初時不以爲意，待到看清了福哥兒手上的娃娃，都不由倒吸了一口冷氣。只見一個畫了眉眼嘴臉的白麻布小人身上，便如針線包兒一般，密密麻麻扎了幾十根銀針，身上還寫著幾個字。

官大奶奶先接了過來，看清上面字跡，不禁臉色發白，問道：「這是沈姨奶奶的八字，你們在何處拾的？」

沈菀聽了一愣，忙接過布人來，果然看見上面清清楚楚寫著自己的生辰年月，胸口腹下都密排銀針，不由又驚又怒，彷彿真被那些針在胸口扎了一下似的。自己從進府來，一直規行矩步，小心翼翼，並不敢同人結怨。誰會這樣恨自己，下此毒手？想著，只覺得眼前彷彿黑了下來，那些太太奶奶們的錦衣玉帶都黯然失色，褪成了小布人兒身上的灰白色。

白芷正在倒茶，看見布人形狀，嚇得尖叫一聲，連壺也落了地，水濺出來，燙了腳背，不由又尖叫一聲，跳腳直轉。屋子裏頓時亂成一團。

顏姨娘忽的冷笑一聲道：「官大奶奶不說，咱們還不認得這東西是做什麼用的。原來上面是沈姨奶奶的八字，虧大奶奶倒記得這樣清楚！」

官氏臉色更白，猛回頭問道：「你這話什麼意思？」

顏姨娘且不回答，卻轉向自己女兒道：「你們剛才打哪裡來？怎麼搗騰出這個東西來的？」

展小姐自打進了門，便一直扭手兒站在旁邊，一言不發，這時候才慢吞吞地道：「是在大額娘的廂房裏找見的。福哥哥的風箏線斷了，想著大額娘房裏或許有線軸兒，就去翻找，誰知道在床底下看見這個。我讓福哥哥別聲張，福哥哥不聽，非說要拿給沈姑姑看，我又追不上。」

她一行說，眾人一行面面相覷，看一眼沈菀，又看一眼官大奶奶，都說：「沈姨奶奶好好的懷著哥兒，八九個月上無端跌了一跤，若不是萬歲爺剛好在咱們府上聽戲，福氣大，鎮得住，只怕哥兒的小命就沒了。人人都說蹊蹺，卻原來是這個東西鬧的。這可真是千防萬防，家賊難防，知人知面不知心，竟不知道是什麼人弄的這個魘魔法兒，好不狠毒。」

韓嬸不等眾人說完，早拍著腿哭起來道：「這是哪個沒心肝爛了腸子的陷害我們奶奶，做了這麼個東西害人哪！我們奶奶慈心佛口，房裏如何會有這種東西？沈姨奶奶，你可不要中了那起奸人的計啊。」

沈菀流淚道：「我絕不疑心大奶奶，橫豎哥兒無事，大家只當沒看見這東西罷了。在老爺、太太面前，也不要提起。」

幾位姨太太只怕惹事上身，都說：「還是沈姨奶奶大度，既這樣，寧可無事。誰提那個做什麼？」

顏姨娘卻道：「府裏出了這樣大事，原該頭一個稟報大奶奶秉公辦理。如今竟是大奶奶房裏出的事，卻瞞不得太太，只好憑太太做主。不然，若是別房裏出的事，難道大奶奶也只說就這樣完了不成？」又吩咐自己的丫頭紅菱道：「你去太太屋裏看看，若是太太中覺醒了，趕緊來告訴。」

幾位姨太太也都沒主意，遲疑說：「這說得也有道理，如今是大奶奶管家，既在你房裏發現了這東西，貓悄兒昧下，倒不敞亮，以後也難管服眾人。還是稟報太太，有個分曉的好。只怕老爺知道了，也要親自過問的。」遂一窩蜂兒攛掇了福哥展姐兒來見覺羅氏。

覺羅夫人剛剛睡了中覺起來，在條案前描梅花消悶。忽然見一大幫人擁進來，爲首的卻是福哥兒，獻寶似的捧著個人形布偶，一望可知是巫蠱之術，不禁鄭重起來，沉下臉道：「我們家裏向來沒有這樣的事，我生平也最恨這些邪說巫術，是誰這樣大膽？」又問，「菀兒怎麼說？」

韓嬸搶著說：「沈姨奶奶說不追究，然而我們奶奶說這樣的事出來，又是在我們房裏翻出來的，若是藏瞞不報，倒像心虛，因此拿來憑太太做主。」

顏氏明知韓嬸是要替官氏開脫，然而既被她搶了先，也不好再說什麼，只打鼻子裏冷笑了一聲，且看覺羅夫人發落。

展小姐扯了扯母親衣襟，說：「娘昨天答應過要教我『錯針』的，不如我們現在就去吧。」顏氏自謂穩操上劵，哪裡肯走，推託說：「讓紅萼教你就是，她別的不行，繡活兒還罷了。」展小姐呆了一呆，只得走了。

覺羅氏拿著那個布人翻覆看了一回，不提眼下的事，卻命奶媽帶福哥兒出去，然後問眾人：「你們知道『金屋藏嬌』的典故嗎？」

眾人一時不解，只有官大奶奶道：「是漢武帝劉徹的故事。武帝小時候，去姑母館陶長公主家玩耍，公主將他抱在膝上，問他：『你想要媳婦兒嗎？』劉徹點頭說要。長公主便一一指著左右成百的婢女，問他要哪個？劉徹全都搖頭。最後公主指著自己的女兒陳阿嬌說：『把阿嬌給你做媳婦兒要不要？』劉徹拍手說：『我要是能娶阿嬌妹妹做妻，必定建金屋以貯之。』後來，漢武帝登了基，果然就冊了阿嬌爲皇后。」

那顏氏什麼事都要同官氏爭一爭的，然而官氏出身名門，其父朴爾普去年又以一等公晉爲蒙古都統，而她自己賤爲侍婢，這可是怎麼也比不了的。因此每每見官氏賣弄身家學問，便覺氣惱，認定她存心炫耀，當眾給自己沒臉，忍不住又打鼻子裏哼了一聲，冷笑道：「原來是這麼個

『金屋藏嬌』，咱們大奶奶典故背得熟，可惜也沒能掙得一座金屋、銀屋，倒不如不知道的好，還少一分心思。」

官大奶奶紅了臉，想說什麼又不好說，回頭望著覺羅氏，只望她能為自己做主。然而覺羅夫人向來是不大理會別人說話的，通常別人提問，她十有八九聽不見，難得有一兩句聽進去了，卻又把話題繞開去，講一個故事來作為回答，讓人們自己去尋找答案。而往往，不同的人自然能從故事中找出不同的答案來，各自滿意而歸。彷彿他們來找夫人不是報告事情，而是專程來聽故事的。同時，覺羅夫人的故事一旦開始，就誰也不能阻止她，無論說什麼問什麼，她都只會沿著自己的思路自顧講下去。

只聽覺羅氏接著道：「阿嬌做了皇后，錦衣玉食，同劉徹的感情也很好，可是一直沒能生孩子。」

顏氏「哈」的一聲，故意掩口笑道：「那不是同咱們大奶奶一樣？」

官氏猛地回頭，剛要說話，顏氏早又搶著道：「大奶奶千萬別多心，我是說，這阿嬌皇后同皇上的感情這樣好，夫唱婦隨，可不是跟大奶奶一般好脾氣，好德行嗎。」

論才學，那官氏雖談不到淹通經史，卻也算得上知書達禮。但是論到鬥口齒，卻不是顏氏對手，且在覺羅夫人面前，也不便與她紛爭，只得瞪了她一眼，忍怒不語。

不料覺羅夫人接著道：「這陳阿嬌人如其名，自小嬌生慣養，身為六宮之主，卻生性善妒，脾氣並不好。」顏氏便又掩著嘴「哈」了一聲，官氏越發著惱。

眾人看她兩人鬥嘴嘔氣，也都覺好笑，卻不便說破，只聽覺羅氏繼續道：「後來，劉徹有一次郊遊回來，路經姐姐平陽公主家時，進去烤火，飲酒驅寒。平陽公主見皇上弟弟來了，自然獻出府中最好的美酒佳餚，最美的侍婢歌妓來招待。劉徹喝多了，入房更衣時，看到服侍他的歌女衛子夫花容月貌，酒助春興，當即便臨幸了她。臨走時，賞賜了平陽公主千金，將衛子夫帶回宮裏，備加寵幸，不離左右。阿嬌皇后原習慣了唯我獨尊的，自然是又嫉又恨，就召來巫女楚服做法，做了一個小布人，用針扎在要害，每日咒罵，想要害死衛子夫。」

那顏氏從前也只是一個侍候公子和少奶奶更衣洗漱的陪嫁丫頭，起初聽到故事時，早就以身代入，把官氏視作陳阿嬌，卻把自己當成衛子夫，巴不得那阿嬌皇后遭冷落；然而聽到巫蠱、小布人，卻又關心起阿嬌來，忍不住問：「那後來呢？衛子夫死了沒？」

覺羅氏搖頭道：「衛子夫那時正在受寵，宮裏的奴婢無不逢迎，自然有邀寵的宮女替她做耳目，告發了陳皇后。漢武帝早就對阿嬌獨斷專行的脾氣不滿，暴怒之下，就趁機廢了陳阿嬌，將她遣入長門宮閉門思過，改立衛子夫為皇后了。」

顏氏驚道：「那不就是打入冷宮？」

覺羅氏接著道：「陳皇后雖然失敗了，然而宮中巫蠱之風甚盛，屢禁不止。武帝老年時寵幸一個叫江充的近侍，任他爲錦衣使者，專管督察貴戚近臣之錯。此人與太子不和，害怕武帝駕崩後，太子登基會對自己不利，就密告說，宮中有人使邪術招魔，詛咒皇上。漢武帝偏信佞臣，竟下令任江充爲專使，查辦宮中巫蠱事件。江充趁機剷除異己，將後宮掘地三尺，連皇后的中宮和太子宮也硬闖查辦，並拿著幾個寫了字的小木人，誣告說是在太子宮中掘出來的。太子有口難辯，知道這件事不能善罷，遂殺死江充，一邊派人告知皇后，調用皇后御廄車馬騎士，一邊打開長樂宮武庫，集結宮中衛士，捕殺江充黨羽。有逃出者密報武帝說太子造反，漢武帝大怒，不問因由，當即派兵鎮壓叛亂，捉拿太子。太子雖然逃出長安，其近臣、侍衛、家屬未逃出者，盡被殺戮。皇后衛子夫也在宮中自盡。不久，太子也在閿鄉一個農戶家中閉戶自縊，隨行的兩個兒子也都被一同處死。」

「都死了？」顏氏瞠目結舌，「皇后、太子、兩個皇孫，還有那麼多文武大臣，一個小木人害死這麼多人？皇上就不心疼嗎？」

覺羅氏道：「漢武帝直到一年以後才查清始末，知道自己冤枉了太子。然而後悔已遲，只得在長安修建了一座思子宮，又在閿鄉建造了一座思鄉台，以示紀念。」說到這裏，從水娘手中接過玉瓷荷花盞來喝茶。

水娘向官大奶奶使了個眼色，意思讓她說話。官大奶奶也是管久了家的，早習慣了覺羅夫人的說話方式，揣測上意，說道：「太太的意思是說，漢武帝的一場巫蠱之禍，不知累死了幾百宦官貴戚，可見巫蠱害人，不可輕率處理。如今這東西出現在我們家裏，只可大事化小，不能小事鬧大。」一邊說，一邊看著覺羅夫人的臉色，見她微微點頭，頗有稱許之意，遂放膽說道，「這件事不可敲鑼打鼓地查問，只好暗暗留心，慢慢尋訪，再一一地查檢。日子久了，自然查得出來。沈姨奶奶進府的時日有限，料也不至得罪什麼人，就連同她說過話的也少，這先就可排除一大半；再有，這府裏誰同沈姨奶奶有隙，若是她們母子出了事，又有誰最得益……」

顏氏見話風漸漸指向自己，不等大奶奶說完，早搶著道：「能有誰得益呢？你自己說的，這府裏同菀妹妹說過話的人也少，又能得罪了誰去？奴才們害了菀妹妹，能得什麼好兒去？就是主子裏頭，幾位姨太太不消說，是不會與我們小輩一般計較的，還剩下誰，十根指頭伸出來就數完了。不過是有人跟陳阿嬌皇后一樣，自己生不出孩子來，就見不得人家生養，唯恐那衛子夫奪了自己的位吧。」

這話說出來，官氏和韓嬸都變了臉色，待要分辯又無法分辯，接了話頭倒好像不打自招似的。官氏原本就有些八字眉，如今幾乎蹙成人字了，要哭又哭不出的，連嘴唇及兩腮的肉也都哆嗦起來。撩起衣襟取下一串鑰匙道：「說來說去，不過是疑我管家不力，竟至弄出這樣的事來。這件事我也沒本事查，也沒臉再管這個家了，且把這個還給太太。是非黑白，憑太太查去，只求儘快查清楚了，才好還個公道清白。」

幾位姨太太看了可憐，都說：「大奶奶不是那樣的人，想是有人從中挑撥，這件事還要從長計議的好。」

顏姨娘道：「有人挑撥，又怎會把東西藏在大奶奶屋裏？人贓並獲了還說清白，這世上可就再沒不清白的人了。就算要查，也得先把眼面前兒的事處理妥當才是。這人既然能向沒出世的孩子下手，焉知下一步再弄些什麼法術來，不會害我們福哥兒、展姐兒呢？」

水娘立在一旁，這半天都沒有說話，此時見鬧得不堪，嘆了口氣，向覺羅氏道：「論理不該我說——這件事，我聽說也有些日子了，因怕太太生氣，一直不敢稟報——上個月初，咱們花園裏來了一夥薩滿喇嘛，說是做法事，驅邪鎮魔。這小人兒，焉知不是那些人帶進來的呢？」

覺羅氏一愣，忙問：「是什麼時候的事？誰讓帶進來的？」

顏氏生怕說出自己來，忙又搶在前頭道：「是大奶奶安排的，知道太太不喜歡，所以命人只在花園角門出入，不到前邊來。不敢驚動太太。」

韓嬸按捺不住，急赤白臉地道：「我記得清楚，明明是顏姨奶奶找的人，怎麼倒都推到我們大奶奶身上來呢？奶奶還說太太不喜歡這些事，原不主張辦的。」

顏氏豈容她說話，早接口道：「你們奶奶不主張，你不是在旁邊一直攛掇著說要請神降魔的嗎？還說什麼廚房裏老王說的，雙林寺的和尙來咱們府上討燈油，不知撞著了什麼，回去就死了，連屍首也沒留下。可是你說的不是？如今出了事情，倒不認了，這還不是心虛？」

韓嬸本想替官氏出頭，不料被顏姨娘搶白了幾句，更加坐實賊名，不禁又哭起來，卻不敢像在合浦軒那般放肆，只是翻來覆去地向覺羅夫人道：「太太最知道我們奶奶爲人的，從不是惹是生非的人。況且又和沈姨奶奶要好，如何倒會害人呢？」

正鬧得不可開交，忽聽丫鬟報說：「沈姨奶奶來了。」眾人都覺詫異，忙迎上去，果然見白蘭白芷扶著沈菀顫巍巍地走來，連覺羅氏也不由站了起來道：「你還坐著月子，怎麼倒下床了？要是招了風，坐下病來，可是一輩子的事。」水娘忙攙了沈菀上炕來，在她背後墊了靠枕，又拿床錦被來替她圍著。

沈菀喘勻了氣，方柔聲慢氣地道：「我因恐太太著急，所以特來分白清楚，可別冤枉了好人。從我入府以來，大奶奶對我噓寒問暖，視作自己親妹妹一般，這絕做不來假。便是上次招薩滿跳神兒的事，大奶奶也是為了我——太太可還記得，那些日子是我說夜裏睡不安穩，想請人來跳神鎮壓。因太太不贊成，我便不敢再提了。誰知大奶奶倒放在心裏，又要使我心安，又要不使太太生氣，這才悄悄地招人進來，在後花園做了法事，我也才睡安穩了。這原都為的是我，大奶奶又要體上，又要憐下，原本為難，今天若反為這個受嫌疑，豈不是我害了奶奶麼？」

官氏聽了，只覺句句都熨在心口上，「哇」地一聲哭出來，卻又拿絹子堵著嘴，哭得直噎。韓嬸替她撫著背，幾不曾跪下來給沈菀磕頭。幾位姨太太也都道：「難得沈姨娘這樣通情達理，可是太太說的：大事化小，小事化無。既是事主都打了包票了，可見這件事與大奶奶無關，倒不要誣陷了好人。」

覺羅夫人道：「鬧了半晌，我也累了，就是菀兒也不能久坐，且都回去吧，這件事慢慢查訪，少不得就會水落石出。」仍命官氏將鑰匙收起，又叮囑眾人不許再提。

一場風波，便這樣雷聲大雨點小地暫時消停了。官氏對沈菀滿心感激，自此當真視如胞妹一般，無論得了什麼，有自己的一份，便有沈菀的一份；韓嬸更是恨不得打個牌位將她供起來，人前人後「小奶奶」長「小奶奶」短的叫個不停；顏氏看在眼裏，愈發有氣，仗著福哥兒與展小姐都與她親近，明欺官氏不能將她怎樣，便不時以言語挑釁，在口頭上占點上風。然而每每點起火頭來，卻都被沈菀三言兩語勸慰了開去，心中更恨沈菀，只是找不到由頭。

滿府裏的人都說，「三個女人一台戲」，公子身後的這三個女人，一直明裏暗裏地叫著勁兒，誰都知道她們之間必有一場好戲，卻偏偏只聽鑼鼓點兒緊一陣又緩一陣，只是不見開台。

第十四章　而今才道當時錯

鑼鼓點兒緩一陣又緊一陣，好戲連台，贏得一陣又一陣滿堂彩。

這是當朝明相的孫兒、納蘭侍衛遺腹子的滿月酒，滿城權貴誰不捧場？更何況，納蘭成德是天下第一詞人，他的猝死便是天下第一悲劇，而老天如此多情，竟然在他身後留下一個遺腹子，這簡直就是天下第一傳奇了。明府的女眷不容窺視，但是在滿月酒這天，孩子的母親卻會出來敬酒——又有誰不想看看那個懷了納蘭遺珠的女人，會是何等的天姿國色呢？

清宮規矩，皇上雖不能納漢女爲嬪妃，卻不禁止臣子娶漢女爲妾，只是不能做正福晉而已。如今沈菀母以子貴，「小奶奶」的稱呼實至名歸，今天更是她揚眉吐氣、風光人前的大好日子，一早起來，覺羅夫人便打發人送了許多珠寶首飾來任她挑選，又遣了水娘來幫她妝扮。沈菀穿了水紅滿繡五彩飛雁花朵對襟長披，大寬袖，在腋下內收，領口袖口鑲紅緞，對襟從胸前直下，雙結帶也鑲著紅緞口，裏面襯著淺粉紅的襯裏夾披，唇角含笑，滿面生春，一生中再沒有比此刻更得意光輝的時刻。今天，這裏，人人都把她當作人上人，納蘭公子的女人，而且是公子最重要的女人。

三月裏乍暖還寒，沈菀披著粉紅花紗繡鶴鳥的大氅，包著自己也包著孩兒，穿行在那些鋪著金地綷絲彩色牡丹玉蘭桌頭、椅帔的座席間，春風滿面，步步蓮花。凡經過之處，眾人的眼光無不追隨，紛紛讚嘆：「好個模樣兒，怨不得公子多情，蒼天見憐。」

連明珠也忍不住遠遠地看著沈菀的背影發愣，想起當年冬郎滿月時，覺羅夫人抱孩子出來敬酒的情形。那時候他還只是一個尋常侍衛，來喝酒的多半是同僚，雖然是原配正室的第一個男孩，那排場風光卻遠不如今天喜慶浩大。這孩子真不知是有福還是不幸，生在明珠家最昌盛的時候，卻又是未等出生便沒了阿瑪。身穿紗氅的沈菀舉止優雅，態度磊落，完全看不出來自青樓，她抱著嬰兒的姿態，就彷佛懷抱著一隻古董花瓶，裏面貯滿了清水，還插了一枝蘭花。她翩翩地走在那些達官貴人、淑媛命婦中間，行雲流水，非但沒有半點風塵氣，竟是連煙火氣也沒有的。容若雖然命薄，能有這樣一位紅顏知己為他還珠，也總算上天有情了。

明珠自飲一杯，眼角忍不住有些濕潤。他下意識地抬頭看了一眼天。這不算是一個大晴天，有風，厚實的雲層在天邊不時變換著各種形狀，絮波翻騰，迅速地向東流轉。陽光半遮半掩，卻不至於下雨，只是略有些陰涼。然而戲臺上緊鑼密鼓的唱做和賓客們熱氣沸騰的敬酒，足以把這些陰翳掃清。

戲臺上，那小紅娘打扮得嬌俏伶俐，正跪著給老夫人打磨旋兒，「嫩皮膚倒將粗棍抽」，一行躲閃，一行握住了棒頭嬌滴滴地哀告：「他們不識憂，不識愁，一雙心意兩相投。夫人得好休，便好休，這其間何必苦追求？常言道『女大不中留』。」她一邊唱一邊比出各種手勢來，眼波流盼，聲脆音甜，又博得一片叫好聲。

明珠說一聲「賞」，下人早抬了成籮的錢到台邊，抓起來往臺上豁啦啦一撒，便如炒豆一般。

這撒錢也是有專人負責的，要撒得勻，不能黏成一塊地響，也不能零零碎碎地響，得一把錢撒出去，滿台都響，還要連成一片。於是臺上台下哄天價又是一聲「好！」這一聲好，卻是送給撒錢的。

此時沈菀正敬至角落一桌，顧貞觀乘人不備，向沈菀低聲道：「你倚紅姐姐問你好。」沈菀一呆，往事湧上心頭，不由紅了眼圈兒道：「倚紅姐姐她，好嗎？」顧貞觀道：「她……」話未說完，忽然席上撒錢聲、叫好聲響成一片，便把後面的話打斷了。顧貞觀笑了笑，仰盡一杯，仍然歸座。

沈菀已經敬過了一輪酒，也就抱著孩子避到屏後內室更衣去了。想來想去，心裏到底放不下，看前面著實熱鬧，料無人理會，又見暖酒送酒的正是大腳韓嬸的丈夫韓叔，便想了一個主意，叫過韓嬸來，耳語幾句。

韓嬸雖知不妥，然而正是對沈菀感恩戴德之時，只愁沒機會報答，別說只是這等小事，便是眼前有刀山火海，也要替她闖一闖。因此滿口答應下來，叫出自己丈夫來吩咐幾句。那韓叔假作往席上添酒，悄悄兒地將顧貞觀衣袖一牽，低聲說：「沈姨奶奶……」說著悄悄向屏後一指，仍舊走開。

顧貞觀已然明白，故意又喝了一杯，假裝解手，起身離席。繞過屏風，見韓嬸遠遠地在前面招手，便不遠不近跟著，來至西跨院一處樓閣，額上寫著「退思廳」三個字，原是明珠從內宅出前院歇腳之處，即使平時也少有人來，今日前頭放戲，這裏更是闃寂。

韓嬸推開門來，向顧貞觀笑道：「我們沈姨奶奶有事請問顧先生，請先生略坐一坐，姨奶奶這就來了。」顧貞觀心裏明知不妥，卻身不由己，信腳兒進來，只見屋中案几瓶爐俱全，略堆著些書籍手卷，前後門對開，黃花梨木落地屏風隔斷，倒也清雅乾淨。便在茶几旁一把黃花梨玫瑰椅子上坐了。

正回頭打量著牆上掛的一幅《冬室畫蟬圖》，只聽窗外輕咳一聲，韓嬸打起簾子來，沈菀已經滿臉堆笑，手捧茶盤進來了。

顧貞觀忙站起來拱手道：「怎麼敢勞沈姨奶奶親自奉茶？」

沈菀笑道：「顧先生說何種話來？從前在清音閣，我給先生斟茶遞水的次數還少麼？今日倒同我客氣起來。」

顧貞觀故意上上下下地打量一番，笑道：「今時不同往日，怎可同日而語？」

沈菀放下茶盤，福了一福，又親自斟出茶來，雙手捧與顧貞觀，這才對面坐下，嘆道：「自打去年六月裏離了清音閣，轉眼竟是大半年過去了，也不知道倚紅姐姐怎麼樣了，那日承她私放了我，事後可曾吃苦？也沒處去打聽。雖然聽人說先生也來過府上兩遭兒，無奈內外有別，也不敢出來拜見。從前只說侯門難進，來了才知道，進來難，出去更難，我來府裏這些日子，連垂花門也不曾出過，只好乾著急。」

顧貞觀笑道：「多謝你想著她。今天我來這裏前，你倚紅姐姐還同我鬧了半日，非要跟著來，你說我能怎麼辦？左右拗不過她，後來說我原本不喜歡這熱鬧場合，索性要不來，都不來罷了。她這才不鬧了，說就不為相爺的面子，也要看看你過得可好，反逼著我來。」

沈菀聽見，那眼淚早如斷線珠子般直落下來，不禁抽出湖綠帕子來拭淚。

顧貞觀更不過意，勸道：「今天是你大喜的日子，怎麼倒哭起來。回頭讓你倚紅姐姐知道，又得同我一頓好吵。她看不成戲，已經存了一肚子牢騷在那裏，再聽說我把你惹哭了，還不知鬧成怎樣呢？」

沈菀拭了淚笑道：「你們還用看戲麼？你們兩個，一個才子，一個佳人，自己都是一齣好戲了。」說著，將絹子一甩，學著臺上紅娘的口齒念道，「秀才是文章魁首，姐姐是仕女班頭。一個通徹三教九流，一個曉盡描鸞刺繡。」又將兩隻手指尖一併，自己先撐不住笑了，「好一對鴛鴦並頭也——」

顧貞觀不好意思，笑道：「眼淚還不乾呢，倒又笑了。這會兒，你又同從前在清音閣一樣了，古怪精靈的，還是這麼嘴口不饒人。」

沈菀道：「說實話，你們兩個的事，也該有個……」

一語未了，只聽外面韓叔「蹬蹬蹬」跑來，壓低喉嚨嚷著：「顏姨奶奶帶著人往這邊來了……」說著，已經推門進來。沈菀便如兔子踩了獵人的兔夾一般直跳起來，跌足道：「這下可怎麼好？」

顧貞觀見她臉色慘白，滿面驚惶，不以爲然道：「就來了又怎樣？我們不過是話舊幾句，又沒什麼見不得人的。」

沈菀頓足道：「你不明白我們府裏的事……」顧不得解釋，且一邊拉著顧貞觀往屏風後推去，一邊匆匆向韓叔韓嬸道：「韓叔，你快帶顧先生從後門出去。我和韓嬸在這裏擋一下。」韓叔自然知道這裏面的利害，更不打話，拉著顧貞觀便走。

顧貞觀連連搖頭道：「這從何說起？真是有辱斯文。」韓嬸催促道：「顧先生，你快走吧，若是被人攔下，後面更有辱斯文的事還有呢。」

話音未落，只聽一片打門之聲，原來韓叔方才進來時，已順手將角門從裏面拴上了。沈菀本能地抻一下衣角，同韓嬸出來，故意高聲問道：「誰在那裏？」

顏氏將門拍得價響，喝道：「我已經知道你的事了，別再裝神弄鬼的，再不開門，就喊起來了。」

沈菀只怕顧貞觀未曾走遠，仍不開門，隔著門道：「原來是顏姨奶奶。這又是做什麼？青天白日的這般吵鬧，驚動了太太，又要白落一頓教訓，大家耳根不得清淨。」又囉嗦了幾句，這才抽開栓來，反迎著顏氏道：「顏姨奶奶不在前面坐席，怎麼也學我，跑到這裏躲清閒來了？」

顏姨娘哪裡同她廢話，用力將沈菀一撥，帶著人便往裏衝，「哐噹」推開門來，兩隻眼睛便如笊籬一般，整個將屋子掃了一空，又督著丫頭上樓去找，自己便撲向屏風後邊來，奪門出來。

韓嬸忙跟出來，拉住道：「顏姨奶奶，再往前就是垂花門了，姨奶奶這是要出府不成？可得跟大奶奶通報一聲兒。」

顏姨娘打鼻子裏哼了一聲道：「好奴才，少抬出你們大奶奶來壓我。若是大奶奶知道你做了保媒拉縴兒的生意，給人家把風看眼賺皮條錢，還不知道怎麼收拾你這奴才呢。」

韓嬸仗著是官大奶奶陪房，在府裏誰也要給她幾分薄面，還是第一次這樣被人當著丫頭的面「奴才」長「奴才」短地搶白，不禁脹紅了臉道：「顏姨奶奶可不要含血噴人，是誰保媒拉縴兒，又是誰賺皮條錢了？大日頭底下，紅口白牙，可不興這樣糟蹋人。」

府裏的慣例，下人中素來是積輩有年頭的老人爲上，可以與奶奶們平起平坐的，卻沒什麼實權；服侍覺羅夫人的次之，又因兼著傳話問事之職，便隱隱有管家之威；奶奶的陪房再次，而後才輪到家中的媳婦婆子。上房丫頭的權力與奶奶們的陪房相當，服侍奶奶的丫頭次之，服侍少爺小姐的再次，而姨奶奶房裏的丫頭就更不用說了，原是奴才的奴才，在府裏向來沒什麼地位。顏氏雖是姨娘，論出身原是盧氏的陪嫁丫頭。韓嬸自覺是官大奶奶的陪房，雖然爲著規矩叫顏氏一聲姨奶奶，心裏卻向來不大看得起。自打巫蠱娃娃的事撕破了臉，從此見了顏氏，更加鼻子不是鼻子臉不是臉的，索性連禮數也不顧了，那顏氏早已壓了一肚子氣，今日好容易捉了這個把柄來上門問罪，見韓嬸雖然倔強，卻明顯色厲內荏，遠不是平時氣焰，越發斷定有私，雖然自己不好再往前頭去，卻推著丫鬟道：「只管給我追出去，若遇著人，就說是我的話，剛才有賊趁亂拿了贓跑了，讓門房幫著追，務必追回來才是。」

韓嬸又氣又急又怕，一手一個扯住兩個丫鬟道：「紅菱、紅萼，你兩個不要聽你們主子瞎說，一會兒捉姦，一會兒拿賊，這不是睜眼說瞎話麼？俗話說拿賊拿贓，捉姦捉雙，你一不見人二不見贓，只管在這裏滿嘴裏跑馬地亂說些什麼？」

顏氏冷笑道：「你扯住了我的人不許她們追，還不是做賊心虛？你們還不替我把她扯開。」說著，自己也上來拉扯。沈菀只袖著手在旁邊看著，微微笑著一言不發。

正亂著，官大奶奶早得了信兒走來，見狀喝斥道：「還不散開？大呼小叫的，也不怕人聽見。」又見顏氏大拉翅也歪了，氅衣帶子也鬆了，越發沒好氣，斥道，「前面滿堂賓客，你們丟下貴客不去招呼，倒在這裏吵鬧，襟鬆帶退、披頭散髮的，沒上沒下的成何體統？」

顏氏冷笑道：「你來得正好，問問你的好奴才吧，她剛才同姓沈的姓顧的在這裏做什麼？我也是爲你好。如今是你管家，若是大天白日的縱放了賊，說出去連你也不好聽。你倒來怨我？」

方才追出去的幾個媳婦此時已回來了，喘吁吁地道：「一直追到垂花門那邊，門開著，把門的也不知道哪裡脫滑去了，鬼影子不見一個。往前院去，韓叔守在院門口，倒不讓進。」

顏氏大失所望，氣急敗壞地道：「就讓你們進去，找著人，他好端端坐在席上，也是沒用。養你們真是沒用，連個人也追不上。」又推著紅菱、紅萼道，「你們同大奶奶說，剛才都看見什麼了？給我仔仔細細地說清楚。」

那紅菱想了一想，吞吞吐吐地說道：「我為下來提水，看見韓大娘引著一個男人進了這小跨院，我原沒在意，誰知道等水的當兒，又見沈姨奶奶也跟腳兒來了，也進了跨院。我們奶奶從前原叮囑過我們，要仔細留意沈姨奶奶的一舉一動……」

顏氏忙將紅菱又狠狠推了一把道：「死丫頭，誰叫你說這個了？還不快講後面的。只管撿這些沒要緊的說。」

紅菱呆了一呆，也不知道什麼是要緊的什麼是不要緊的，想了想，姨娘既然讓說後面的，便簡截道：「後來，我就叫了紅萼來，讓她在門口守著，我自去找姨奶奶了。」

紅萼也道：「我守了一會兒，看見韓大叔打那邊飛跑的過來，進了院子。我正想跟進去，誰知道韓大叔把門從裏面反鎖上了。接下來，我們奶奶就來了。」

官氏越聽越奇，不禁望望韓嬸又望望沈菀，問：「這到底是怎麼回事？」韓嬸支吾一聲，不知如何做答，只拿眼睛望著沈菀。

顏氏得意洋洋，冷笑了一聲道：「我聽丫頭說沈姨奶奶在裏頭，誰知道叫了好半天的門，再叫不開，也不知道沈姨奶奶在裏面做什麼。」

官氏心裏已經約略猜到了一半，卻不肯叫顏氏得意，故意也學著她的口吻冷笑一聲，問道：「那開了門之後，顏姨奶奶可看到什麼了沒有呢？」

紅菱口快道：「開了門，只看見沈姨奶奶和韓大娘。韓大叔同那男人都不見了。」

沈菀這半晌默然無語，任眼前鬧得天翻地覆，只是冷笑著一言不發，這時才淡淡道：「我敬了一回酒，乏了，想著這裏無人，便拉韓嬸陪我來這裏歇歇腳，喝口茶。剛坐下沒一會兒，顏姨奶奶就帶著丫鬟大呼小叫地闖了來，我原想不過是抓我躲懶的錯兒罷了，誰知道竟編排出個什麼顧先生、韓大叔來，我是見也沒見到，也不知顏姨奶奶要唱台什麼戲，只好在這裏白瞧著罷了。」

韓嬸得了主意，便也挺挺身子說：「可不是嗎？我不過是看小奶奶累了，陪她出來歇歇，白偷回懶，顏姨奶奶就來興師問罪了，還給我編派了一身罪名。我若真在這裏藏了野男人，難道還會使我自己男人知道麼？還說我們家老韓也跟著來了，他可在哪兒呢？他知道我在這裏藏了野男人，還不吵翻了天？難不成他沒膽問我，倒要顏姨奶奶替他做主不成？」

顏氏見她故意纏夾不清，說野男人，倒扯到自己身上來了，對沈菀半字不提。又恨又急，指著罵道：「我把你個嘴巧的，被我兩個丫頭拿了現形還不認賬。分明是你同老韓兩個拉縴兒，帶進顧先生來與姓沈的私會，這會兒倒推不知道。」

沈菀忽然臉色一沉，喝道：「顏姨奶奶，你說話可要當心，什麼顧先生，什麼私會，你若在這裏找出半個人來，我當面死給你看！若找不出來，就休在這裏胡說！」

那沈菀素來柔聲細氣，和顏悅色，此時忽然面若寒霜，一雙眼睛便如刀子般冷冽，顏氏不禁打了個突，倒有幾分心怯，卻仍嘴強道：「我的丫鬟親眼看見的，還有錯麼？」

官氏也覺此事蹊蹺，不是三言兩語能掰解得清的，只得道：「憑是什麼事，也不該在這個時候吵嚷。咱們是什麼樣的人家，難道傳出去好聽不成？況且又沒真憑實據。還不且散了，先招呼了客才說呢。」

沈菀轉身便走，那顏氏雖然不捨，卻也無別法，只得嘟著嘴去了，經過沈菀身邊時，假裝步子不穩，故意將她一撞，自己奪路去了。

沈菀忍著氣走在後面，心底裏像有一股風，吹得冷一陣暖一陣的。路邊的海棠開得豐滿，桃花卻已經謝盡了，落了一地的殘紅碎玉。沈菀踩著花瓣走過去，不知怎的，老是覺得風裏有一股子腥氣。

傍黃昏時，忽然下了一陣急雨，好在酒席已經散了，沒有人淋濕。連樹上的葉子也只是剛剛沾濕，雨便停了。然而人們怕隨時會再下起來，都躲在屋裏不肯出來，府裏顯得十分冷清，正與白天的熱鬧響亮形成鮮明對比。

沈菀在上房請了安回來，察顏觀色，知道顏氏並未向覺羅夫人饒舌，大概是經官大奶奶震鎮壓住了。但也知道事情遠沒有那般容易了結，倘若鬧出來給明珠大人知道，請了顧貞觀來試探設問，那顧先生冬烘脾氣，又不知防備，未免言語中露出破綻，不定惹出多少後患。為今之計，只有讓韓叔出府去找著顧先生，勸他務必小心，最好能離開京城暫避一時，才最妥當。遂連夜找來韓嬸吩咐一回。韓嬸也知嚴重，倘出了事故，連自己夫妻也不便當的，自然滿口答應。

沈菀又叮囑道：「這件事連大奶奶跟前，也不可走漏半點風聲。並不是信不過奶奶為人，只怕她心地實在，禁不住別人三兩句打探，無意中洩露了出去。到那時，我固是一死，只怕連累了你夫妻兩個，也難再在府裏了。」

韓嬸賭咒發誓地道：「奶奶放心，我來了府裏這些年，有什麼不知道的？這上上下下幾百口子人，表面上和和氣氣，心裏頭哪個不是巴望別人出事，好看笑聲討幹好兒的，雞蛋裏還要挑出骨頭來呢，若得了這個由頭，還不知編出多少謊兒來。無論誰問，我只咬死不認賬。這件事，除了奶奶、顧先生，我們兩口子知道之外，但有第五個人聽見，奶奶只管摘下我這頭給哥兒當球踢。只是一點，那院裏顏姨奶奶那張嘴，沒影的事都要說出個風聲雨形來呢，今天得了這個巧宗兒，哪肯不到處張揚去？」

沈菀嘆道：「我也知道這件事沒這麼容易甘休，所以才叫你同韓叔小心。只要顧先生那邊沒事，我們總之抵死不認，她也沒什麼法子好想。其餘的事，也只有走一步看一步罷了。」

果然隔不幾日，府裏漸有傳言，說沈菀趁著前頭擺宴，自己在小書房私會男客，還讓韓嬸在門外把風。又說那顧貞觀從前在府外頭便與沈菀有舊，也是他力證沈菀的孩子是公子遺珠的，其實哪裡做得準呢？說不定早就經了手，兩人做就了圈套，打夥兒來府裏矇騙老爺的。那孩子，也不知姓顧還是姓沈，明欺著死無對證，不清不渾地送進來，還不爲的是謀奪明府的家業麼？

原來沈菀從前在清音閣的事情，除了明珠與覺羅夫人知道底細外，府裏其餘人都毫無所知。此次顏姨娘對沈菀起了疑心，特地派出人手四處打聽，到底挖出根節來，又添油加醋傳得有形有色。漸漸的連底下人也都聽說了，清音閣的紅歌女，這本身就夠香豔的了，況且還是公子的朋友顧貞觀的舊情人，這是多大的秘密啊。人們興奮地竊議著，每議論一遍就會給這故事又增加一層底色，越傳越盛，終至面目全非。

一日，沈菀往上房請安回來，看見自己的丫鬟白芷在海棠花下同官氏房中的大丫頭藍草在爭吵什麼。看見她來，藍草連禮也未行便轉身走了，白芷氣得滿面脹紅。不待沈菀細問，便將緣故一五一十說出：「藍草跟我說，別看奶奶平日不言不語的，看著多端莊高貴，從前在行院裏不知多風流有手段呢，跟京城裏的好多達官貴人都有交情。還說十二號小少爺滿月酒那天，娘娘約了顧貞觀大人，在退思廳裏大白天的關起門來翻雲覆雨，被顏姨奶奶房裏的紅菱、紅萼睹了個正著。我罵她胡說放屁，她還跟我賭咒發誓，說大奶奶也看見的。」

沈菀聽了，只氣得渾身發抖，卻不便發作，只得沉下臉說：「你既然知道她是信嘴兒胡說，就聽見也該當作沒聽見，倒學給我聽。以後不要再說了。」然而自己也知道，這兩句話說得著實蒼白，那園中的謠言，哪裡是這樣容易平息的呢？

她憂心忡忡地等待著，就彷彿等待一場暴風雨的到來。她已經看到了天邊的雲翳，甚至看到了隱隱的閃電，卻還沒聽見雷聲。但她知道，那正是風疾雨勁的前兆。風雨會來的，她躲不過。她知道不反擊是不行的了，就像和尚逼上門來，她只能端給他一杯毒酒；碧藥捉住她痛腳，她狠心摔跌腹中的胎兒；現在顏姨娘欺上門來，她又該如何還以顏色？

她一次次地回想著那天在退思廳發生的一切。所有的事端，都起於紅菱、紅萼兩個丫頭的通風報信。從頭到尾，顏姨娘全部的底牌不過是這兩個丫頭所謂的「眼見爲實」，而自己所倚仗的，則是她們的「口說無憑」。也就是說，倘若她二人改了口，就有可能扳回一局。但是，怎麼樣才能讓她們兩個推翻前辭，承認自己是在說謊呢？

讓一個人說出違心的話來，無非兩種方法：威脅，或者利誘。

早在年前聽官大奶奶說公子寒疾時只留紅菱、紅萼近身服侍的時候，沈菀就對這兩個丫頭有種說不出的感覺，一時覺得她們是公子最信任的人，那麼也該是自己的好姐妹才是；一時又覺得，既然她們曾經接觸過公子的藥，那就不可避免有了下毒的嫌疑，說不定公子的死與她們有關。

之前她早已令白芷、白蘭著意打聽過紅菱、紅葶的底細，知道她們當初同顏氏一樣，都是盧夫人帶進門的，從前是做粗使小丫頭的，後來盧夫人過世，顏氏做了姨娘，她們便都撥入了顏氏房中。聽起來似乎沒什麼可疑，但也說不準。可這更讓自己不敢輕舉妄動了。倘若自己給了她們好處又未能收買她們，反會貽人口實，更說明自己心虛；而若威脅，那紅菱、紅葶是顏氏的丫頭，她又有什麼理由把兩人抓來拷打一頓，逼她們就犯呢？

這天晚上，沈菀逗了一回孩子，又在燈下看了一會兒書，忽然想起自己已經很久沒有看或者唱納蘭詞了。嬰兒日新月異的成長固然是一個原因，但更重要的是，她一直都心浮氣躁著，府裏人看她的眼光這樣怪異，讓她覺得一切都離詞的意境太遙遠，不可觸碰。她抱過琵琶來，彈撥了兩聲，只覺曲不成調。心裏空空的，竟連一句詞也想不起來。心中悵惘，索性披了斗篷，同丫鬟說要出門走一走，也不叫個人跟著，便獨自往園裏來。

一彎新月如鉤。沈菀看著那瘦伶伶的月牙兒，心中越覺失落。公子詞中曾說：「一種蛾眉，下弦不似初弦好。庾郎未老，何事傷心早。」從前閣中姐妹每每唱起這首詞時，都以為初弦、下弦，指的是原配、填房——再娶的妻，不是又叫作「續弦」的麼？然而覺羅夫人卻指點她，「庾郎」原有更深層的意義，有著家國之失，思鄉之痛的。但是初弦也好，續弦也好，總之都沒有她的份兒；庾郎的壯志鄉愁，更是與她無關。公子生命中的重要人物，是被封作一品夫人的盧氏、官氏，還有惠妃娘娘納蘭碧藥，什麼時候且輪得到她這個青樓陌路呢？

沈菀只管悵思往復，不覺露濕錦襪，風透羅裳，連月牙兒也朦朧起來，這才發現不知何時起了霧，自己已出來半晌了。欲回頭時，許是久不入園的關係，加之新移栽了許多花草，從前走熟了的路竟似忽然陌生起來，樹影樓臺重重疊疊的，站住定了半日的神，才依稀辨清方向，尋路出去。

回得房來，只見屋門半掩，小丫頭黃豆子倚坐在門邊月牙杌子上打盹，水娘倒在裏面獨自坐著飲茶，看見沈菀進門，長出一口氣，嘆道：「我的奶奶，你可算回來了。」小黃豆子嚇了一跳，睜了眼迷迷瞪瞪地說：「奶奶回來了。」也不回頭，站起來便往外迎，倒把沈菀和水娘都逗笑了。

沈菀知水娘深夜來訪，必有緣故，忙催著丫鬟們都去睡了，又親自關了門窗，重新斟出茶來。水娘端坐著由她服侍，並不客氣勸攔。沈菀愈覺心驚，含笑在水娘對面坐下，故意拿起一件小孩的衣裳嘆道：「你看官大奶奶的哥哥好不好笑，送衣裳一送就是十幾件，說是小孩子長得快，要輪換著穿。可這一件比一件大恁多，要穿完這些件衣裳，總得好幾年呢。」

水娘只隨便睨了一眼，並不接話，卻湊近來壓低了喉嚨，用一種極秘密的口吻道：「這回不好了，老爺剛才同太太說，要從頭細查你的來歷呢。」遂源源本本地告訴，老爺晚上同夫人說，要找個由頭，提審清音閣的鴇兒、妓女，還有雙林禪寺的和尚，務必從頭拷問沈菀底細，卻又怕弄巧成拙，反而傳出閒話去，因此作難。

沈菀聽了，又驚又恨，由不得迸出眼淚來，向水娘嘆道：「這是從何說起？是誰這樣害我，編出這些沒影兒的話來。倘若老爺真個從頭徹查起來，雖然天可憐見，必能還我清白，然而來來往往這麼走一遭，我還用再做人嗎？從今往後，在這府裏可怎麼活呢？」

水娘也道：「誰說不是？所以太太勸住了，說要從長計議。但我聽老爺的意思，仍是要查的，說這些閨閣閒言原可以不理，但事關孩子的血脈，不得不查個清楚。我怕你吃虧，所以頂著雷也要來告訴你，好叫你多留些小心。」

沈菀垂了一回淚，咬牙道：「水大娘，這件事我之前也早有耳聞，也想過法子對付，只是沒有把握。然而事到如今，行不行，也只有冒險試試——你是太太身邊最信任的人，我的命全在你手上了，你可肯幫我？」

水娘道：「這何消問？我自然是幫你的。只是，你又有什麼法子可以讓老爺不追究呢？」

沈菀又低頭沉思一回，終無別法可想，只得將打算說了出來與水娘計議，水娘躊躇半晌，雖覺不妥，亦無良策，況且前面說了滿話，此時也只得應諾下來，嘆道：「只是，這樣一來，府裏又不得耳根清靜了。大奶奶和姨奶奶就不消說了。就是那些姨太太們，你別看各個面兒上都跟佛爺似的，但人心隔肚皮，平時不知積怨多深呢，只是沒機會發作，如今得了這個由頭，還不趁機作亂麼？」嘆了一回，告辭離去。

沈菀又連夜請了韓嬸來，授以計策。韓嬸也是發了半天的呆，到此時悔翻腸子，只恨當日自己不該應了沈菀，替她叫出顧貞觀來相會，然而鬧到這一步，已然改不了口，少不得配合她演齣戲，遂咬牙笑道：「若這事露了底兒，便捨了我夫妻兩條性命，只當報奶奶的恩罷了。」

送走韓嬸，沈菀又在燈下籌思半晌，直至東方漸白，雞唱初遍，方朦朧睡了。

第十五章　有情終古似無情

轉眼清明，明府老小上下照舊往京西玉河皂莢屯祖塋掃墓。

這天一大早，眾人天不亮就起來洗漱更衣，用過清粥，便出門來。難得這日無雨，風和日麗，使得出行看上去更像是一次遊園，不但在園裏拘禁慣了的丫頭們覺得新鮮，就連揆敘、揆方、福哥兒一出府來，也如脫韁的馬駒般，禁不住要撒歡兒，一時嫌車子走得慢了，其實不過是爲著催駕轅的甩鞭花，一時又鬧著要下車來，自己騎了馬走在前頭。滿人子弟原是在馬背上長大的，明珠也並不拘管，由著他們一會兒一個花樣，車上馬上的來回折騰。

車子是前一日就備好了的，從街頭一直排到街尾來，只聽密匝匝一片車軸聲，前頭明珠的車轎已經不見影兒了，後頭官氏的朱輪八寶車還沒有發動。不遠的一段路，擾攘半日才到，已近午時。

沈菀自打去年進了明府，這還是第一遭兒出門，只覺看什麼都是新鮮的，山水道路，彷彿都與從前見到的不同。綠樹紅花，也比府裏的更覺縱肆，掙足了力氣去吞吐陽光春風似的；道路兩邊的茶肆食檔雖然簡陋，然而成屜的饅頭熟食冒著熱氣，看上去分外誘人，竟比自己時常吃的山珍海味還覺難得；偶爾田間有農人荷鋤經過，也覺得宛如祝枝山的水墨丹青，那戴笠的農人也同畫裏走下來的一般，仙風道骨。

一時在祠堂前下了車，眾人分男女洗手上香，排班行禮。沈菀隨眾行禮過，官氏又特地道：「你進門時，原沒在大奶奶跟前磕過頭，少了一道禮數，今兒多上一道香，拜祭一回，就算補了這禮吧。」覺羅夫人一旁聽見，點頭道：「很是。」

水娘在盧氏墓前放下墊子來，沈菀重新跪下，恭恭敬敬磕了三個頭，拈香祝告。這方有機會仔仔細細看清碑文，看到「烏衣門巷，百兩迎歸；龍藻文章，三星並詠」之句，不禁豔羨拜服；及至「亡何玉號麒麟，生由天上；因之調分鳳凰，響絕人間。霜露忽侵，年齡不永。非無仙酒，難傳延壽之杯；欲覓神香，竟乏返魂之術」等句，又覺嘆息；及看至最後「荒原漠漠，雨峽濛濛。千秋黃壤，百世青松」句，倒不由心下一動，彷彿在什麼地方見過一般，不禁呆呆地出神。直至水娘催促再三，方焚過紙錢起來。

一時祭奠完畢，明珠自有當地官紳請去坐席，覺羅夫人用過午膳，命官氏、顏氏帶了哥兒姐兒去附近村中隨喜，又命水娘、韓嬸等帶些「青餅子」、「古聖散」等藥物糧米佈散眾人，施濟村民，自己則叫沈菀陪著，往荷塘邊散步，一為行食，二為踏青。

此時蓮葉未圓，河上只有青荇浮游，然而河塘對岸的山坡上卻開滿了各色野花，粉葛，紫藤，紅的杜鵑，白的桃杏，微風輕送，那香味一陣陣地吹過來，中人欲醉。

覺羅夫人搭著沈菀的手向那岸眺望著，看了半晌，卻說起一句毫不相干的話來：「我方才看冬郎的墓也修得差不多了，大約總趕得及五月三十移棺下葬。」

沈菀聽了，心裏一陣悸動，想起自己在雙林寺伴棺而眠的日子，竟覺無比懷念。青燈古佛，黃卷蒲團，若不是有苦竹作梗，自己真寧可一輩子守著公子的棺槨，老此一生。她知道自己爲什麼這麼久都沒唱納蘭詞了，因爲她離公子太遠，公子也就離她遠了。

想著，心底忽然湧起一闋詞來，納蘭公子的《荷葉杯》：

知己一人誰是？已矣。贏得誤他生。
有情終古似無情，別語悔分明。
莫道芳時易度，朝暮。珍重好花天。
為伊指點再來緣，疏雨洗遺鈿。

「爲伊指點再來緣。」說得多好呀。這首詞，字字句句，分明就是爲自己寫的。「知己一人誰是？」當然是自己。雖然她知道公子寫這首詞的時候，一定不是爲了自己，但放眼天下，除了公子，誰當得起她沈菀的知己？而自己的全部身心，是早已許了公子的，不僅是今生今世，而且是永生永世，不是他的知己又是什麼？

「有情終古似無情，別語悔分明。」那年淥水亭集會，公子的一顰一笑，一言一句，都是這樣的刻骨銘心。只恨芳時易度，好花易謝，自己可以期望的，除卻再生緣，便只是能夠爲他陪靈守墓，也就於願足矣了。

半晌，覺羅夫人又道：「死去何足道，托體同山阿。不久的將來，你和我也都要來到這地方。」

沈菀又是一陣悸動——她真有這個福分，葬身在納蘭家的祖塋嗎？還有，她與苦竹和尚的那個孩子呢？她不由回頭望著墳塋的方向，發起呆來。不久之後，公子的棺槨就要移來這裏，與盧氏合葬，冷月清風，地久天長。而她，卻帶著那個並不屬於公子血脈的「遺腹子」，躲在相國府裏錦衣玉食，並且當他長大後，還要受庇於明相的權勢，作官作宰，享盡榮華富貴後壽終正寢，葬入祖塋——她怎麼對得起公子，對得起自己從十二歲起就矢志不渝的真愛？想想這半年來自己在府中的日子，想到還未來得及實行的那個計畫，她忽然覺得無比厭倦，何必苦心孤詣地騙人、害人呢？就這樣乾乾淨淨地離開相府，在這皂莢屯結廬而居，聽林中野鳥，看溪上飛雪，與山花牧笛作伴，永遠爲公子和盧夫人掃一輩子墓，不好嗎？

覺羅夫人是向來習慣了自言自語的，別人說的話她很少上心，她自己說話也不理人家有沒有傾聽。然而當她已經說到了「你和我」卻還是沒有回音的時候，就不能不注意到沈菀的失態了。不禁懷疑地看了她一眼，問：「你是不是有什麼心事？」

沈菀心思潮湧，衝動之下幾乎就要向覺羅夫人全盤托出，卻又一時不知從何說起，含糊道：「我在想公子的一首詞，『知己一人誰是？』是說的盧夫人吧？公子與夫人，真是伉儷情深，卻偏偏都這樣短命。」

當她這樣說著的時候，卻忽然想到，這個「一人」，真的是盧夫人嗎？會不會，與「一生一代一雙人，爭教兩處銷魂」中的「一雙人」是一樣的，指的是碧藥娘娘？「若容相訪飲牛津，相對忘貧。」公子與盧夫人有白頭之約，但與碧藥亦有生死之盟，甚至有過私奔之念。碧藥，才是他的知己吧？

覺羅夫人也不能確定詞中的意思，只淡淡說：「冬郎這孩子，錯就錯在太聰明了。一個人太聰明，就容易執著，永不滿足，又怎麼開心得起來？」

沈菀的眼睛就又濕了起來。一生中與納蘭公子幾次有限的相見又浮現在眼前了，他真的是少有展顏的時候。他在執著些什麼？

盧氏比起碧藥來，說不上是多麼絕色的女子，但她溫婉清麗，一舉一動都有種女性的柔情。碧藥的美麗與魅力幾乎是帶有攻擊性的，就像馥郁襲人的夜來香，中人欲醉，看了她幾乎要頭昏；而盧氏卻好比一朵茉莉花，清香淡遠，嬌小可人，令人留連不肯去。

納蘭對於盧氏的愛情，也許不及對碧藥那般強烈，中蠱一樣的不能自拔。但卻有一種依戀，一種信賴，只要他握著她的手，心裏便覺得篤定，覺得踏實，每一分鐘都是美好的，悠長的，連天邊的流雲都格外的曼妙多姿。

他們常常牽著手，並著肩，坐在淥水亭裏看夕陽下山。她總是又滿足又惆悵地嘆息：「這麼快就落下去了。晚霞那麼瑰麗輝煌，一旦斂去，又這麼蒼白昏黯。」他便安慰她：「太陽雖然下山了，但是月亮很快就會升起來，星辰萬點，更加美麗。」

他寫了那麼多詠月的詩詞，來撫慰她的易感多情。然而他沒有想到，當她有一天也像夕陽那樣斂去餘暉，香消玉殞，世界上竟沒有一種事物可以代替她的溫存，撫慰他失去她的哀傷。

那次扈從，他本來是請了假不要去的，爲的是留在家中陪伴待產之妻。但是明珠嚴厲地質責了他，對他說：皇命難違，你身爲侍衛，如何竟能將妻子安危置於皇上之前，豈非不忠？身爲兒子，又如何能夠不考慮老父如今在朝廷的處境任性而爲，豈非不孝？

兩難之間，還是盧氏握了他的手說：大夫說了，離臨盆還有些日子呢，你放心去吧。等你回來，就該迎接咱們的寶貝出生了。

然而，他到底趕不及。等他回來的時候，只見到了早產的兒子，妻子卻已經裝殮封棺了。明珠說：天氣炎熱，不能久停，只好早早盛殮了。他竟然，連妻子最後一面也未能見到。

他第一次與父母起了衝突，幾乎是在質問他們：當他伴駕扈從的時候，家中到底發生了什麼事？你們不是說像疼愛女兒一樣地疼愛媳婦嗎，那爲什麼會看著她難產而死？到底有沒有找大夫細查病因？

靈柩被送入雙林禪寺停放，納蘭容若離了家，也搬入禪寺久住，陪伴盧氏的棺槨，日夜哭祭。

後來，還是覺羅夫人親自抱著福哥兒來到寺裏尋他，對他說：你就算不理會父母白髮懸心，也要顧及嬰兒幼失怙恃。他枉爲叫了福哥兒，卻福淺如此，甫生下來就沒了母親。難道，你也要忍心看他沒有父親嗎？

容若終於跟隨母親回了家，然而，此後一有時間，他還是會到禪寺留宿，並寫下了一首又一首斷腸詞。

> 心灰盡，有髮未全僧。風雨消磨生死別，似曾相識只孤檠。情在不能醒。
>
> 搖落後，清吹那堪聽。淅瀝暗飄金井葉，乍聞風定又鐘聲。薄福薦傾城。
>
> 挑燈坐，坐久憶年時。薄霧籠花嬌欲泣，夜深微月下楊枝。催道太眠遲。
>
> 憔悴去，此恨有誰知。天上人間俱悵望，經聲佛火兩淒迷。未夢已先疑。

接連幾曲《望江南》二首，副題都作《宿雙林禪院有感》，只爲雙林禪院停放了盧氏的棺柩，便成了容若的第二個家。無需伴駕的日子，他得空便來此小住，挑燈夜吟，寫盡傷心句。這情形，直到一年多以後盧氏的棺材下葬，歸於皂莢屯祖塋，才終於停止了。

覺羅夫人如常地用她特有的平靜語調講述著冬郎的故事，就彷彿在講一段歷史典故。而沈菀早已泣不成聲。忽然之間，剛才墓碑上的字又一次浮上心頭：「荒原漠漠，雨峽濛濛。千秋黃壞，百世青松。」

她想起來了！這就是她在夢裏見過的那座碑，那碑上的字！

她一直都相信那是一個暗示，原來，這暗示是盧夫人給她的。盧夫人要借這幾行字來告訴她什麼？莫非，納蘭公子的死，與盧夫人的死，出自同樣的原因？是誰害死了盧夫人，又是誰害死了公子？

自從在大殿偷得那丸綠色藥丸之後，沈菀已確定了皇上賜死公子之心。然而那丸藥，公子畢竟沒有來得及服下，那麼，公子中的毒又是誰人所下呢？是府裏另有內奸，還是宮中另有暗線？她一直沒有概念，直到親眼見到了碧藥娘娘，才忽然想：會不會，所謂毒藥，並不是那丸碧綠色毒藥，而是這個叫作碧藥的女人呢？是碧藥辜負了公子的愛情，爲了自己的爭寵奪位而將他置於死地，會是這樣麼？

但這個想法只是朦朦朧朧地藏在心裏，就像一道關得厚厚實實的門，她一直沒有勇氣打開。現在，盧氏碑上的字就像打開那道門的鎖匙，讓她看清了自己的懷疑，也更堅定了自己的使命：

在她還沒有查清公子的死因，還未能爲他報仇雪恨之前，如何能就這樣離開相府，碌碌無爲？只有留在府裏，她才可能進一步打聽碧藥的消息，在得出公子之死的真正原因之前，她哪裡也不可以去，這是她活下來的全部意義。

沈菀回眸再看一眼盧夫人墓，在心裏默默說：我會來陪你們的，等我爲公子報了仇，就會來的。如果我死了，不求能埋身葉赫那拉祖塋，只要能葬在皂莢屯，離公子近一些，便死也瞑目了。

次日早起，水娘服侍覺羅夫人梳妝，忽然驚道：「這匣子裏的釵簪怎麼少了幾根？」覺羅氏聽見，忙又親自檢點一回，訝道：「別的且不論，只那根鳳凰銜紅果的步搖簪子怎麼也不見了？那顆紅寶是冬郎去雅克薩時，用佩刀同那些羅刹鬼換的，特地鑲好了賀我壽辰。如何失得？你讓丫鬟到處找一找，是不是收在別處了。」

水娘道：「這怎麼會？那簪子是單獨收在這匣子第二格的，如今空了，如何會錯？前兒給太太打點出門衣裳時，我還查檢過這首飾匣子的，那根簪子明明還在。還有那年惠妃娘娘賞的雲母鑲東珠的花鈿也不見了，另有兩對墜子，一對鐲子，也都不知哪裡去了。」一邊說，一邊假意催促眾丫頭找了一回，自然是遍尋不見。

覺羅夫人蹙眉道：「別的丟了也罷了，冬郎那根簪卻不同，你既說昨兒還見的，這屋子又沒外人進出，怎麼會丟了呢？」

水娘趁勢道：「昨日全家都去玉河掃墓，府裏並沒來過什麼外人，就只有各房裏留下來看門的幾個丫頭，必是哪個手長眼皮子淺的偷了去，倒要好好搜一搜的才是。」

覺羅夫人對這些事向來是怕聽的，忙道：「那又何必惹事？或是等些日子，自然就會出來了。」一說著，各房請安的已經陸續來到，覺羅氏如常出來相見，一字未提。

那水娘原是同沈菀做就了的圈套，豈肯就這樣算了，服侍過早飯，便又特地去告訴官大奶奶知道，說是「太太嘴裏雖沒說什麼，心裏卻是惱火的。為這件事氣得早飯也沒有吃好，回了房書也不看，茶也不喝，只坐在那裏發呆。」官氏也知道這釵子的來歷，然而要她做主搜查各房丫頭，又覺躊躇，深知此舉不合太太心意，且姨太太與顏氏等又必有一番口舌抱怨，若查出來還好，若查不出來，豈非白落一身不是，還得罪了各房太太、奶奶。因此只說：「既然太太都說不計較，我又何必多事？」

韓嬸也是早得了沈菀叮囑的，忙在一旁攛掇道：「奶奶，話可不是這樣說。一則這顆紅寶的來歷不淺，是姑爺在雅克薩九死一生，拿命換回來送給太太的，怎麼能說丟就丟呢？二則咱們宅裏出了家賊，這次不查，以後要是偷順了手，越發偷到大裏去，那還得了？三則，昨兒各房裏都留有幾個丫頭看門，也都有嫌疑，抓出個真賊來，也給咱們房裏的丫頭洗洗清，不然，別人看著奶奶忍氣吞聲，不說奶奶心胸寬大息事寧人，還當是咱們自己心虛，不敢查呢。就是丫頭們以後也難抬頭做人。」

官氏聽了，便又猶疑起來。只不好擅做主張，遂命人請了幾位姨太太及顏氏、沈菀來，將事情經過與搜查的主意說了一遍，且看各位是何主張。

沈菀自然第一個說好，又道：「我來的時日短，對丫鬟的脾氣本性原不深知，並不敢打包票的。大奶奶說怎麼便是怎麼，我絕不護短藏奸。就從我房裏第一個查起也使得。」

那幾位姨太太聽了，都想自己若不同意，倒像是護短藏私的一般，也都說既然是太太的要緊首飾丟了，自然要查清楚的才好。

從來官氏說一，顏氏便要說二的。然而這件事不同別的，眾人都說願意查，獨她不許，倒像是不打自招，是她房裏丫鬟偷了的一般，卻又不甘心就這樣說好，故意為難道：「那倒是讓誰來查，又怎麼查呢？是大奶奶帶著人挨房搜檢，還是把昨兒看家的各房丫頭都叫在一處，輪番拷打？」

韓嬸早有成竹在胸，忙道：「論理各位主子在這裏，沒有我說話的份兒。但這件事連我們房裏的丫頭也有嫌疑，若是我們奶奶帶著人查，各位太太、奶奶未必願意，因此我有個主意在這裏：倒是各房主子互相搜查的為是，這樣，搜檢得快些，且也顯得無私。主子們說是怎樣？」

那顏氏做了姨娘，房裏的丫頭原比奶奶們的丫頭低一等，心中早就深以為恨，巴不得有機會在別房丫頭前耀武揚威，況且官氏房中的藍草一向眼高於頂，言語刻薄，尤其為她所忌，自然滿口說好，搶先道：「這搜檢的事說大不大，說小不小，最是出力不討好。我們自然該爲大奶奶分憂的，我便親自審問奶奶房裏的幾個丫頭，我房裏的丫頭，也由得奶奶拷問。」

官氏也知她打的算盤，冷笑一聲，剛想說話，韓嬸忙又搶在前面道：「顏姨奶奶既這樣說了，我們奶奶倒不好交換來搜的，不如讓小奶奶搜顏姨奶奶的房，我們奶奶只管查檢小奶奶房裏的丫頭好了。若是奶奶們不放心，便連帶的人也都不是自己房中的，可好？」

官氏深以爲妥，便依此計，又來見覺羅夫人，說眾人都說理該徹查，若查了贓出來，自然殺一儆百，便查不出來，也要敲山震虎的才好，或者那賊怕了，把簪釵丟出來使眾人找見也不一定。又說眾位姨太太也都願意。

覺羅夫人原不肯爲這些事操心，況且水娘又在一邊幫腔，便向官氏道：「既然是你當家，便由你做主好了。」

於是官大奶奶一聲令下，內宅院門層層上鎖，箍得鐵桶一般。官氏因怕自己房中丫頭吃虧，便議定水大娘跟著顏姨娘，韓嬸卻幫陪沈菀，又在顏氏的婆子中間挑了一個素日尙算和氣知禮的跟隨自己。各位姨太太也都選了幫手，交換各房丫頭搜檢審問。一時園中人來人往，哭啼之聲盈耳，咒罵之語不絕。那些太太、奶奶間素有嫌隙的，都趁此機會拿著丫頭作筏，私刑拷打者有之，嫁禍洩憤者亦有之。

沈菀帶了韓嬸，在顏氏房中搜檢一回，隨手從紅菱、紅萼箱中各找出幾件首飾來，問道：

「這是什麼？」紅菱、紅萼嚇得魂飛魄散，忙跪下來賭咒發誓地道：「這東西奴婢從沒見過，不知是誰藏在這裏的，請小奶奶明察。」

沈菀冷笑一聲，且不發話，只遣散了眾人，獨命韓嬸帶了紅菱、紅萼兩個來至退思廳，老韓早已在那裏等候。沈菀命將跨院的門前後上鎖，命她二人進屋跪下，拿起那幾件釵環道：「你們說沒見過這幾根釵子，那麼從頭跟我說說，上月十二號在這裏可看見過什麼了？」

紅菱猶自呆呆的，紅萼卻已明白過來，知道沈菀在報前仇，忙道：「只要奶奶饒了我，上月我在這裏什麼也沒看見。」

沈菀道：「你什麼都沒看見？你不是同大奶奶和顏姨奶奶說，在這裏見著我跟顧先生私會，還看見老韓叔了麼？你這樣無中生有，是誰教給你的？」

紅萼聽沈菀話中之意，竟是要她誣陷顏氏，不禁變色。沈菀拿出幾錠銀子放到她面前，笑笑說：「你說出來，這些銀子都是你的，以後我還更加疼你。若不說，我便拿了這些首飾去給太太和大奶奶看，說是從你箱裏搜出來的，韓嬸和那麼些人可都是親眼看見的。」紅萼低頭沉思，猶豫不決。

紅菱到這時候才明白沈菀的意思，大叫道：「紅萼，沈姨奶奶這是叫咱們背叛主子，要陷害咱們奶奶呢，這怎麼行？奶奶對我們恩重如山，我再不做這喪天害理的事。」

韓嬸聽了，早用力一掌摑去，罵道：「放屁，竟敢辱罵小奶奶！敬酒不吃吃罰酒，信不信我把你舌頭扯下來？」與老韓叔兩個，拉起紅菱按在椅子上坐定，雙手反剪著捆在背後，腿和腳腕上都纏著繩子，將她與身下的椅子固定在一起。又左右開弓，連打了幾巴掌，邊打邊問：「說你三月十二那天到底見了什麼，看你還敢胡說不？」

偏那紅菱一腔愚忠，硬是倔強得很，饒是打得一邊臉腫起，猶自嘴硬道：「我們奶奶只叫我盯著沈姨奶奶，看她說過什麼做過什麼，可並沒叫我撒謊。那天的的確確，是我親眼看見你帶著顧大人進了這院子，顏姨奶奶隨後就來了，並不是我們奶奶胡編出來的。」

韓嬏又氣又急，罵道：「你還嘴硬，我讓你毒舌頭害人，讓你害人！」一邊罵，一邊用力掐住紅菱的脖子，一直往下按，按得她的下巴磕在桌沿上，舌頭被迫伸出來。那桌上早放著一隻方口深盤，上面罩著鐵網，也不知裏面黑黢黢的是什麼。

韓嬏問：「我再問你一遍，爲什麼要胡說，編派我同小姨奶奶？」

那紅菱也不知是嚇傻了，還是大勇若愚，只是瞪著眼不說話，彷彿在猜測深盤裏盛著的到底是什麼東西。韓嬏使了個眼色，韓叔便小心地揭開鐵網來，裏面竟是幾隻蠍子在爬。

原來沈菀從定了這條「聲東擊西」之計就開始籌謀，倘若紅菱、紅萼不受誘惑，那麼要用什麼樣的刑罰才可以確保奏效，乖乖地依計行事。她把從前清音閣老鴇對付姐兒們的方法從頭想了一遍，什麼「紅線盜盒」，什麼「關門打貓兒」，什麼「遊龍戲鳳」——就是抓幾條壁虎又喚作「四腳蛇」的丟進姑娘衣裳裏，黏膩膩滑溜溜渾身亂爬，上下其手，令姑娘又急又怕，顧不得羞，只得當眾親手脫下衣裳來捉蛇——都是些讓妓女丟棄自尊，身心同時臣服的毒計。沈菀從前在閣裏做歌妓時，恨透了這些狠毒下流的惡刑，但此時為了自保，竟然不得不借它一用。

然而那些招術，多半只是摧毀意志，卻未必能令人懾服。想來想去，唯有一招「蠍子親嘴」最可行——就是把妓女綁了，一盤蠍子，一個男人，讓她自己選，要跟哪個親嘴。那妓女哪有膽子肯讓蠍子咬舌頭，自然只能親口說願意跟那男人親嘴兒。而倘若哪個妓女竟然嘴硬不從，就逼她張開嘴來，讓蠍子鉗她舌頭。那舌頭腫得吐出來收不進去，只得由著男人咂嘴親舌兒替她吸毒。如今沈菀自然不是為了讓紅菱、紅萼選男人，卻不妨讓她在蠍子和銀子中間選上一樣。

一不做，二不休。她惡狠狠地對自己說，那紅菱、紅萼是為公子侍藥的人，然而公子還是死了，中毒而死。衝這一條，這兩個丫頭就不足惜。

那韓叔韓嬸本是負責配藥製藥的，蛇蟲鼠蟻這些向來齊備，聽了沈菀吩咐，唯恐事情不成，特地選了最大的幾隻毒蠍子及幾條蛇來。黑森森的蠍子爬行在碧幽幽的盤底，虛張聲勢地伸著兩個鉗子，左顧右盼，看上去令人身上一陣發麻。連沈菀也不由別轉了頭。

紅菱恐懼地瞪大了眼睛，喉嚨裏咳咳作響，卻說不出話來。而紅萼早腿腳麻軟，跪倒在地，「哇」地一聲嘔吐起來。韓嬸一頭一臉的汗，兩隻手死死按住紅菱的頭，使她吐出的舌頭貼到盤子沿上。韓叔拿根鐵筷子小心翼翼地撥弄著蠍子，使牠們湊向紅菱的舌頭，猛地鉗住。

紅菱悶哼一聲，驚恐得口吐白沫，暈死過去。紅萼早已涕淚齊流，磕頭如搗蒜地告饒道：

「小奶奶、韓大娘饒了我吧，我什麼都沒看見，那些話都是顏姨奶奶教我說的。」

韓嬸鬆了紅菱，不知是累還是怕，手叉了腰呼呼喘氣，她們抓了紅菱、紅萼來，就爲的是這兩句話，如今到底逼著紅萼說出來了，卻忽然覺得這兩句話虛飄飄的毫無分量，一時不知如何下臺，瞪著紅萼罵道：「讓你這蹄子說你便信口兒胡說，還留著舌頭何用？不如餵蠍子。」

紅萼驚得肝膽俱裂，不知如何自救才好，忽然想起一事，連忙大叫道：「韓姨奶奶還曾請巫師做法，縫小人兒害小姨奶奶來。別抓我，我都告訴你們。」

沈菀冒險抓了紅菱、紅萼來拷打，原意只是孤注一擲，不惜代價地逼她二人改口，承認所謂「沈姨娘與顧大人私會」之語全是顏姨娘教的謊話，再沒想到「無心插柳柳成蔭」，竟然審出一段新故事來。不禁直起身來，逼到眼前，急問：「是怎麼回事？你從頭至尾細細說給我，便不罰你。」

紅萼眼淚一行鼻涕一行，又急又怕，越急越說不清楚。韓嬸抽出絹子來，替她囫圇抹了一回，催促道：「你快說，那小人兒究竟是怎麼回事？你若不說，看那簍子裏是什麼？」說著揭開簍上蓋口，立刻便有一條蛇竄出來，扁扁的頭，圓圓的眼，絲絲地向外吐著舌頭。

紅萼本已嚇得傻了，手腳冰涼，看到紅菱的舌頭被毒蠍子叮住，連自己的舌頭也跟著不聽使喚起來。然而見了那蛇，卻又嚇得重新活泛起來，劈哩啪拉地說道：「是我偷聽來的。那日大奶奶傳進薩滿來，我們奶奶就拉了一個女師傅到房裏說話，原來她們從前在府外頭就是認識的。我們奶奶許了那師傅許多好處，換了一個布人兒和許多針來，說是做過法的。師傅又教給我們奶奶怎麼怎麼用，如何選日子時辰，燒多少香供奉，我也沒大聽清楚。師傅走後，奶奶一連燒了幾日的香，但都是將我們攆出去守在窗外的，她自己在房裏咕咕噥噥，念叨些什麼也沒聽見。總念了有八九日，後來就收在櫃子裏了。」

韓嬸道：「既藏在櫃子裏，後來又怎的在我們大奶奶房裏找見呢？」

紅萼道：「原先是藏在櫃子裏的。但二月十二皇上來賞花那日，大奶奶讓我們奶奶傳沈姨奶奶去服侍惠妃娘娘，臨走說要回房解手，要我跟著。及回了房，卻並沒解手，倒取出小人兒來揣在懷裏，又往大奶奶房裏去。我問她不回席上，怎麼倒來大奶奶房裏，可是走錯了？奶奶罵我說：讓你跟著便只是跟著，要這麼多話？又讓我在門外守著，看見有人來就大聲咳嗽。她獨自進了屋子，不一會兒便出來了，想來就是藏那個布娃娃去了。」

韓嬸咬牙道：「可不就是這樣？這準是沒跑兒的了。若不是這丫頭說出來，我們奶奶這黑鍋還不知背到何時呢？可見這顏姨娘想害我們奶奶和小奶奶，已經不是一日兩日了。如今只管把她提了去回太太，把顏姨娘也叫來一邊，看還有什麼可說？」她為了沈菀，私下抓了紅菱、紅萼來審打，且是用皺子鉗舌頭這樣的毒刑，原本心中慄慄，不無驚愧。如今卻無意插柳，竟破了這件懸案，頓覺鼓舞，又將紅萼從頭細細審了一遍，興興頭頭地去回官氏。

這裏沈菀親自給紅菱、紅萼鬆了繩索，喝令：「別人問起來，只說是自己吃錯了東西，知道麼？」

那紅菱昏昏噩噩，只剩下點頭的能耐，紅萼親眼見識了沈菀的手段，哪敢不從，賭咒發誓說只要小奶奶饒她，此生為奶奶供奉長生牌位，磕頭燒香。

沈菀冷笑道：「我沒那麼大功德，你也不用哄我，只是你記著自己說過的話，今天的事，你敢傳出去一個字，我把你眼睛也毒瞎了。」

紅菱更加滿眼懼色，點頭不迭。後來到了覺羅氏那裏，果然源源本本，將顏氏如何請進薩滿師傅來求法，如何在屋裏供了香火，每當瞞人時便燒香磕頭，如何在賞花宴那日支開眾人，自己往大奶奶屋裏藏私，行一箭雙雕之計，從頭至尾說了一遍。

覺羅氏素恨巫蠱之術，聞言不禁大怒，叫了顏氏來痛斥一頓，即刻便要攆她出去。展小姐跑來給覺羅夫人跪著，淚下如雨，卻並不出聲請求。覺羅夫人不由心軟，遂又改令顏氏住到佛堂思過，一年內不得穿金戴銀，不得與眾人同席吃飯，除自己生日及展小姐生日之外，便連親生女兒也不得見。顏氏大哭小叫地喊冤，覺羅氏凜然說：再哭就攆出府去。顏氏這才閉嘴，不敢再強了。

人們很少看到覺羅夫人發怒，然而這一天，她卻著實發作了，晚飯也沒有吃，特地把幾位姨太太、奶奶、姨奶奶找去訓話，然而說是訓話，也只是眾人站著，看覺羅氏獨自沉思。她就像一尊金銀錢裝飾的暹羅佛像，端莊而靜默，眼觀鼻鼻觀心不怒自威地正襟危坐著，足足僵持了有小半個時辰，才終於開口說了一句話：「女人嫉妒起來，有多麼可怕。」然後就命眾人散了。

然而那句話已經像根又尖又長的鋼針一般扎在了沈菀的心上。「女人的嫉妒」，夫人這是在說顏氏，還是說自己，或者，在說碧藥娘娘？顏姨娘爲了嫉妒給自己下蠱，那麼，碧藥會不會也是爲了嫉妒而給盧夫人和納蘭公子下毒呢？得不到，便毀滅，可是這樣？

她不僅要做他青梅竹馬的初戀，還要做他一生一世的絕愛。她殺死了他愛的盧夫人，卻仍不能得到他整個的心，於是便連他也毀去，是這樣嗎？沈菀想她必須要查下去，盧夫人墓碑上的字，和覺羅夫人的談話，都是上天給自己的暗示。她不能停止這查尋，可是，接下來她該怎麼做？

巫蠱之事充分證明了顏氏對沈菀的嫉恨是多麼強烈到不擇手段的地步，那麼「沈姨娘與顧貞觀在退思廳私會」云云，自然也都是顏氏單方面的陷害之辭了，更何況，兩個丫鬟也都推翻了早先的供詞，指出所有的話都是顏姨娘逼她們說的，根本子虛烏有。

既然真相大白，明珠亦不再追究，提審清音閣妓女與雙林寺和尚的話更不提起。沈菀終於又過了一關，可是心裏沉甸甸的，就好像誰趁她睡著的時候剖開了她的身體，摘走了原本那顆七竅玲瓏純潔明媚的真心，卻換成了一支秤砣。她帶著那秤砣擺擺盪盪的，走到哪裡，一顆心也不由自已地盪過來，盪過去，讓她怎麼也高興不起來。

紅菱、紅萼後來被撥入花園清掃茅廁，紅菱的舌頭腫了大半個月不能言語，每日只能進以流食。等到終於消腫，人已變得癡癡呆呆。紅萼更是驚如倉鼠，每有風吹草動便驚得直跳起來，身如篩糠。園中人雖不知究竟，卻也從此都知道沈姨娘面子上和氣，其實難惹，從此不敢貧言亂語了。韓嬸見識了沈菀手段，雖覺未免毒辣，卻由此竟破了官大奶奶遭誣陷之案，反覺佩服，從此更對沈菀死心踏地，自然更不會向眾人提起審案細節。

府裏復又重歸平靜，唯有沈菀雖然又躲過一劫，卻也有幾分心灰意冷，只覺自己如此辛苦進來府裏，做了納蘭公子的遺婦，然而終究心裏有鬼，瞞人瞞己也瞞不過天地，更不知何時又會發作出來，心裏暗暗憂戚。

而且她又開始做噩夢了，這回不再是枯井，墓碑，而是充滿了成群的毒蠍子，黑鴉鴉，冷嗖嗖，發出腥膻的氣息，咻咻地向她湧過來。她總是驚出一聲的汗，揪著胸口難過得喘不上氣來。

她想牠們為什麼總是不肯放過她，不，不是那些蠍子，而是往事——清音閣的老鴇，雙林寺的和尚，碧藥娘娘，明珠大人，顏姨奶奶，還有紅菱與紅萼。他們就像那些無處不在的蠍子一樣，無論她躲向哪裡，怎樣的謹小慎微，他們都不肯放過她，一定要挖出她心底的秘密，就像雷電在雨夜裏追擊修煉未果的狐狸那樣，逼著她現形。

她被迫還擊，一次又一次，她殺了和尚，在碧藥的逼迫下試圖摔死自己腹中的孩子，還給紅菱的舌頭放毒蠍子，她用一個罪惡去清洗另一個罪惡，用一個秘密去掩蓋另一個秘密，她被逼著往前走，離開十二歲的自己越來越遠，離開那個只想把一輩子奉獻給納蘭詞的小歌女越來越遠，離開納蘭公子，也越來越遠了。

而且自從出了這件事，展小姐就再也沒有到合浦軒來，見了沈菀，也是正眼兒不瞧，遠遠地避開。只有一次，展小姐大約是去通志堂查書，正遇上沈菀在那裏插花，兩人獨處一室，氣氛未免尷尬。沈菀陪著笑搭訕，展小姐先是不理不睬，忽然回頭定定看住沈菀，一雙清澈如寒星的眼睛，彷彿可以看穿她的心，她清清楚楚地說：我知道娘沒有冤枉你，退思廳的事是真的。說完，拿著書就走了。

沈菀跌坐在椅子上，就彷彿被展小姐的那句話釘在了那裏一般。不知爲什麼，她覺得展小姐的眼神同語氣都是那麼熟悉，似曾相識。然後，她想了起來，就像那天在這裏見到碧藥娘娘時的一樣。這一大一小兩個納蘭家的女人，年齡差了二十多歲，卻擁有同樣的高貴、驕傲、犀利與冷靜，而對於沈菀，也都是同樣的敵意與輕蔑。

沈菀戰勝了顏姨娘，卻在展小姐的一句話下一敗塗地，她知道自己是永遠失去了展小姐的友誼與敬意，她們本是可以和睦相處的。她得罪了公子的侍妾，得罪了公子的兒女，卻生下一個同公子毫不相干的孽種，將他冠以他的姓，以此留住在明珠花園裏，活在對公子的記憶與追尋裏，這到底是忠貞還是背叛？

她對自己充滿了懷疑、審視，甚至鄙夷，她不認得自己了，雖然一遍遍對自己說：這一切都是爲了公子，爲了復仇。可是如果公子遇見現在的自己，還會欣賞和認同嗎？她第一次開始懷疑：自己所做的這一切，值得嗎？

第十六章　泣盡風檐夜雨鈴

納蘭容若一生中，大概對自己也不願意承認：雖然對盧夫人情深義重，然而心底最愛的女人，還是納蘭碧藥。一次又一次，他在詞中記下與她的相見，對她的繾綣：

「正是轆轤金井，滿砌落花紅冷。驀地一相逢，心事眼波難定。誰省，誰省，從此簟紋燈影。」

「黃葉青苔歸路，屧粉衣香何處。消息竟沉沉，今夜相思幾許。秋雨，秋雨，一半因風吹去。」

「纖月黃昏庭院，語密翻教醉淺。知否那人心，舊恨新歡相半。誰見，誰見，珊枕淚痕紅泫。」

接連三首《如夢令》，吟不盡如夢情懷，如煙往事。然而，他怨她「心事眼波難定」，她又何嘗不怪他心底多情，琵琶另抱呢？

正如同沈菀在清音閣裏一遍遍抄錄著所有搜羅到的納蘭詞熟吟成唱一樣，碧藥也在深宮中對著《側帽》、《飲水》倒背如流，過目不忘。

她通過那些詞句體味著納蘭對她的愛與相思，也窺視著他的婚姻生活。她早已經習慣了在後宮與三千佳麗爭妍鬥寵，如今，則又多了一項戰鬥——在容若的心裏，與他的舊愛新歡爭勝。

是那首《採桑子》惹怒了她：

十八年來墮世間。吹花嚼蕊弄冰弦。多情情寄阿誰邊？
紫玉釵斜燈影背，紅綿粉冷枕函偏。相看好處卻無言。

這是盧氏嫁到明府第一年生日時，容若寫給嬌妻的，那十八歲的嬌豔新娘。這讓碧藥想起了自己的十八歲生日，是在宮裏度過的，剛剛生下承慶皇子不久，身形還沒有恢復，皇子倒不幸夭折了，因此皇上很少召見她。她的生日，是獨自度過的，沒有人伴她挑燈賞月，更無人爲她吟詩讚美。同樣是十八歲，她比盧氏要美麗一千倍一萬倍，卻憑什麼，她的十八歲如此清冷慘切，而盧氏卻可以那般溫存美滿？

於是，她賜了宮製香附子給明府，那原是明府的常方兒，只不過，其中略加了一點點麝香。只有一點點，份量少得連大夫也查不出來，而且藥丸不同於湯藥，各種材質被混合在一起，難解難分，面目模糊，就算太醫也無法準確地提取所有成分。常人服用，其效用與「一品丸」完全一樣，甚至還因爲加了麝香而更易吸收，但是孕婦長期服用，卻會引發流產或難產。

這不是她第一次下手。自從她的兒子承慶夭折後，她就告訴自己必須未雨綢繆，先下手爲強。她並不想查清楚究竟是誰害死了自己的孩兒，因爲歸根結底是爲了「爭寵」二字，於是，宮中所有的女子都是她的目標，她的仇敵。即使從前不是，以後也可能是。

從那時候起，她開始把自己一直服用的「一品丸」分成兩種同時配製，一份留給自己吃，一份饋贈宮中后妃。她一直都與各宮嬪妃保持著良好的關係，臉上永遠掛著溫和的微笑，而且出手大方，經常贈人自製的香粉與藥丸，由於她自己也一直在服用這些藥，所以從沒有人懷疑她——不，也許容若曾有過猜疑的，盧氏死於難產，跟赫舍里皇后一模一樣。

他一次次來到盧氏停厝的雙林禪寺，守著愛妻的靈位，寫下一首又一首傷情悼詞，寫下「天上人間俱悵望，經聲佛火兩淒迷。未夢已先疑」的句子。他且在《南鄉子》（為亡婦題照）中寫道：

淚咽卻無聲，只向從前悔薄情。
憑仗丹青重省識，盈盈。一片傷心畫不成。
別語忒分明，午夜鶼鶼夢早醒。

卿自早醒儂自夢，更更。泣盡風簷夜雨鈴。

——他的心裏分明是有過懷疑的，可是，盧氏與碧藥，一個是他的初戀，一個是他的髮妻，他既不願相信碧藥害死了盧氏，也不願爲盧氏傷害了碧藥。他太愛她了，愛到不忍質問。

可是，她卻恨他，恨他對妻子盧氏那般柔情繾綣，無論她生前還是死後，都是一往情深；也恨全天下對他鍾情的女子，恨她們有機會引誘他，陪伴他，更恨他留戀煙花竟又搭上了沈菀——這個恨，是最新燃起的，在納蘭容若死後，在她爲了他一次次腸斷心碎、痛不欲生之時，卻聽說納蘭侍衛竟有了遺腹子。或者人們是爲了安慰她對從弟的思念，將這件事當作喜訊透露給她的，以爲她會因此覺得安慰。卻再想不到，竟燃起了她最深的妒忌——容若原來另有新歡，還懷了孩子！

她央著皇上往明府賞花，是爲了安慰叔父明珠，是爲了祭奠納蘭容若，更是爲了探一探沈菀的底牌，看清楚這是個什麼樣的女子。而沈菀，無疑是令她驚奇了。

這次出招，她們等於是打成了平手，下一局，她該怎麼做呢？

這是沈菀猜測的故事。雖然她不能確定自己猜的那些就是真相，但她相信，「雖不中，亦不遠矣」。她想覺羅夫人給碧藥講過那麼多故事，除了飛燕合德姐妹洗澡的故事之外，一定也有後宮女子怎樣爭寵、怎樣害死對手以及對手腹中胎兒的故事吧？但這也未能保住碧藥的第一個兒子承慶。

裝了一肚子故事的碧藥入宮後，成功地邀寵，生子，經歷了喪子之痛後，再度得寵，受孕，生子，榮升惠妃。她曾付出死亡的代價，而手上也必定害過不止一條人命吧？盧夫人與公子的死，一定與碧藥有關！而碧藥，也一定會再次向自己出手。今天，就是碧藥出手的日子了吧？

娘娘的口諭是在哥兒百日那天隨著賞賜一起送來府中的，傳旨的太監說，惠妃自從上次賞花節沈菀早產，就深爲擔心，如今聽說侄兒健康成長，深覺安慰，很想親眼看看孩子的模樣，故令沈菀抱著孩子隨覺羅夫人於今日午後入宮覲見。

——這麼巧，偏偏是今天，五月二十三日。

五月的風吹在身上，和煦，溫存。沈菀坐在淥水亭的欄杆長椅上，與想像中的納蘭公子久久地對視著。公子的眼神有時親切、祥和，有時玄遠、清虛，彷彿穿過她的身體，在注視著另外一個地方。而今天，他是專注的，與她一起紀念著這個特殊的日子。

一年了，今天是他們定情一年的好日子。她的「問名」之日。去年的今天以前，她叫作沈宛，然而去年的今天，就是在這裏，公子對她說：「青菀者，亦名紫菀、紫茜、還魂草、夜牽牛，開青紫色小花，其根溫苦，無毒，有藥性。用紫菀花五錢加水煎至七成，溫服，可治肺傷咳嗽，於病人最相宜的。」

於是，她就叫了沈菀。又名還魂草的青菀。可是，她能讓公子還魂嗎？

她站起來，嘗試讓腳尖做蜻蜓點水狀，使自己迎風搖擺，卻發現手腳都變得僵硬。因爲不用自己餵奶，她的身材恢復得很快也很好，如果她願意，本可以像從前那樣輕盈起舞了。然而，她卻再也輕快不起來。

她沒有了觀眾。納蘭詞已成絕響，無論她多麼曼妙、投入，沒有了那雙激賞的眼睛，她的舞蹈還有何意義？

於是，她重新坐下來，重新閉上眼睛，從頭細想去年五月二十三發生的點點滴滴。

那天，她坐在妝台前，鏡奩敞開著，盛著許多閃亮精緻的東西供她挑選：釵，梳，篦子，珠花，翠鈿，茉莉針兒，鳳凰銜紅果的金步搖……她拿起來又放下，精心地挑選、插戴，每個動作都比往常慢半拍，彷彿在進行某種盛大的儀式。然後，倚紅姐姐來了，穿著銀紅衫子，墨綠馬甲，下邊是油綠的潞綢寬腿灑花褲子，蹬著喜鵲登梅繡花鞋——每個細節都是這樣清晰，彷彿不是去年今天，而只是發生在昨天的一般。

她的心事還沒有想完，奶娘抱著孩子走來了。孩子剛滿百日，還不會說話，但已經認人了，見了娘，伸手要抱，沈菀只得抱了過來。只覺臂上一沉，忙用力向上聳了聳。

小孩頭上原戴著一頂新的織金帽子，因這一聳被蹭到了一邊去，奶娘替他戴正了，笑道：「太太剛讓人送了今兒進宮的衣裳來讓小和尚試穿，很合身呢。」

沈菀一驚，急問：「你叫他什麼？」

乳娘愣了一下，道：「小和尚——我們鄉下管男孩子都這麼叫，你看小少爺頭上光光的……」

沈菀厲聲道：「沒有頭髮就是和尚嗎？誰許你叫的？沒規矩！」說著，用力把孩子往奶娘懷裏一塞。

小孩子嚇得「哇」一聲大哭起來，乳娘來了府中三個月，還從沒見沈菀發怒過，嚇得兩隻眼睛愣愣的，囁嚅著：「奶奶不喜歡，我以後不叫了。」忙抱過孩子走開。

沈菀看著奶娘的身影走出好遠，一直拐過竹林看不見了，還能聽見小孩子驚惶的哭聲，不禁有些後悔。她對他從來沒什麼感情，看見他，就彷彿看見了自己的劣跡，提醒著她在雙禪寺的日日夜夜；然而這畢竟又是她的親骨肉，是她懷胎十月——不，七個月——九死一生地帶到這世界來的。而且，她還憑藉他得以進入明府，成爲眾人心目中的公子的女人。甚至，連皇上和惠妃娘娘也要隔三差五地賞賜，長命鎖、玉麒麟、氅衣珠寶、脂粉釵環，應有盡有。沈菀明白，那賞賜本不屬於她，而是給英年早逝的御前一等侍衛納蘭成德的妻兒的。如果不是那孩子，九五至尊的皇上，怎麼會賞賜一個清音閣的妓女呢？而國色天香的惠妃娘娘，又怎麼會專程遣人傳詔，指名兒讓她帶著孩子入宮覲見？

沈菀心煩意亂，一邊爲自己終於有機會進一步查清真相而興奮，另一邊又爲了即將再次見到碧藥而恐懼。她想著在大殿見到的那枚碧綠藥丸，想著盧夫人墓碑上的字句，想著上次在通志堂初見碧藥時她給予自己的恐嚇與侮辱。納蘭碧藥絕不是一個簡單的女人，她不只擁有才智、心機、美貌，她還擁有權勢，是隨便一句話就可以取人性命的。自己與她爲敵，比之與虎謀皮還要更艱難，也更荒誕。可是，自己卻不能不做。

沈菀相信，公子會幫自己的。她一個清音閣的妓女，竟然可以一步步走進雙林寺，走進明珠府，今日還要走進紫禁城去，這不是奇蹟是什麼？她經歷了那麼多困境磨難，卻每一次都能化險爲夷，一定是天意，是公子的亡靈在庇佑自己。於是，她一大早來到這淥水亭，在去年爲公子獻舞的地方久久地獨坐，沉思，在回憶中感受著公子的一顰一笑。

昨夜下過一場雨，淥水亭愈覺得花明柳暗，霽色一新。她穿行在花繁柳密間，走在荼蘼架、蔦蘿架、還有葡萄架下，陽光稀疏地篩過枝葉跳躍在她的身上，將她渾身照得通透。她就像一個發光體，忽明忽暗地行走著，彷彿在汲取天地精華，而容若就默默地陪在她身邊，提供著援助。

她有時很慶幸自己可以這樣隨時隨地見到公子，在他死後還可以繼續擁有同他在一起的日日夜夜；然而有時候又覺得悲哀，因爲漸漸分不清哪些記憶是真實的，而哪一些只存在於她的幻想中。她真的害怕，這樣的時日久了，她會漸漸忘記公子真正的樣子，而用幻想取代了現實。

不到午時，覺羅夫人就催促著沈菀裝扮了，梳了兩把頭，戴了大拉翅，穿了花盆底鞋子。

端詳一番，又從頭上拔下那根金鳳銜紅寶的步搖簪來，替沈菀插在頭上。沈菀吃了一驚，忙道：「這是夫人最心愛的簪子，菀兒何德何能，怎配插戴？」忙欲拔時，覺羅夫人按住了道：「你替我生了個這麼可愛的孫子，這簪子正配你來戴呢。」

沈菀更加惶惑地搖頭：「沈菀愧不敢當。」這句話說得誠心誠意，然而眾人都只當她謙遜，水娘也在一旁勸道：「太太賞你的，你就收下吧。太太賞人東西，是不喜歡人家推辭的。」沈菀只得磕頭謝賞。

覺羅夫人穿戴了一品夫人大裝，午飯也沒吃，只與沈菀各喝了一碗杏仁燕窩，便一同上了轎子。前邊旗牌開道，兩邊衛兵夾護，徑往宮裏來。沈菀這還是第一次做旗人裝扮，未免不自在，況且懷裏抱著孩子，也覺得頗爲怪異。自打這孩子出生，她只在人前應景兒才不得已抱一兩次，少有這樣長久地親暱。

轎子一顛一搖的，沈菀抱著孩子，心頭恍恍惚惚，不禁又沉入了回憶中——這麼巧，又是五月二十三，又是盛妝打扮，坐轎子出門。只不過，去年今天替她打扮送她出門的，是鴇母與倚紅姐姐。

那天，她穿了自己最隆重最喜愛的紫地纏枝蓮滿繡衣裳，懷裏抱了宴舞的衣裳包兒，坐在轎上，無由地竟有種好人家女兒出嫁的感覺，偷偷將袖子假裝了紅蓋頭擋在臉前取樂，想像著這是迎親的花轎，而自己正走在送親路上，就要嫁入明府了。

轉眼一年，現在她真的成了明府的小姨奶奶，可是，公子卻不在了！她今天第一次知道入宮的規矩——原來覲見規矩，因怕在宮中內急，故而都不教吃飽。如此說來，公子豈非長年累月都不曾吃過一頓飽飯，睡過一個好覺？

一滴眼淚濺落在孩子臉上，孩子眨了眨眼，愣愣地看著母親，眼睛黑白分明，忽然一笑，便如石榴初綻。

覺羅氏嘆道：「看到小孩子笑，心也酥了。這孩兒，和冬郎還真像。」

沈菀也只覺彷彿一股暖流經過心底般，身上軟軟的，不禁低下頭，在孩子的小臉上親了一下，趁機在襁褓上蹭乾了眼淚。孩子舞手晃腳，笑得越發歡愉。

宮牆聳立，轎子從神武門進來，沿著東一長街走過長長的永巷，直入內廷，沈菀從轎簾間望出去，只看見兩旁山牆長房排列，一望無邊。然後，她聽到「嘎」的一聲，幾隻烏鴉從轎子前斜刺裏飛出，竟飛向圍牆外面去了。

沈菀嚇了一跳，不禁問：「皇宮裏怎麼會有這麼多烏鴉？」

「烏鴉是滿族人的祖先，是跟隨八旗大軍一起從草原上來到北京城的。」覺羅氏告訴沈菀，在大清以前，這京城裏是沒有多少烏鴉的，前明的最後一個皇上崇禎帝，吊死在景山海棠樹下，還是烏鴉給他送的終。

覺羅氏還說，承乾宮從前叫作永寧宮，如今的名兒是崇禎皇帝改的，賜給他最寵愛的田貴妃居住。那田妃裹著一雙蓮足，卻擅蹴鞠，且姿態安雅，無人能及；能騎善射，而且冰肌玉骨，自清涼無汗；吹笛彈琴，崇禎帝讚之有「裂石穿雲」之聲。有一天，崇禎聽完田妃彈琴，隨口問周皇后爲什麼不會，皇后正色答：「妾本儒家，唯知蠶織耳。妃從何人授指法？」

皇上聽了，不由對田貴妃的出身懷疑起來，果然問田貴妃跟誰學的琴。田妃說是幼承庭訓，師從母親。皇上不信，特地召了田母薛氏進宮，當著皇帝和皇后的面演奏了一曲《朝天子》，這才信了。

沈菀訝然：「原來皇帝們這樣多疑，可見師出名門有多麼重要，難怪老爺要夫人親自教導惠妃娘娘。」

覺羅氏不答，卻又講起先皇世祖皇帝順治爺與董鄂妃的故事來。這只是發生在幾年前的事，沈菀卻是知道的，不禁更加驚奇，說道：「原來董鄂妃娘娘也是住在承乾宮的。我知道，順治爺對董妃情義深厚，在董妃去後，竟然想放棄皇位出家，後來雖被太后和大臣們阻止了，卻不久鬱鬱而終，真是位癡情的皇帝。」

此時轎子已來至廣生左門，進去，又抬了一段路，在履和門停下。沈菀忽然明白過來，覺羅夫人接連講的兩個故事，可不只是介紹承乾宮的歷史，是不是在說，這裏住著的從來都是皇上最寵愛的妃子？

然而她已經來不及問了。四個花枝招展的宮女迎出來，說娘娘已在承乾宮正殿等候，即請一品夫人入內覲見。沈菀抱著孩子跟在覺羅氏身後，眼睛只盯著覺羅夫人衣角，連頭也不敢抬，一顆心突突亂跳，既為了進宮而惶恐，也為了要見到碧藥而驚悸。一路踏著雕花甬道進來，這才是承乾宮正門。

於是依禮覲見，請入配殿說話。那碧藥傳旨時說要看孩子，然而宮女送進嬰兒籃來，碧藥只漠不關心地睨了一眼，仍坐著與覺羅氏說話，問些家常閒事。剛說了幾句，忽然坤寧宮的婢女走來說：「佟貴妃聽說夫人來了，請夫人過去說話。」覺羅氏忙帶了一早備好的禮品隨宮女去了。

碧藥摒退宮女，只留下沈菀母子，這才走近搖籃來細看那孩子，一邊搖著籃子，一邊笑著——也不知是對沈菀還是對孩子——說道：「你還真是福大命大，那麼摔都摔不死你，一個『七星子』，居然能活得下來，還真不容易。」

她的動作那麼輕巧，聲音那麼溫柔，讓沈菀心中不禁升起一絲希望，試探地說：「可見上天有好生之德。就請娘娘高抬貴手，放過這孩子吧。」

碧藥笑了笑，忽然問：「我和盧夫人，誰美？」

沈菀愣了一愣，不明所以，卻只有老老實實回答：「我沒有見過盧夫人，不過，我想沒有人會比娘娘更美麗吧？」

碧藥又問：「那麼，容若更愛哪一個呢？」

這一回沈菀不曉得回答了。

然而碧藥也根本不需要答案，她以不容置疑的口吻說：「容若寫了那麼多詩詞，世人都以爲他最愛的是盧夫人。其實他們都錯了。容若忘不了盧夫人，只不過是因爲娶了她，而她又那麼短命。那個女子一生中最大的成就，就是嫁給了容若；然而她最大的錯誤，也是嫁給了容若。所以，我不會讓她活下去。容若那麼愛我，瞭解我，他明知道事情是我做的，卻不忍心質問我，責備我。如果他愛盧夫人，又怎麼會不替她報仇，卻要和殺死她的人在一起呢？所以，容若最愛的人，是我，從來都是我一個人。」

「是你害死了盧夫人？」沈菀早已猜到這答案，然而聽到碧藥這樣輕鬆平淡地談起，仍然覺得匪夷所思。

碧藥不屑回答，卻笑著反問：「她吃了一品丸，死後果然封了『一品夫人』，倒是我提拔了她。你呢？你難道沒吃過那些『一品丸』嗎？吃著還好？」

沈菀道：「剛進府時，大奶奶也讓人給我送過一匣子。只是後來我對那藥有些反胃，就不大服了。」

碧藥冷笑一聲：「所以說你人微命賤，連個『一品丸』也壓不住。我有個習慣，想要做的事，就絕不讓人阻擋。賜你『一品丸』你不吃，上次我讓你帶著孩子離開明府你也不肯，現在，你想走也沒那麼容易了，我會向叔父證明：這孩子不是容若的。」

彷彿有一條蛇「嗖」地一下鑽進了沈菀的心，絲絲地吐著毒氣，她只覺得身上涼涼的，卻仍然倔強地說：「孩子已經生下來了，連太醫也沒說他不足月，老爺、太太也都說他長得像公子，憑你怎麼說，沒有證據，他們也不會願意相信的。」

「是嗎？」碧藥從袖子裏取出一條帕子及一根長針來，巧笑嫣然地問：「你不覺得奇怪，爲什麼這孩子睡得這樣沉嗎？」說著，腕上一翻，已經將針刺入孩子的指尖。

沈菀「呀」地一聲，急搶上前：「你要做什麼？」再看孩子睡得昏昏沉沉的，被針扎了手指也不知道疼，更加魂飛魄散，再次問：「你做了什麼？」

碧藥已經離開搖籃，一邊將銀針在帕子上擦拭著，一邊輕描淡寫地說：「沒什麼，我只不過給他聞了一點迷香，好讓我取血時，他不會哭得太兇，驚動了人，對你也不好。」

沈菀只覺得惠妃每說一句話，就彷彿從她口中飛出一條小蛇，碧綠的毒蛇，那蛇蜿蜒地爬過她全身，所經之處，立刻便結了冰，讓她幾乎變成了一具冰雕人兒，行動維艱。這位娘娘的一言一行都太讓人匪夷所思了，她同她過招，完全不明白她葫蘆裏賣的什麼藥，只有被動捱打的份兒，勝算何在？

她聽到自己再次無力地追問：「你到底想做什麼？」

碧藥展開帕子仔細地看著，彷彿要認清絲綢的紋理，一邊平靜地說：「小時候，我同容若在花園裏玩，那時候，西花園建了沒有多久，我第一次看到桃樹上結出了青青的果子，就說要嘗嘗，但是容若同我說：桃杏梨樹什麼的都是三年結果，但是不能吃，要在果子沒有長大的時候就摘掉，直到第四年的果子才可以吃。可是我不管，堅持要嘗，而且馬上就要。於是容若就自己爬上樹去給我摘。然後我又指著樹梢上的一顆桃子，說就要那一顆。那是一根細細的樹枝，容若明知爬不過去，但是他不願意使我失望，於是瞅準方向，從空中打橫裏飛撲過去，抓住那顆桃子摔下地來，膝蓋胳膊都摔破了，可是手裏的桃子卻是好端端的。於是，我親了他一下作爲獎勵，他就不覺得疼了。」

這時候看出來，碧藥的確是覺羅夫人的好學生了，她講故事的時候，一樣有種平和沖淡、娓娓道來的語氣。沈菀呆呆地聽著，完全想不明白她要做什麼，而那只桃子，又同眼下有什麼關聯。但那故事裏的納蘭容若是陌生的，那倔強的少年，憂鬱的公子，原來竟是這樣地爲一個美貌驕橫的小姑娘役使著，如此心甘情願。

碧藥揚了揚手帕說：「這條帕子，就是我替他裹傷用的。這上面，有容若的血。他流了好多血，可是卻很開心。」

沈菀如被蠱惑，呆呆地接過那條帕子，情不自已流下淚來。這是公子的手帕啊，上面還有公子的血跡，這簡直有著聖物一般的力量。但是，碧藥拿出這帕子來做什麼呢？又爲什麼拿它來擦拭銀針上自己孩兒的血？

她不解地抬起頭，望著碧藥，雖然沒有說話，可是她的眼睛已經替她在問：你要做什麼？

碧藥當然明白她要問的，輕輕一扯，便從沈菀手上將帕子扯回去，繼續輕笑著說：「你也讀過幾本書的，總該知道『滴血認親』吧？雖然這手帕已經有些年月，但只要我用特殊的法子，用草藥湯蒸出這帕上的血，再與你這孽種的血滴在一起，就可以分清楚，他們之間到底有沒有骨血之親了。那時候，我看你還怎樣嘴硬？」

沈菀癱倒下來，彷彿聽見身體裏冰河乍裂般的喀喀聲。如果碧藥揭穿她冒子替認的事，明珠大人一定不會放過她的。她不怕死，可是不能這樣不明不白地死。公子的冤案還沒有查清，大仇未報，她怎能輕易去死？

碧藥看到她一敗塗地的樣子，知道自己大獲全勝，不禁得意地笑道：「我現在去找嬸娘回來，你最好自己當面認罪，或許太太心軟，會饒你不死。不然，等我告訴了叔父，你就只有死路一條了。」說著，揚了揚手中的帕子，轉身便走。

沈菀眼看著碧藥就要走出去，不知從哪裡來的勇氣，豁出去喊了一聲：「你等等！」

她已經抱了必死之心。但是，就算死，她也要先弄清楚公子的冤情，不然，她真是死不瞑目。她站起來，顧不得禮儀，幾乎是拚盡了渾身的力氣，逼近了碧藥問道：「你有沒有害過公子？有沒有？」

碧藥本來已經穩穩占了上風，明明看到這女子丟盔卸甲潰不成軍，本以爲她叫住自己是爲了求饒，卻不料有此一問，倒覺詫異。她看到這卑弱的女子身子抖得如風中樹葉一般，面色慘白，然而一雙眸子卻炯炯如燒，狀若瘋狂。無來由地一陣心悸，不禁後退一步，問：

「你胡說什麼？」

沈菀只覺得一顆心怦怦亂跳，簡直振聾發聵，呼吸發緊，聲音也因爲緊張而含糊不清，驚嚇得已經快暈過去了，卻並不放鬆，固執地問：「你醫術這樣高明，害過不知道多少人。你賜給府裏那麼多藥，賜給盧夫人香附子，是不是也賜過公子毒藥？你有沒有害過公子？有沒有？」

碧藥不明所以，卻不願意被這身分卑微的歌妓嚇到，冷笑一聲道：「容若對我言聽計從，從無違逆，就算我給他毒藥，他也會甘之如飴的。」

問出那句話前，沈菀只覺得心裏彷彿裝著一個巨大的火藥箱子，而且越積越大，越積越大，她幾乎已經聞到了硝磺的味道。而碧藥的這句話，正如火種點燃藥捻，那個巨大的箱子轟然炸裂了，簡直灰飛煙滅。

是她！真的是她！自己到底查明真相了！是碧藥娘娘害死了公子！她知道皇上對她和公子的事起疑，爲了自保，居然殺人滅口！她才是毒死公子的真凶！

碧藥揚著那條沾血的帕子得意洋洋地出了門，留下沈菀，獨自待在寢殿裏看著睡在搖籃裏的孩兒。忽然之間，覺羅夫人曾給她講過的武媚娘的故事湧上心頭。

她猛地反身，幾乎連瞬間的猶豫也沒有，直接扼住嬰兒的喉嚨，十指收緊，連呼吸也收緊。全身的力氣都集中在了手上，全部的意志都凝爲一點，她的手在用力，可是感覺最痛的卻是喉嚨。彷彿自己的喉嚨被扼住了，不住收緊，收緊，五臟六腑都被攥在手心裏，不住握緊……

她在對面鏡中看到自己扭曲的面孔，不，那不是她自己，而這裏也不再是康熙的承乾宮，而變成了一千年前的唐長安，一代妖姬武媚娘的昭儀殿。

那武昭儀也是從感業寺進宮的，不過，她可是真真正正地在寺裏修煉過，還做了尼姑，道行可比自己高明多了。或許，就是爲了這一點命運的相通，她才會穿過了千年的時光，從大唐來到清宮爲她指點迷津的。

那年，武昭儀生下女兒安定公主，王皇后前來探望。她們一直在爭寵，爭位，其間必定有過比自己與碧藥更爲激烈的唇槍舌劍，並且不歡而散。而後，武媚隨即親手掐死了女兒，嫁禍皇后。唐高宗大怒，雖然王皇后絕口否認，眾大臣上書力諫，但高宗認定皇后是兇手，下旨將其貶爲庶人，改立武媚爲后，這就是後來的女主武則天。

此刻，那一代女帝武則天就站在自己的身後，梳著展翅欲飛的驚鴻髻，戴著金絲結縷的輕鳳冠，插著鑲珠嵌翠的金步搖，畫著淺淡均勻的涵煙眉，塗著微汗欲銷的額間黃，伸出釧環叮噹十指纖纖的雙手，緊緊扼住嬰兒的喉嚨，收緊，收緊，收緊……

沈菀感覺就要窒息了，當她終於鬆開手時，全身的血都在上湧，像要噴溢出來一樣，「啊……」她撕心裂腑地迸發出一聲慘絕人寰的哀號，所有的力氣隨之呼啦啦潮水般退去，昏死了過去。

再醒來時，身邊擠滿了人，有覺羅夫人，有無數的宮女、太監，有御前侍衛，甚至有皇后娘娘，每個人的臉上都佈滿了哀戚、驚惶、詫異、恐懼，卻唯獨沒有同情。她恍惚了一下，省起剛才的一幕，立刻便爆發了：「我的兒啊……惠妃娘娘，殺了我的孩子……」

她哭得那樣淒慘，那樣絕望，毫不摻假的憤怒與惶恐，沒有任何人會懷疑一個母親失去新生嬰兒的慘烈哀慟。尤其是，她只是碧蘗娘家親戚中一個身分卑微的客人，完全沒理由陷害娘娘，而且上次在明珠家中，碧蘗已經讓她跌倒差點流產了，今天又是碧蘗下旨召她進宮的，現在出了這樣的事，答案呼之欲出……

沈菀被宮女們攙扶起來，但她整個人是軟的，散的，她哭喊著，質問著，狀若瘋狂：「娘娘，還我的孩兒……為什麼殺死我的孩子……」

覺羅夫人懷抱著那已經漸漸變涼的嬰兒，第一次當眾流了淚，喃喃地問碧蘗：「為什麼？」

惠妃沒有回答，她的雙臂被侍衛扭在背後，不能自由。然而她的態度卻是若無其事的，她望著沈菀的眼神，驚異而迷惑，帶著一絲研判，甚至是欣賞的，卻全然沒有恐懼，唇邊甚至銜著一絲若有若無的笑意。她就那樣被侍衛帶了下去，留給沈菀與眾人一個傲然的背影。

沈菀夢見自己在洗澡，但是怎麼樣也洗不乾淨。水裏有花瓣也有泥垢，還糾纏著不知哪裡來的長髮，與水草牽絆不清，讓她手腳都不能自由，洗得很不暢快。

然後，那些頭髮變成了一張網，是透明的魚線，纖細而鋒利，每個打結處都長著一根針，一下一下，凌遲切割著她的肌膚，她越掙扎，就纏得越緊。

醒來後，她蜷曲著身子抱緊自己，感覺渾身都疼。是真的痛。雖然她一直以爲自己對那孩子並沒有感情，甚至憎惡他的存在、出生、與成長。然而，當他現在切切實實地不存在了的時候，她才驀然醒覺：那是她的，她親生的孩兒。這世界上她所有的，僅有的，真實存在的，唯一親人。

他在她體內存活了七個月，來到世上一百天，曾給予她身分、富貴、溫暖，還有他純真的眼淚與無保留的嘻笑，而她甚至都沒有哪怕一小會兒真正地疼愛過他。

她每天想著要爲公子復仇，可是她自己，才是最殘忍最邪惡的劊子手。虎毒不食子，而她，居然親手掐死了自己親生的孩兒！她比那隻咬腫了紅菱舌頭的毒蠍子還毒！

這不是她第一次面對死亡的悲痛，然而這一次卻痛得不一樣，公子的死，彷彿有人掏空了她的心臟，讓她整個人麻木而絕滅。這孩子的死，卻是在她有血有肉有知覺的胸口，硬生生地扯開一個洞，然後在她的胸膛裏掏摸拉拽，彷彿有個聲音在問：心呢？你的心臟在哪裡？怎麼找不到心？

她不僅痛苦，而且羞恥，還有卑屈的罪惡感。她巴不得趕緊生一顆心出來，好讓那雙手扯走它，撕碎它，只要結束這刑罰就好。

她對未來沒有概念。打十二歲起，她第一次見到公子，就一心一意，想要等他，取悅他，嫁給他。

後來，她「嫁」了，在他死後。於是她又一心一意，想查清他的死亡真相，為他報仇。

現在，真相已經大白，碧藥也被下獄，她接下來該做什麼呢？

她想不出來。

大仇已報，孩兒已死，她的生命再沒有意義。

起床、洗漱、梳妝、吃可口的食物，穿美麗的衣裳，這些事都沒有意義。生命中最重要的人一一遠去，於是生命也變得沒有意義，又何必醒來？她日以繼夜地躺在床上，睡醒了便哭，哭累了便睡，就像一條散了元氣的蛇，收拾不起。

府中人憐她喪子，也都不去責備。然而這樣的日子久了，卻不能不為她擔心。水娘一日三次地前來探望，坐在床沿哭哭啼啼地說：宮裏傳出消息來，碧藥被收進宗人府後，一直沉默不語，既不肯為自己辯白，亦不肯承認過錯。府尹審了這樣久，案子還沒有半分進展。宮裏的人都說碧藥得了失心瘋，似乎這是唯一的解釋，不然，一位娘娘怎麼會無故掐死一個已故侍衛的遺腹子呢？況且論起來，那孩子還是她的侄兒。

但是此前宮裏已經有過太多的無頭案，赫舍里皇后之死，鈕祜祿皇后之死，還有皇長子之前的四位皇子的死，都被重新翻騰了出來。如今難得有宮中兇手被現場拿獲，怎麼肯以「失心瘋」

就輕輕放過？於是皇上親自下諭，令宗人府嚴查、細查，一定要問出個究竟來。

明府上下的人也都在等待這個「究竟」，也曾私下裏無數次問過覺羅夫人與沈菀，那天在宮裏到底發生了什麼，爲什麼碧藥娘娘每次出現，沈菀母子都會遭受滅頂之災？然而覺羅氏當時去了坤寧宮，根本什麼也不知道；而沈菀一邊流淚，一邊泣不成聲地咬定說，自己去配殿洗手回來，便看到孩子已經死了，惠妃娘娘站在那裏冷笑，就好像瘋了一樣……

過了七天，是五月三十，這一天既是納蘭成德的死祭，也是盧夫人的。

明珠大人早就選定了要在這一天將成德下葬，與盧夫人合塚。全家人再次來到皂莢屯，沈菀跪在墳前不肯起來，以頭碰地，一直磕出血來，求老爺、太太許她留在祖塋守墳，不再回到明府。

覺羅夫人初而不許，後來又勸說：「惠妃娘娘的案子還沒審清，你就是要走，也總得等到水落石出再走。難道你不想問清楚，娘娘爲什麼要掐死你的孩兒嗎？」

這句話提醒了明珠，捻鬚道：「要想弄清楚這件事，除非當面去問娘娘。她不肯說，我們就是打一輩子悶葫蘆，也是無用的。」

以明珠的權勢關係，自然不難求宗人府行個方便，讓覺羅氏與沈菀前去探監。等到明珠打通關節，定了日子，沈菀也終於能重新起床走動的時候，已經是六月中浣了。

第十七章　知己一人誰是

在整座金碧輝煌的皇城建築中，最陰鷙最慘烈的大概就要屬宗人府天牢了。

這是專門關押提審皇室中人的監獄，其暴戾殘酷比宮廷裏最詭魅的噩夢還要驚悚。在那不見天日的幽深牢房中，不知曾困縛了多少落魄的金枝玉葉。他們有的是爭寵奪權的失敗者，有的是謀逆被擒的犧牲品，有的是黨派傾軋的替罪羊，有的則根本是蒙受「莫須有」罪名的可憐蟲。

牢房四壁石牆，潮濕得幾乎要長出苔蘚來，只有一邊的牆上極高處有一扇展平了的手帕大小的四四方方的窗口，多此一舉地裝著鐵柵欄——根本沒有人能爬到那麼高，就算爬上去，也不可能從那個小窗口擠出身去。然而那幾根鐵柵卻起到了極強的震懾作用，就連透進來的陽光也是顫慄的，陰鬱的。讓人望著，越發覺得天空的遙遠，自由的絕望。

烏鴉整日地盤旋在宗人府的上空，陰惻惻地冷笑著，比囚犯更早地嗅到了死亡的氣味。到了晚上，星月慘澹，就更加陰森可怖。屈死的亡魂在嘗盡了生之苦楚後，因爲死得太過慘烈，做了鬼也不能甘心，夜夜都要回到這牢房裏來哭泣，吟訴。他們的哭聲與生者的哭聲顫巍巍地揉在一起，幽冥同路，難辨真假。

然而納蘭碧藥卻不哭。

自從建起這座宗人府以來，她大概是唯一被關押其中卻不肯哭泣的女子。

她的冷靜、傲慢、和淡然，讓提刑官也望而生威，甚至對自己信賴不疑的刑具也納悶起來。

他照章宣科一般地命衙役將那些刑具一一搬演，枷鎖，鉗子，拶夾，甚至炮烙……碧藥那從小用牛乳浸泡，除了彈琴繪畫調脂弄粉，連一塊豆腐也不曾提過的纖纖十指被夾在拶子中，夾得皮開肉綻；不知耗盡多少鮮花香脂洗浴護養的嬌嫩肌膚，被燒紅的烙鐵打下一塊又一塊烙印，焦糊的氣味迅速蔓延開來，連執刑的公人都覺得疼痛起來，幾欲作嘔，她卻一次次昏倒了再醒來，仍然帶著那絲若有若無的笑容，一聲不響。

有個新丁在爲碧藥夾指時，忽然自己放聲大哭起來；還有個公人實施炮烙後，兩條胳膊腫得抬不起來；一個在宗人府做了十年看守的獄卒居然向府尹求情，能不能解開碧藥腳上的鐐銬；甚至連那個送飯的伙夫都忍不住把碧藥的餐具擦洗得更乾淨些，在她的牢房前停留得更久一些，只期望她能抬起頭來看自己一眼。

然而碧藥從掐死嬰兒那一刻後便噤聲了，再沒有開口說過一句話。任憑皇上、太后、侍衛、提刑官們怎麼詢問、斥責、拷打、審訊，她都只報以一個若有所思的微笑，視若無睹，聽而不聞。她像個提線木偶一樣被眾人擁過來，推過去，帶到這裏或那裏，鞭打或刑罰，捆綁或拋棄。

當覺羅夫人與沈菀在宗人府大牢中見到碧藥時，她就像一個被撕碎了再胡亂縫合的布娃娃一樣，隨隨便便破破爛爛地堆在牆角，等著人來拾起。

沈菀忽然覺得心酸，幾乎要流下淚來。可她明明是仇恨著碧藥的，她不可能同情她，爲什麼心裏卻這麼難過呢？然後，她恍然起來——那不是自己的感覺，而是公子。她是在替公子難過。

公子是這麼深愛著碧藥，情願摔傷也會飛身去摘取一枚明知道不能吃的桃，寧可服下毒藥也不會拒絕愛人之貽，他又怎能忍心見她這樣受苦，這樣落魄？公子一直同自己在一起，自己見到的，也就是公子見到的；公子感覺的，也就是自己感覺的。

這樣想著，沈菀真正地流淚了。

那眼淚讓碧藥也不禁有一絲動容，她艱難地咧了咧唇角，輕輕說：「你們來了。」這是她進來宗人府之後開口說的第一句話，聲音微微嘶啞，並有點像失語病人重新學說話那般咬文嚼字。

覺羅夫人握了她的手，輕輕問：「藥兒，你是嬸娘教導大的，你告訴嬸娘，到底是怎麼回事？」

碧藥點點頭，又搖搖頭，看看覺羅夫人，又看看沈菀，忽然又神秘地笑了一笑，輕輕說：「嬸娘，能不能讓我跟她說幾句話？」

覺羅氏點點頭，起身出去。那些獄卒知道相國夫人駕到，早得了令守禮回避，又收拾出隔壁監獄來給夫人小息，自己且拿了銀子去前邊鬥牌賭酒。獄嫂端了茶點來，覺羅氏哪裡看得上，也都命退了，好讓碧藥與沈菀長談。

碧藥微笑地看著沈菀，那美麗清貴的笑容，與她狼狽痛楚的處境形成鮮明對比，就彷彿遍體鱗傷的人不是她，而是沈菀，彷彿她才是勝利者，在檢視著自己的戰利品。

但是沈菀此時已經不想再與她鬥了，眼前的這個碧藥，同通志堂裏頤指氣使的惠妃，承乾宮中心狠手辣的娘娘，無論如何對不上號。她誠心誠意地問：「你疼嗎？」

碧藥輕蔑地笑了笑，彷彿在說怎麼會有這麼荒謬的問題，盡關心這些不值一提的小事？她用一種滿不在乎的口氣問：「你的孩子死了，怎麼你還賴在相府裏不走？」

她的聲音仍然那樣冷靜，那樣驕傲。沈菀愣了一會兒，才反應過來碧藥說的是什麼。她不明白，為什麼碧藥這樣介意她的住處，她的去向。她待在相府裏，到底礙著碧藥什麼了，要這樣處心積慮地對付她，非要將她趕出去。她反問她：「你為什麼要這樣趕盡殺絕？你已經毒死了盧夫人，毒死了公子，為什麼連我也不放過？」

「我毒死容若？」碧藥蹙了蹙眉，彷彿不明白沈菀在說什麼。但她是那麼冰雪聰明，即使全身傷得剩不下幾寸好肌膚，也不妨礙她立刻就讀懂了那句話的意思，猜到了事情的始末。她猛地坐起身子，因為動作的劇裂扯動傷口，疼得渾身顫了一顫，她問：「容若是被毒死的？不是說『寒疾』麼？」

沈菀也驚呆了，反問：「不是你下的毒？」

就彷彿有一萬輛瘋馬駕著轅在她的頭腦裏輾過來輾過去，轟隆隆沸反盈天。既然碧藥連公子是怎麼死的都不清楚，自然不會是她下毒；而如果不是碧藥毒死公子，那麼自己豈不報錯仇？

她傷害了公子最愛的女人，將她下獄，受盡折磨，置於死地，她這哪裡是報仇，分明是在以怨報德啊！更何況，她採用的方法，是親手扼死了自己的孩兒！

她喃喃地問：「可是那天，你明明說，就算你給公子毒藥，他也會甘之如飴的。」但是這句話說出來，她自己就已經有了答案：碧藥這樣說，不過是負氣之語，爲了炫耀公子對她的癡心，激怒自己罷了。從頭至尾，碧藥也沒有親口承認過，說是她下毒害死容若。一切，都是自己的臆測。

居然，全是猜疑，全是錯！

她查錯案，報錯仇，害錯人！還爲此搭上了親生孩兒的一條命！

她大錯特錯了。錯得無法挽回！

沈菀癱倒下來，彷彿渾身的力氣都被抽空了。許久以來支撐著她的力量，那熊熊燃燒的復仇之火，原來竟是一場虛枉。沒有別的路可以走了，她只能自首。

「我去跟太太、老爺說，是我自己害死孩子的，讓老爺稟明皇上，替你洗冤。」她跪在碧藥的腳下，萬念俱灰，「娘娘放心，很快就會出去了。」

然而碧藥根本不關心自己能不能出去，她扶著牆顫顫巍巍地站起來，低頭問：「你說，容若是被毒死的，究竟是怎麼回事？」

「是我親手開棺驗屍，親眼見到的。」沈菀遂源源本本，將自己怎樣懷疑公子之死的真相，怎樣喬裝進入雙林寺，燒棺、開棺、移棺，終於看清公子是中毒而死，後來又怎樣被和尚所迫，失身求全，誤懷孽子，於是大著肚子冒稱納蘭遺珠進入明府查找真相，怎樣在大殿發現了皇上賜給公子的藥丸，怎樣騙和尚服下，而後與明珠一番長談，確信公子的死因來自皇城，而那天爲了碧藥的一句「甘之如飴」，又把目標鎖定在碧藥身上，爲了自保，也爲了復仇，竟然忍心弒子嫁禍。

沈菀告解般對著碧藥將所有真相合盤托出，她的語調平靜，沒有修飾也沒有隱瞞，就只是淡淡地訴說。彷佛那一切既然成真，已經發生了，過去了，就都不重要了，她剩下來的任務，只是將它說出來，交付給碧藥發落，至於自己今後的命運，她已經不在意。

難得的是，整個過程中，碧藥也是一言不發，她扶著牆，歪著頭，沉默地傾聽著，黃昏的霞光擠進狹小的鐵柵欄，爭先恐後地照耀在她身上，她的衣衫襤褸，血跡斑斑，又是披頭散髮的，可是絲毫不影響她那驚人的美麗，即使在暗沉沉的宗人府監牢裏，也依然豔光四射，不可方物。

然而，隨著沈菀的講述，碧藥一點點地收攏了她的光束，從彩霞滿天到珠貝瑩然，終於漸漸黯淡。沈菀講完了整個始末，半晌不見碧藥說話，她不解地抬頭凝視，才看到碧藥在流淚。

在宗人府最殘酷的炮烙之刑下也不吭一聲的碧藥，現在流淚了。珍珠般的眼淚從她玉瓷般美麗的臉上大顆大顆地滾落下來，她一邊流淚，一邊輕輕說：「你沒有說錯，是我害死了公子。」

納蘭容若的一生，都在爲了「身分」二字而困擾。

他的第一個身分，是天下第一詞人，《淥水亭雜識》和《通志堂經解》的編撰者。這是他最喜歡的自己，吟風弄月，醉心史籍。如果能多給他一些時間，他一定會搜集整理更多的經典書籍，幫助救濟更多的文人墨客，也爲後世留下更多的優美詞句。

他的第二個身分，是相國大人明珠的兒子，這就使得愛恨分明淡泊名利的他，眼看著父親貪贓受賄，非但敢怒不敢言，還常常不得不替他遮掩，預謀將來；如果他可以選擇，也許寧可生於貧困，歷盡漂泊，只要一壺酒一隻船便可以逍遙平生的吧。

他的第三個身分，是康熙皇帝的御前侍衛，這卻是他不知道該慶幸還是該無奈的一個身分了。人人都以爲他近水樓台，邀盡天恩，卻從沒想到他也會有懷才不遇的怨忿。侍衛的職責使他每日殫精竭慮，唯恐得咎，空有「將銀河親挽普天一洗」的壯志而無緣展才，把所有的時間都耗盡在扈從伴駕、守更待朝之中；然而也正是這樣，他才有機會與堂姐碧藥御苑重逢，製造了一次又一次旖旎而驚險的約會。

那時候，暢春園行宮雖未全峻，然而亭臺樓閣、花木山水俱全，康熙一月裏頭總有半月駐蹕，每次都會選幾個鍾愛的嬪妃隨駕，惠妃常在其列，這就替她與納蘭侍衛的相會提供了很多的機會。

他的詞中不只一次透露了這些密約——

相逢不語，一朵芙蓉著秋雨。
小暈紅潮，斜溜鬟心只鳳翹。
待將低喚，直為凝情恐人見。
欲訴幽懷，轉過回闌扣玉釵。

——《減字木蘭花》

上輦下輦，出園進園，他們在每一次匆匆相逢錯肩而過時四目交投，用他們兩個獨特的方式，將金釵敲擊迴廊，發出只有他們彼此才可以讀懂的訊息，約定私會的時間地點。

誰也沒有想到，在小時候她被禁語時偶然發明的遊戲，如今竟然成了重要的交流方式。他們用暗語傳遞消息，約在花樹下，約在佛堂中，約在金井邊，一次又一次，幽期密會，海誓山盟。

行宮的井欄杆也是鎏金雕龍的，裝飾著白玉石虎。她手挽的籃子裏裝著一瓶屠蘇酒——以防遇見人時，好謊稱是來井中浸酒的。而他只是恰好遇上了，幫她的忙。

他們站在那飾有藤蘿花紋的轆軲邊上，喁喁情話。頭上星月疏朗，還有一柄看不見的利刃，懸而未下。他們知道，儘管預先想好了這樣那樣的謊言，如果一旦私情洩露，還是隨時都會招來殺身之禍。然而他們只是不能不想念，不能不相見。

情濃意癡之際，他甚至曾向她提出過私逃之念，他厭倦了御前侍衛的職責，厭倦了與她這樣偷偷摸摸的相會，更厭倦了做貪官明相的兒子。

那是康熙十九年，那時候索額圖已被解任，明珠獨理朝政，一黨獨大，正是洋洋自得，任意施爲之時。關於他賣官鬻爵中飽私囊的傳言，身爲侍衛的成德也不能不有所耳聞。他勸阻不了父親，但心裏卻知道，這樣下去，索額圖的今天，也就是父親的明朝。他不願意看到那末日的來臨。而且父母一再催促她續娶，令他不勝其擾，遂向碧藥提出：

「一生一代一雙人，爭教兩處銷魂。相思相望不相親，天爲誰春？」

然而，她卻拒絕了。

她說，她要當皇后，她的兒子注定要成爲太子，做未來的皇上。那時候，天下就是他們葉赫那拉家族的。他們想怎麼樣就怎麼樣，要什麼都可以。她不能功敗垂成，她要留在宮裏，爲了自己與葉赫那拉家的命運而盡力一搏。

他自己也知道不可能。「漿向藍橋易乞，藥成碧海難奔。若容相訪飲牛津，相對忘貧。」只是情人的夢話罷了。普天之下，莫非王土，何處才是他們相對忘貧的桃源？私通皇妃，罪誅九族，他不害怕貧窮，不留戀功名，不介意從御前侍衛淪爲平民白丁；但是，劬勞未報，乳燕未豐，他能夠不顧及他的家庭，他的妻兒嗎？

於是，他續娶官氏，並向皇上請命，轉做司政，甘願去內廄侍馬。凡皇上出巡用馬，皆由他揀擇，又隔三差五地往昌平、延慶、懷柔、古北口等地督牧，「多情不是偏多別，別為多情設。」他用這種方法來逃避，來反省，來自我囚禁，寄情於草原長空間，存心躲開惠妃。

轉眼五年過去，索額圖被貶後，明珠加贈太子太傅，獨攬朝政，已經不再需要借助碧藥的力量。而碧藥這年恰滿三十歲，眼看著一天天紅顏老去，雖然得寵，卻再沒有任何晉封。而皇貴妃佟佳氏雖然沒有受封，卻統領六宮，位同皇后。

於是她明白，皇上仍然記得那句金台石的咒語，他越是重用明珠，就越不會讓自己得勢，更不會封自己的兒子做太子。她永遠也做不了皇后。她終於絕望了，主動向容若提出了私奔之念。

這一次，提出反對的卻是容若了。

而今才道當時錯，心緒淒迷，紅淚偷垂，滿眼春風百事非。
情知此後來無計，強說歡期，一別如斯，落盡梨花月又西。

——《採桑子》

他說他錯了，他悔了，他悟了。他到底錯在哪裡，悔為何處，悟得怎般呢？

「情到多時情轉薄，而今真個悔多情。」這是一個無解的難題。他根本不可能帶她走，他可以為了她死一千次，卻不能連累自己的父母妻兒跟著枉死。

她越逼得緊，他就越悔恨。他只有負心。

碧藥急怒之下，竟然偷了容若的綬帶丟在自己寢宮的石階下，故意讓皇上撿到。她還威脅容若說：如果他不肯帶她走，她就向皇上自首，寧可玉石俱焚。

雖然綬帶的事，容若矢口否認不知是何時丟失的，想來必是有人栽贓陷害。康熙沒有實據，也只有不了了之，但卻從此起了疑心。於是，他將容若派往烏蘇里勘察，遠征履險，九死一生。這是他跟自己的賭賽——容若成功了，便是爲朝廷立了大功；若有閃失，則從此解除心頭之患。

那是碧藥第一次出手傷害容若，當他遠行邊疆時，她不是沒有後悔過，擔心過，自責過，但她又一心以爲，等他安全歸來的時候，他們會言歸於好，會因爲這艱難的重逢而更勝從前。那時，他一定會帶她走。他連去烏蘇里都不怕，還會怕與她一起遠走天涯嗎？

納蘭成德不負眾望，帶著邊境地圖安全歸來，並與彭春與林興珠等合計制定了一份水陸並進的完整戰略計畫。朝臣都以爲這次納蘭侍衛立了大功，必定會加官晉爵，一展鴻圖了——但卻沒有。皇上賞賜了他很多珠寶奇珍，卻不給他任何官位，甚至也不大召他進宮了，理由當然是體貼：憐他長途跋涉歸來，所以令其在家中好好休養。

康熙二十四年五月，皇上巡幸塞外，扈從名單裏沒有長伴左右的御前帶刀侍衛納蘭成德的名字。

所有人都明白：這是一個信號，若不是侍衛失寵，便只能是相國失勢。

於是，納蘭容若只得再一次謊稱寒疾，一爲遮羞，二爲試君。結果，他卻等來了皇上的賜藥之令。

碧藥的故事講完，沈菀久久都不能回魂。半晌，方遲疑地說：「可是相國大人明明說，皇上的那丸藥，公子並沒有來得及服下就……」她望著碧藥，「如果你沒有給公子下毒，皇上也沒有，那麼到底是誰給公子下的毒呢？」

碧藥低頭看著她，似乎在問：你還不明白嗎？你這麼蠢，怎麼能做成那麼多事？而她的身邊，忽然多了一個人，是納蘭公子！他就站在這監牢中，白衣如雪，一塵不染，與碧藥並肩站在一起，眼神卻凝視著沈菀。他向她輕輕點頭，滿眼憐恤。

沈菀呆呆地看著他，如望神明。彷彿有陽光一點點透過陰霾，射進心中。她漸漸明白過來，卻不敢相信。那樣，未免太殘忍！

她顫慄著，流淚問：「公子是自殺的？爲什麼？」

這一次，不需要回答，她已經明白了：君要臣死，臣不得不死。當容若得知皇上賜藥的消息，已經猜到那可能是一丸毒藥，如果他服下它，那就等於賜死，也就是跟皇廷撕破了臉面。但是如果他死在賜藥之前，則可以保全相府的面子，同時因爲死無對證，也就保全了惠妃娘娘。皇上會以爲他真的是死於寒疾，真的是天嫉多才，並且念在他英年早逝的份上，或許會對明珠心存體恤，網開一面，甚至因爲覺得自己錯怪了納蘭侍衛與惠妃娘娘，而對碧藥比從前更好。

事實上，容若真的心思縝密，算無遺策，一切都照著他希望中的那樣實現了——明珠府繁華依舊，惠妃娘娘也榮寵更勝從前。而這一切，都緣於惠妃的故露馬腳——所以，她才會說：「是我害死容若。」

「公子是不會怨你的。」沈菀流著淚安慰，她對碧藥說話，眼睛卻一直望著納蘭容若。公子就在這裏看著她，她與容若的心是相通的。她想她是代替公子在說話：「人生在世，會有很多的不得已，連愛也不能夠純粹。但是死亡，卻使一切變得清澈，明曉。靈魂會爲了愛而繼續存在，只要有愛，靈魂便不朽，更不怨。」

她清平地一字一句地向碧藥轉述著公子的話。公子就站在碧藥的身邊，但是碧藥卻看不到他，只有自己能，這就是她與公子最好的緣份。「知己一人誰是？」從前，她一直苦苦思索那「一人」究竟是碧藥還是盧夫人，但現在她相信，那就是自己。她與公子有隔世姻緣，雖不相親，卻可心照。

她想起公子爲自己改的名字。菀是一種藥草。那麼青菀，不就是碧藥嗎？她們兩個都這樣地深愛著公子，何苦自相殘殺？

沈菀看著碧藥，心中再沒有了恨也沒有了懼，卻湧起從未有過的親切感，輕輕說：「我回去就跟太太稟明真相，你很快就會出去的。」

然而碧藥輕輕搖頭，重複地說：「是我害死容若。」她的語氣仍是那麼不容置疑，就彷彿怕誰同她爭搶殺人的罪名一般，確定地說，「容若那麼愛我，愛到寧可死也要保護我，是我害死了他。」

沈菀明白了。這個驕傲的女子，她寧可死也要讓所有人包括她自己相信：她納蘭碧藥，才是納蘭容若一生中最愛的女人。他活著，日日夜夜都要想著她；死了，也只能是因爲她。

也正因爲這樣，她才不能接受在容若死後，竟然有另一個女人生下他的孩子，即使生了下來，她也要千方百計趕走或者弄死那孩子。而沈菀爲了自保，也爲了嫁禍，不得已親手掐死孩兒，可謂正中她的下懷。

求仁得仁。碧藥已經得到了她想要的。是因爲這樣她才不做辯解，她甚至不屑於向眾人表白她沒有害死嬰兒，她的目的已經達到，她要的答案也已經證實，納蘭容若今生最愛的女人是她，愛到寧可爲她死也無怨無悔的地步。這就足夠了。

她睇視著沈菀，忽然又詭異地一笑，輕輕說：「我記得你的歌唱得不錯，再給我唱支歌吧。」

她仍是那樣頤指氣使，但是沈菀樂於服從。她看著碧藥也看著她身邊的納蘭公子，略想一想，輕輕唱起了一首納蘭詞——

人生若只如初見，何事秋風悲畫扇。
等閒變卻故人心，卻道故心人易變。
驪山雨罷清宵半，淚雨淋鈴終不怨。
何如薄幸錦衣郎，比翼連枝當日願。
——調寄《木蘭花令》（擬古決絕詞）

歌聲迴盪在陰森冷鬱的牢房中，彷彿突然起了一陣風，隱約有花香襲來。

碧藥扶著牆站在這風中，長髮微微曳動，而納蘭公子就一直站在她身邊，含笑地、平靜地凝視著她。歌聲停歇，碧藥望向高牆角落那幽微的一方天，不知是對沈菀還是對上蒼，一字一句地說：

「容若爲我而死，我不會辜負他的。你什麼也不用對叔父說，這是我們三個人之間的秘密。我害死容若，不會再讓他一個人孤單下去。這皇權，這后位，我都不要了。但我不是敗，我只是生非其時，不願再戰。我死了，靈魂也絕不認輸。這紫禁城早晚是我納蘭碧藥的天下，到那時，後宮裏再沒有赫舍里，再沒有鈕鈷祿，就只有葉赫那拉氏！」

惠妃娘娘於當天夜裏死在宗人府中。她死得很安詳，面目姣好，態度清平，甚至嘴角還仍然銜著那絲若有若無的笑。沒有人能查明白她服了什麼藥，又是將藥藏在哪裡帶進宗人府的。

府尹報了畏罪自盡，但也可以說是一死以志清白。康熙帝頗爲嘆息，因爲最終也沒有定成碧藥的罪，便依然以惠妃之禮出殯。

送殯那天，明府闔家出動，沈菀也去了。然而晚上定省的時候，眾人才發現沈菀沒有回來。她給覺羅氏留下了一封信，說是對不起老爺和夫人，沒有資格再留在明府，已經打定主意，要沿著公子曾經走過的路，到處雲遊。水娘帶著丫鬟檢點一番，發現沈菀帶走了些許金銀和自己的首飾，大概夠維持一陣子生計的。

明珠也曾派人到處尋找過，不時聽人回報說，在鳳凰山姜女廟、瓊華島洗妝台、江蘇吳興白蘋洲等地見過她，都是納蘭詞中曾經題詠過的地方。但每每派了人前去，卻又不聞蹤跡了。

次年，納蘭成德的棺槨移入皂莢屯下葬，守墳人說，常於夜半巡墳時聽到女子哭聲，但走近時，卻又毫無發現。明珠又要派人前去，卻被覺羅夫人阻住了。夫人說，如果那真的是沈菀，她一定不願意被人找到。再說，孩子已經死了，就是把她帶回明府來也是無益，不如隨她去罷。卻命人拿些銀錢給那守墳人，命他放在容若墳前，若再聽見哭聲時，不可打擾。

隔了些時，守墳人來報說，銀錢果然被取走了，卻留下一支簪。覺羅氏認出是自己賞給沈菀的那支紅寶步搖簪，不禁握住了久久不語。這之後每隔些日子，便命人拿些銀錢衣物放在成德墓前，那女子有時取，有時不取，卻再未留下片言隻語。

又隔了兩年，明珠事敗，御史郭琇參劾明珠八大罪，說他「凡奉諭旨，如獲好評，便稱『由我力薦』；若不稱旨，便說『上意不喜，吾當從容挽救。』任意附會，市恩立威，連結黨羽，多方取賄，士風文教，因之大壞。且與靳輔、余國柱等交相固結，每年糜費河銀，大半分肥；科道官有內升或出差的，必居功要索，至於考選科道，即與之訂約，凡有本章，必須先送閱覽，言官多受牽制」云云。

八條罪狀，貪瀆跋扈，哪一條都夠流放斬首的了。然而康熙帝撫卷長嘆，終道：念在納蘭侍衛英年早逝，朕不忍遽行加罪其父，且用兵之時，明珠實有效勞績者。遂只削去明珠的大學士頭銜也就是了。

明珠和索額圖爭了一輩子，索額圖落了個病死獄中，而明珠雖然罷相，卻一直活過古稀之年，於康熙四十七年四月十五日安然病逝於京城家中，康熙帝特派遣皇三子胤祉前往祭奠，總算善始善終。這不得不說是納蘭成德對於父親的遺惠了。

又過了兩百多年，又一個葉赫那拉家族的女子走進了皇城，嫁給了咸豐皇帝做妃子，並成爲同治皇帝的生母，人稱慈禧太后。她垂簾聽政，獨掌天下，在愛新覺羅的皇廷裏翻雲覆雨，親手葬送了同治和光緒兩朝傀儡皇帝，而後扶宣統帝溥儀登基。她的離世，也宣告了大清盛世的結束。金台石的詛咒，終成實踐。

三百年後，人們已經說不清金台石與努爾哈赤的恩恩怨怨，明珠與索額圖的是是非非，也不再記得覺羅夫人、納蘭碧藥、盧夫人、顏氏，或者沈菀這些個納蘭家女人的淚痕夢影，絮果蘭因。然而納蘭詞，卻依然流傳在風中，一唱三嘆，永不泯滅。每當靜夜來歌，如果你細聽清風，就會隱約聽到有人在唱：

辛苦最憐天上月，一夕如環，夕夕都成缺。
若使月輪終皎潔，不辭冰雪為卿熱。
無那塵寰容易絕，燕子來時，軟踏簾鉤說。
唱罷秋墳愁未歇，春叢認取雙棲蝶……

跋

在康橋遙想淥水亭

編輯悄悄短信催跋的時候，我正漫步在倫敦劍橋湖畔，應景而磕磕絆絆地吟起徐志摩的《再別康橋》，這有點俗套而且矯情，但幾乎是不可避免的。

接到短信，微微愣了一下，腦中浮起的第一個問題就是：徐志摩和納蘭容若的關聯是什麼？這兩個隔了三百年的天才型詩人，他們在淥水亭和康橋的絕唱，感動了後世無數學子的心，這之間，有著怎樣的看似無稽實則微妙的淵源？

我拿這問題問同伴，同伴想了想，答：我能想到的他們兩人之間唯一的共同點就是，你同樣熟知這兩個詩人並且同時想起了他們。

這是一個玩笑，也未嘗不是一道機鋒：納蘭容若與徐志摩，他們的歷史沒有任何交集點，但在今天的康橋，卻因爲我的蒙太奇經歷而忽然發生了聯繫，彷彿兩顆偉大的靈魂相逢在夜的海上，發出耀眼而神秘的光亮，莫名其妙而饒有興趣。

但是細想一下，兩個人又真是可以找到許多共同點：他們同樣才華橫溢，同樣多情而憂鬱，同樣經歷了兩次婚姻而終身愛著一位得不到的愛人——他的是民國才女林徽因，而他的是那位深鎖在深宮的神秘佳人。最重要的是，是他們同樣英年早逝，給世人留下無限遺憾與感慨，並引發了無數猜想。

今天，在劍橋大學城，在康河之畔，我望著潺湲的河水，聽著咿乃的槳聲，遙想北京的淥水亭，那行吟水畔的多情詩人，和他傷情的吟唱：

「一生一代一雙人，爭教兩處銷魂。相思相望不相親，天爲誰春？漿向藍橋易乞，藥成碧海難奔。若容相訪飲牛津，相對忘貧。」

容我牽強了，彼牛津自然不是英國的大學城牛津。然而此時，當編輯的短信打斷了我關於《再別康橋》的回憶與默誦時，腦子裏反反覆覆的，卻只是這幾句破空而來又拂之不去的清詞。

這就是宿命吧。

一個人有一個人的宿命。

一本書有一本書的宿命。

甚至這篇小文，也自有它的緣起與命運。

而當這文，這書，落到你的手上、眼裏、心中的時候，書中的人與事，詩與情，又必然會因爲你的心律而增添了新的色彩與感動，偶而投影在你的波心。你記得也好，或者你忘記，但已經投下了蹤影。

西嶺雪於康橋畔草就

大清詞人 納蘭容若之殞

作者：西嶺雪
出版者：風雲時代出版股份有限公司
出版所：風雲時代出版股份有限公司
地址：105台北市民生東路五段178號7樓之3
風雲書網：http://www.eastbooks.com.tw
官方部落格：http://eastbooks.pixnet.net/blog
Facebook：http://www.facebook.com/h7560949
信箱：h7560949@ms15.hinet.net
郵撥帳號：12043291
服務專線：(02)27560949
傳真專線：(02)27653799
執行主編：朱墨菲
美術編輯：許芷姍
版權授權：劉愷怡
法律顧問：永然法律事務所　李永然律師
　　　　　北辰著作權事務所　蕭雄淋律師

初版日期：2012年4月
ISBN：978-986-146-855-6

總 經 銷：成信文化事業股份有限公司
地　　址：台北縣新店市中正路四維巷二弄2號4樓
電　　話：(02)2219-2080

行政院新聞局局版台業字第3595號 營利事業統一編號22759935

定價：280元

國家圖書館出版品預行編目資料

大清詞人／西嶺雪著；-- 初版. --
臺北市：風雲時代，2012.04　冊；公分

ISBN 978-986-146-855-6（平裝）

857.7　　　　101000989